Alexander Schuller
Shalom Tel Aviv

EDITION M

Das Buch

Einer der profiliertesten israelischen Kriminalbeamten, der sechzigjährige Noam Shavit, wird von seinem arabischen Ziehsohn tot in seiner Küche aufgefunden – erstickt mit einer Plastiktüte. Am Tatort gibt es keine Spuren von Gewalt. Sara Stein, die inzwischen ihren Lebensmittelpunkt nach Tel Aviv verlegt hat, wird auf den mysteriösen Fall angesetzt. Sechs Wochen früher als geplant tritt sie damit ihren Dienst bei der israelischen Polizei als Chief Inspector in der Mordkommission an. Eigentlich soll sie gemeinsam mit dem äußerst eigenwilligen Inspector Jakoov Blok ermitteln, aber Sara stellt rasch fest, dass Blok offenbar selbst tief in den Fall verwickelt ist. Neben Blok gibt es jedoch gleich mehrere Tatverdächtige, die alle einen guten Grund hatten, Noam Shavit umzubringen. Der Mörder könnte aus den Reihen der Mordkommission stammen …

Der Autor

Alexander Schuller, Jahrgang 1961, lebt als freier Journalist und Schriftsteller in Hamburg. Er hat bisher über fünfundzwanzig Romane, Film-Tie-ins, Biografien und Sachbücher veröffentlicht und mehrere Spielfilme geschrieben. Auf seiner Visitenkarte steht lediglich »schreibt«, und wenn er das ausnahmsweise mal nicht tut, spielt er Schlagzeug oder tritt mit einer Comedytruppe, den »Grenzenlosen Ärzten« auf, die dem Genre des Deutschen Groschenromans eine völlig neue Sichtweise verleiht.

ALEXANDER SCHULLER

SHALOM TEL AVIV

EIN FALL FÜR SARA STEIN

KRIMI

EDITION M

Deutsche Erstveröffentlichung bei
Edition M, Amazon Media E.U. Sàrl
5 Rue Plaetis, L-2338, Luxembourg
April 2017

Das Buch basiert auf dem Film Der Tel-Aviv-Krimi: Shalom Tel Aviv
Regie: Matthias Tiefenbacher
TV60Film 60 tv60film /ARD Degeto ARD®Degeto
Umschlaggestaltung: bürosüd° München, www.buerosued.de
Umschlagmotiv: © Cultura RM /Alamy Stock Photo; © badahos / Shutterstock
Lektorat: Rotkel Textwerkstatt
Printed in Germany
By Amazon Distribution GmbH
Amazonstraße 1
04347 Leipzig, Germany

ISBN: 978-1-477-82273-9

www.amazon.de/editionm

Prolog

Noam Shavit saß reglos auf einem Küchenstuhl. Seine Unterarme waren mit schwarzem Gewebeband auf den Armlehnen festgebunden, die Unterschenkel an den Stuhlbeinen. Seine Hände hielten das Holz fest umklammert. Als der Mann hinter ihn trat, wusste Noam Shavit, dass er nur noch wenige Augenblicke zu leben hatte. Der Mann trug dünne Gummihandschuhe und hatte einen hellgrünen Plastikbeutel dabei, den die Obst- und Gemüsehändler auf dem Markt verwenden. Noam Shavit war dabei gewesen, etwas zu kochen, als er sich eine knappe Viertelstunde zuvor von hinten an ihn herangeschlichen hatte. Als Shavit erschrocken herumgefahren war, hatte er einen Vorratsbehälter von der Arbeitsplatte hinuntergefegt. Eine Mehlwolke war in die Luft gestoben. Mit einer Handbewegung hatte ihn sein Mörder angewiesen, zur Seite zu treten. Er hatte die Pfanne von der heißen Herdplatte genommen und den Herd ausgeschaltet.

»Du hast es dir also nicht anders überlegt?«, fragte Noam Shavit gefasst, »du willst es wirklich tun?« Er wusste, dass sein Schicksal von dem Moment an besiegelt gewesen war, als er sich die Kippa auf den Kopf setzen und den großen Wandspiegel in der Küche mit einer Decke verhängen durfte, Konzessionen an die tiefe Gläubigkeit Shavits. Sein Mörder hatte ihm eine Rolle

Gewebeband gereicht, mit dem er sich an den Küchenstuhl gefesselt hatte, zuerst die Beine, dann den linken Arm. Er hatte sich nicht gewehrt, als der Mann schließlich auch seinen rechten Arm an die Stuhllehne fesselte. Warum auch? Für Noam Shavit hatte das Leben schon seit einiger Zeit seinen Sinn verloren.

»Ja, ich werde es genau so machen, wie wir es besprochen haben«, sagte der Mann tonlos.

Die Lippen des Kommissars begannen jetzt, Wörter zu formen, zuerst lautlos, dann flüsternd. »Jiheju leRazon Imrej-Pi we Hegejon Libi lefanejcha ... Adonaj Zuri we Goali ...« – »Mögen meines Mundes Worte und meines Herzens Anliegen dir gefallen, Ewiger, meine Sicherheit und mein Erlöser ...«

Noam Shavit schloss die Augen. Mit einer einzigen, fließenden Bewegung stülpte ihm sein Mörder die Plastiktüte über den Kopf, drehte sie im Nacken zusammen und hielt sie mit der linken Hand fest. Mit der rechten griff er sich die Rolle Gewebeband und führte sie rasch ein paarmal um den Hals des Todgeweihten. Im nächsten Moment beschlug auch schon die Plastiktüte von innen. »Slach lanu Awinu ki chatanu, mechal lanu malk-henu ... Ki paschanu, ki mochel wesoleach atah Baruch atah Adonaj ... Chanun hamarbej lisloach«, betete Noam Shavit. »Verzeihe uns, unser Vater, denn wir haben gesündigt; vergib uns, unser König, denn wir haben gefrevelt; denn Du bist vergebend und verzeihend. Gelobt seist Du, ewig Versöhnlicher, der so vieles und so oft uns verzeiht ...« Die letzten Silben des Gebets hörten sich bereits an, als würde Noam Shavit gurgeln. Sein Körper begann zu zucken, seine Füße scharrten auf dem Boden, und er versuchte verzweifelt, die Arme von den Stuhllehnen zu befreien, um sich die Plastiktüte hinunterreißen zu können, aber das Klebeband erwies sich als zu stark.

Der Sauerstoff war rasch verbraucht. Nach gut neunzig Sekunden atmete Noam Shavit praktisch reines Kohlendioxid ein. Sein Mund öffnete sich wie das Maul eines Fisches, der an Land nach Luft schnappt. Der Henker beobachtete in einer Mischung aus Grauen und Faszination den Todeskampf. Noam Shavit begann, sich im Stuhl aufzubäumen. Er versuchte vergeblich, mit dem Stuhl aufzustehen, dann warf er sich hin und her; seine verzweifelten Bewegungen brachten schließlich den Stuhl zum Kippen.

Aber sein Henker war bemüht, jedweden Lärm zu vermeiden. Deshalb packte er den Todgeweihten im letzten Moment mit beiden Händen an den Schultern, fing ihn auf und ließ ihn mitsamt dem Küchenstuhl vorsichtig zu Boden gleiten.

Noam Shavit lebte immer noch. Über drei Minuten dauerte sein Todeskampf jetzt schon, und sein Mörder fragte sich, warum er nicht endlich aufhörte zu atmen. Es war seine erste Hinrichtung, und er war nervös. Wie lange würde er diesen Anblick überhaupt noch ertragen können? Endlich erlahmten Shavits Bewegungen. Seine Lippen formten das Wort »echad«, noch einmal zuckte sein rechtes Bein, dann lag er still da.

Während er mit dem Tod kämpfte, hatte Noam Shavit an seine geliebte Frau Esther gedacht. Und dass er es gar nicht bedauerte, die Welt verlassen zu müssen: Wo auch immer er danach sein würde, er würde Esther wiedersehen, die selbst vor einem knappen Monat von ihm gegangen war. Mit diesem tröstlichen Gedanken hatte sein Herzschlag endgültig ausgesetzt, genau in jenem Moment, als sein Mörder weinend aus der Küche rannte.

Eins

Wenn Sara die Uferpromenade an den Stränden Tel Avivs entlanglief, fragte sie sich häufig, wie sehr sie Berlin vermisste und ob Tel Aviv, nein, eigentlich ganz Israel, von ihr jemals die Chance erhalten würde, so etwas wie ihre Heimat zu werden. Gut sechzehn Monate lebte sie schon hier, und in dieser Zeit hatte sich ihr Leben stark verändert.

Zurzeit fiel die Antwort auf diese Frage recht positiv aus. Die »Weiße Stadt« war ihr Lebensmittelpunkt geworden, eine Art Wahlheimat, und sie war gespannt darauf, ob sich das bald anders anfühlen würde – dann, wenn sie wieder als Kommissarin arbeitete. In sechs Wochen sollte sie ihren Dienst bei der Mordkommission von Tel Aviv antreten, als Chief Inspector, was etwa dem Rang eines deutschen Hauptkommissars entsprach. Sie würde ein Ermittlerteam leiten, doch genau davor hatte sie ein wenig Angst.

Deshalb hatte Sara sich ein umfangreiches Trainingsprogramm auferlegt, das die Anforderungen der israelischen Polizei bei Weitem übertraf. Nach wie vor nahm sie dreimal pro Woche jeweils drei Stunden Sprachunterricht, und sie hatte ihren Mann und seine Familie dazu verdonnert, möglichst hebräisch mit ihr zu sprechen. Dementsprechend war Sara inzwischen sogar in der Lage, mit den Händlern auf dem Carmel-Markt zu feilschen, zumindest so lala. Natürlich machte sie noch immer den einen oder anderen Fehler, denn sie kannte längst nicht alle Redewendungen und Idiome, doch was die speziellen Fachausdrücke betraf, die sie für ihre Arbeit als Kriminalistin benötigen würde, konnte sie einigermaßen beruhigt sein.

Alle vierzehn Tage fuhr sie für vier Tage nach Jerusalem ins Hauptquartier der israelischen Polizei, wo sie in Rechtsfragen und Verhörtechniken geschult wurde sowie Schießtraining erhielt. Soweit es die zum Teil doch recht unterschiedlichen juristischen Fragen betraf, folgte sie dem Unterricht interessiert, alles andere hatte sie längst drauf. Daher kam ihr diese Fortbildung manchmal ein wenig nutzlos vor. Aber die israelische Polizeiführung bestand darauf, dass sie das gesamte Programm absolvierte. Überdies hatte Sara mit *Krav Maga* begonnen, einer Kampfsportart und Selbstverteidigungstechnik, die in den Dreißigerjahren von Imrich Lichtenfeld, einem ungarischen Juden, erfunden worden war. Ihm ging es damals darum, sich gegen antisemitische Übergriffe zu wehren. *Krav Maga* war bei der Polizei auf die Schwerpunkte Deeskalation, Eigenschutz sowie Abführ- und Kontrolltechniken ausgerichtet, doch Saras Ausbilder streute ab und an auch militärische Techniken in den Unterricht ein, die darauf abzielten, einen Angreifer im Nahkampf zu entwaffnen und auszuschalten, wenn nötig zu töten – doch auch dabei besaß der Schutz des eigenen Lebens immer Priorität.

Manchmal stöhnte Sara unter dem Drill auf der Polizeiakademie, der weit härter war als die Ausbildung in Deutschland, aber das körperliche Training machte ihr insgesamt mehr Freude; vor allem dann, wenn sie sich zu Hause vor den Badezimmerspiegel stellte und ihr eine braun gebrannte, sehnige Frau in den besten Jahren entgegenlächelte, die sogar mit ihren

Oberschenkeln mehr als nur zufrieden sein konnte.

Nur mit der Mentalität der Israelis hatte sie ab und zu noch ihre Probleme. Einerseits bewunderte Sara die stoische Ruhe und fast schon trotzige Gelassenheit, mit der die jüngeren Leute – zu denen sie und David sich ebenfalls zählten – in Tel Aviv lebten und feierten und sich ihre Laune auch nicht davon verderben ließen, wenn am Abend zuvor in der Bar oder dem Restaurant nebenan ein Messerattentat verübt worden war und auf der Straße noch hellrote Blutspuren zu erkennen waren. Nicht dass Sara sich zu den ängstlichen Menschen zählte – sie wusste um all die Statistiken, dass es viel wahrscheinlicher war, bei einem Flugzeugabsturz ums Leben zu kommen als bei einem terroristischen Anschlag. Dennoch empfand sie den ununterbrochen schwelenden Konflikt zwischen Juden, Palästinensern und der restlichen arabischen Welt als persönliche Bedrohung. Seit der Gründung der Terrororganisation Islamischer Staat hatte sich die Lage noch einmal enorm verschärft. Sie hatte bisher zum Glück noch keinen Anschlag miterleben müssen. Doch durch die Straßen der Stadt patrouillierten schwer bewaffnete Sicherheitskräfte, die meist keine andere Möglichkeit besaßen, als die Attentäter zu töten, auch dann, wenn es sich um weibliche oder jugendliche Radikale handelte.

Die ununterbrochen angespannte Sicherheitslage war zweifelsfrei ein Minus, was Sara oft an die Worte ihres Vaters erinnerte, der gern vom »tragischen Land« sprach und damit haderte, dass seine einzige Tochter sich ausgerechnet in einen israelischen Pianisten und Dirigenten verliebt hatte, dem Ruf ihres Herzens gefolgt war und David letztendlich geheiratet hatte. Aber Leo Stein war über seinen eigenen Schatten gesprungen und vor einem halben Jahr mit Saras Mutter Helen aus Berlin zur Hochzeit angereist.

Sara musste noch immer grinsen, wenn sie an die feierliche Zeremonie dachte. Davids Eltern zuliebe war es eine traditionelle jüdische Hochzeit gewesen. Sara hatte am Vorabend ihrer Hochzeit nach orthodoxem Brauch sogar ein rituelles Tauchbad genommen. Die sogenannte *Mikwe* dient dazu, Körper und Geist reinzuwaschen. Danach hatte sie ihrem Rabbiner, Samuel Gershon, ein Badezertifikat übergeben müssen, damit er am nächsten Tag ihre Vermählung mit David vollziehen konnte – natürlich an einem Dienstag, dem dritten Schöpfungstag und bevorzugten Hochzeitstag in Israel, über den in der Thora »ki tow« geschrieben steht – »... und Gott sah, dass es gut war«.

Die Vermählung hatte unter freiem Himmel, unter einer *Chuppa*, stattgefunden. Der Baldachin sollte daran erinnern, dass das Volk Israel einst in Zelten gelebt hatte, und bildete das symbolische Dach über dem neuen Hausstand, der hier gegründet wurde. Sara und David waren beide in schlichtes Weiß gekleidet gewesen. Sie hatte ihr Gesicht zusätzlich mit einem dünnen Schleier verhüllt, der dazu diente, das volle Vertrauen der Braut in ihren zukünftigen Mann zu demonstrieren. Nach der *Erussin*, der Angelobung, hatte der Rabbiner den Segen über einem Becher Wein gesprochen, aus dem sie dann beide getrunken hatten. Danach durfte ihr David in Anwesenheit zweier seiner Freunde einen Ring über den Zeigefinger streifen. »Durch diesen Ring bist du mir angelobt nach dem Gesetz Moses und Israels«, hatte er dazu aufgesagt, und schließlich hatte der Rabbiner den Ehevertrag vorgelesen, mit dem David sich verpflichtete, seine ihm angetraute Ehefrau von Beginn ihrer »neuen, gemeinsamen Reise zu ehren, zu kleiden, zu ernähren und ihre körperlichen Bedürfnisse zu befriedigen«. Vor allem Letzteres haben wir bisher verdammt gut hinbekommen, dachte Sara und blickte sich kurz zu David um, der auf der Uferpromenade mit dem Mountainbike schwitzend hinter ihr herradelte – fast wie ein Lauftrainer.

Zum Schluss der Zeremonie hatte der Rabbiner die sieben vorgeschriebenen Hochzeitssegen gesprochen, Sara und David hatten erneut einen Schluck Wein getrunken, und dann hatte ihr frischgebackener Ehemann mit dem rechten Fuß ein Glas zerbrochen, womit an die Zerstörung des Tempels in Jerusalem erinnert werden sollte. »Masel tov!«

Sara, die einer säkularisierten Familie entstammte, war zwar nach wie vor weit davon entfernt, nach den Gesetzen der *Thora* zu leben, aber sie hatte sich durch die Hochzeitsvorbereitungen einerseits und durch den Alltag im Heiligen Land andererseits zwangsläufig häufiger mit ihrem Glauben an die jüdische Religion auseinandersetzen müssen. Inzwischen pflegte sie mit dem Judentum eine passable Freundschaft und akzeptierte es als lebensbejahendes, geistiges Gerüst, das einem Menschen durchaus seine notwendige innere Stabilität verleihen konnte. Die Ehe wurde als wesentliche Grundlage für eine gesunde Existenz und als probates Mittel gegen Einsamkeit betrachtet; ihre und Davids Eltern gingen diesbezüglich mit gutem Beispiel voran.

Ihre Schwiegereltern aber waren gleichzeitig der zweite, wenn auch kleinere Minuspunkt, den Sara ab und zu für sich verbuchte, besonders ihre Schwiegermutter Meira. Meira Shapiro lebte und dachte strikt nach der Auffassung des Talmuds. Dazu gehörte, dass es eine Sünde wäre, sich der Fortpflanzung zu verweigern. In Saras Anwesenheit zitierte ihre Schwiegermutter beinahe schon gebetsmühlenartig das Erste Buch Mose: »Seid fruchtbar und mehret euch und füllet die Erde …!« Dass David sie nach dem Vorbild seiner Schwester am besten noch in der Hochzeitsnacht zur Großmutter machen sollte, ging Sara mächtig gegen den Strich. Und David – zum Glück – auch. Mit dem Kinderkriegen wollten sie sich noch ein paar Jahre Zeit lassen, wenn überhaupt.

»Sara, die sechzig Minuten sind vorbei!«, rief David.

Sie drehte sich zu ihm um und tänzelte rückwärts auf der

Promenade. »Dann steig doch ab von deinem Fahrrad und lauf mit mir zusammen!«

»Nö. Keine Lust!«, erwiderte er.

Sara lachte. »Na dann … Wer zuerst zu Hause ist!« Sie machte auf dem Absatz kehrt und sprintete los.

»Das ist ja wohl keine Frage!«, rief David und trat in die Pedale. Sara bekam nicht mit, dass er schon nach wenigen Metern von der Promenade abbog und geradezu halsbrecherisch mehrere Treppenstufen hinunterfuhr, die mitten hinein ins Häusergewirr von Neve Tzedek führten.

Als Sara zehn Minuten später das Haus erreichte, saß David bereits vor der Tür und tat so, als würde er eine halbe Ewigkeit auf sie warten. »Du und deine Abkürzungen! Das ist nicht fair«, sagte Sara schwer atmend.

»Aber raffiniert«, entgegnete David augenzwinkernd, öffnete die Eingangstür und ließ sie mit einer galanten Verbeugung eintreten. Dann schob er sein Fahrrad in den Flur und verriegelte den Eingang zu ihrem Haus, in dessen vorderem Teil sich seine Musikschule befand.

»Ich gehe dann mal duschen«, sagte Sara, »und danach will ich eine Revanche.« Sie schlüpfte aus ihren Laufschuhen, die sie am Fuß der Treppe stehen ließ und streifte sich schon auf dem Weg in die erste Etage ihr verschwitztes T-Shirt über den Kopf. David entschloss sich spontan dazu, Saras Wunsch bereits im Badezimmer zu erfüllen.

Sie hatte insgeheim damit gerechnet, dass David ihr in die ebenerdige Dusche folgen würde. Um ehrlich zu sein, hatte sie es sogar gehofft, denn sie hatten sich einmal mehr vier Tage nicht gesehen und nur miteinander telefonieren und skypen können, während sie in ihrer spartanischen Unterkunft in der Jerusalemer Polizeikaserne auf einer schmalen Pritsche gelegen hatte. Sie hatte sich nach seinem Körper gesehnt, und so, wie David sie nun unter dem warmen Plätschern der Regenwasserdusche von hinten umarmte, sein Gesicht in ihrem Nacken vergrub, ihren Hals küsste und ihre Brüste massierte, war es ihm wohl ebenso ergangen. Langsam wanderten seine Hände an ihrem Körper hinunter, bis sie zu der richtigen Stelle gelangten und sein rechter Mittelfinger sie sanft zu massieren begann. Das warme Wasser rann über ihre Körper, sein Glied war hart und pulsierte in ihrer Hand. Sara beugte sich leicht nach vorn, um Davids Verlangen nachzugeben. Sie stöhnte leise auf, als er in sie eindrang. Es dauerte nur wenige Minuten, bis sie beide kamen.

»Ich liebe dich«, sagte Sara, als sie wenig später auf dem Bett lagen, »und verdammt noch mal: Ich liebe unsere Quickies.«

»Ich auch«, sagte David. Er drehte sich auf die Seite und stützte sich auf den Ellenbogen, um Sara ansehen zu können. »Was habe ich nur für ein Glück«, sagte er.

»Weil ich auf Quickies stehe?« Sara kicherte.

»Quatsch.«

Sara hatte sich in ein flauschiges Badelaken eingewickelt und zupfte sittsam daran herum. Davids rechte Hand verirrte sich wie zufällig in der Falte des Lakens und lag plötzlich auf ihrem flachen Bauch. Sara ließ es gern geschehen.

»Möchtest du jetzt vielleicht eine richtige Revanche?«, fragte er mit der unschuldigen Miene eines Chorknaben.

Sara sah David ins Gesicht und tastete nach ihm. David überlief ein Schauer, als sie ihn langsam zu streicheln begann. »Wenn es Ihnen nicht zu viele Umstände machen würde, mein Herr, dann würde ich Sie sogar darum bitten«, flüsterte sie. »Sie wissen ganz genau, wozu Sie sich mit Ihrem Ehevertrag verpflichtet haben.«

David beugte sich über sie und küsste sie sanft auf den Mund. Dabei schlug er das Handtuch auf. Sara öffnete ihre Lippen ein kleines Stück und erwiderte den Kuss, doch als sie versuchte, sich endgültig von dem feuchten Badelaken zu befreien, begann eines ihrer beiden Mobiltelefone auf dem Nachttisch zu vibrieren. »Entschuldige, David – es ist mein Diensttelefon«, sagte Sara. »Ach du großer Gott! Ausgerechnet Weissenberg!«, seufzte sie und löste sich aus seiner Umarmung.

»Um diese Zeit noch?«, wunderte sich David.

Sara nahm das Gespräch an. »Sara Stein?« David küsste ihren Nacken. »Oh, guten Abend. Shalom, Commissioner.« Sie hob abwehrend die Hand. »Einen Moment bitte, Herr Weissenberg.« Sie blickte David entschuldigend an. Er ließ schmollend von ihr ab und legte sich auf den Rücken. »So, jetzt bin ich für Sie da, Commissioner«, sagte Sara, »was kann ich für Sie tun?«

»Wie schnell bist du einsatzbereit, Sara?«, fragte ihr Mentor Josef Weissenberg, der oberste Beamte der israelischen Polizei.

»Einsatzbereit?« Sara glaubte, sich verhört zu haben. Auch David sah sie irritiert an.

»Wir haben leider ein ernsthaftes Problem, Sara. Ich hole dich in einer Viertelstunde zu Hause ab«, sagte Josef Weissenberg. Mit diesen Worten legte er auf und ließ eine verblüffte Sara zurück. Die Stimme des Commissioners hatte anders geklungen als sonst. Beinahe schon unfreundlich und kalt. Geschäftsmäßig eben. Aber auf jeden Fall so, als ob ein mächtig großer Haufen Kacke am Dampfen war. Sie legte das Telefon auf den Nachttisch und setzte sich auf den Rand des Bettes.

»Was wollte denn der Commissioner von dir?«, fragte David.

Sara blickte ihn über die Schulter an. »Er sagte was von einem ›ernsthaften Problem‹ …«

»Das du lösen sollst? Jetzt?«

»Na ja, wenn er kurz nach Mitternacht aus Jerusalem anreist, muss es ja wohl was Wichtiges sein. Ich habe noch fünfzehn Minuten, um mich fertig zu machen.« Sie erhob sich vom Bett und ging zum Kleiderschrank, um sich Unterwäsche, eine frische Jeans und ein T-Shirt anzuziehen.

David beobachtete sie. »Du siehst so bezaubernd aus«, sagte er, aber es klang ein wenig hilflos.

Sara drehte sich zu ihm und stemmte die Hände in die Hüften. »Es tut mir ja auch leid, David. Aber …«

»Nein, nein, nein, du musst nichts sagen. Es ist ja dein Job«, sagte er, doch die leise Enttäuschung in seiner Stimme war unüberhörbar.

»Ein Job, der sechs Wochen zu früh beginnt«, stellte Sara fest. Sie warf ihm einen unsicheren Blick zu. Sie war aufgeregt, doch ein Anflug von schlechtem Gewissen ließ sich nicht leugnen.

David sah sie mit unbewegtem Gesicht an. »Du schaffst das schon, Sara Shapiro!«, sagte er, »außerdem wusste ich doch, dass ich eine Polizistin heirate.«

Sara wartete vor dem Haus, als Weissenbergs Limousine heranrollte. Der Commissioner saß im Fond und ließ die Scheibe hinunter. »Steig ein, Sara«, sagte er. Es klang wie ein Befehl. Sein Fahrer öffnete ihr den Wagenschlag.

»Wenn Sie um diese Zeit extra aus Jerusalem rüberkommen, muss es ja wirklich was ziemlich Wichtiges sein«, erwiderte Sara, als sie neben ihm auf der Rückbank Platz nahm und sich anschnallte.

»Es geht um Chief Inspector Noam Shavit«, sagte der Commissioner und sah sie mit ernster Miene an. »Sie hätten mit ihm …«

»*Der* Noam Shavit?« Sara hatte diesen Namen während ihrer Kurse auf der Polizeiakademie schon ein paarmal gehört.

»Ich bin ihm bisher noch nicht begegnet, aber er scheint ja so etwas wie eine lebende Legende zu sein.«

»Wirklich eine schlimme Sache ...« Der Polizeidirektor wirkte sichtlich aufgewühlt. Er strich sich durch sein graues Haar. »Noam Shavit war vielleicht unser bester Ermittler. Aber jetzt ist er tot, und alles deutet auf einen Raubmord hin.«

»Oh mein Gott!«, entfuhr es Sara.

Weissenberg seufzte. »Noam und Jakoov Blok waren ein unschlagbares Team. Du kennst Blok ja bereits ...« Sara nickte. Als sie bei ihrem letzten Fall in Berlin David telefonisch gebeten hatte, ob er etwas über die familiären Hintergründe des Mordopfers Tamar Levi herausfinden könne, hatte er sich an seinen ehemaligen Kompaniechef bei der Armee gewandt – an Jakoov Blok. Daraus war jedoch ein offizielles Behördenersuchen entstanden, und so war schließlich auch Josef Weissenberg als Chef der israelischen Kriminalpolizei auf Sara aufmerksam geworden. »Ihr werdet zusammenarbeiten, also du und Blok«, sagte er, »Commander Shimon Ben Godin ist informiert.« Der Commissioner schwieg einen Moment und räusperte sich, bevor er fortfuhr. »So wie sich mir die Sachlage darstellt, wurde Noam Shavit heute am frühen Abend in seinem Haus überfallen. Der oder die Täter fesselten ihn mit Klebeband an einen Stuhl, dann zog man ihm eine Plastiktüte über den Kopf. Er ist vermutlich erstickt«, sagte er, »aber du wirst dir gleich selbst davon ein Bild machen können.« Weissenberg beugte sich vor und gab seinem Fahrer die Anweisung, schneller zu fahren. Zu Sara gewandt, sagte er: »Du siehst plötzlich so angespannt aus.«

Sie suchte nach den passenden Worten. »Gibt's nicht vielleicht jemand anderen, der für diesen Fall infrage kommen würde? Wie soll ich denn ermitteln, ich kenne noch nicht einmal das Präsidium. Das kommt ein bisschen plötzlich.« Sie lehnte den Kopf zurück und starrte an den Wagenhimmel.

»Du sollst den Fall gar nicht gleich übernehmen. Du sollst dir das alles nur ganz in Ruhe anschauen«, sagte Weissenberg ruhig. »Aber ich möchte frische, unverbrauchte Augen für diese hässliche Geschichte, verstehst du? Es ist meiner Meinung nach von größter Bedeutung, dass jemand dabei ist, der Noam Shavit weder kannte noch persönlich von seinem Tod betroffen ist.«

»Sind Sie sich sicher, dass das ein guter Start für meine Karriere bei der israelischen Polizei ist, Commissioner?«

»Du bist ab jetzt Chief Inspector, Sara«, antwortete der Polizeidirektor ausweichend, »so wie wir es besprochen haben. Außerdem genießt du die volle Rückendeckung der Polizeiführung – also meine.«

»Was meint denn der Commander dazu?« Sara spürte, wie sich ihr Magen verkrampfte.

Josef Weissenberg überhörte auch diese Frage, was Saras Vermutung nährte, dass ihre Personalie auf wenig Begeisterung bei der Tel Aviver Mordkommission stieß. Stattdessen beugte sich der Commissioner zu seiner Aktentasche im Fußraum und entnahm ihr einen Dienstausweis, den er Sara überreichte. Sie warf einen kurzen Blick auf das Plastikkärtchen und steckte es seufzend ein. »Und dann natürlich noch das hier«, sagte er und hielt ihr einen Schnellzugholster entgegen, in dem eine Glock 19 sowie ein Ersatzmagazin steckten.

Sara stieß hörbar den Atem aus. »Was ist mit den anderen? Wissen die schon Bescheid, dass sie eine neue Kollegin bekommen? Den Einzigen aus der Mordkommission, den ich bisher kennengelernt habe, ist Jakoov Blok. Und kennen ist eigentlich schon zu viel gesagt. Ich habe ihn in den vergangenen Monaten bisher nur ein paarmal getroffen – David und er sind zusammen in der Armee gewesen.« Sie griff nach der Pistole, überzeugte sich davon, dass sie gesichert war und legte sie dann auf ihren Schoß.

Ihre Ergebnisse auf dem Schießstand hatten sich sehen lassen können, aber es war schon verwunderlich, dass der Polizeidirektor so gut vorbereitet war. Doch das behielt sie schön für sich.

»Ich weiß, dass du das schaffen wirst, Sara«, sagte Weissenberg, »auch wenn es für dich einen Sprung ins kalte Wasser bedeutet.« Das hatte ihr David vorhin ebenfalls prophezeit: dass sie es schaffen würde.

»In ein sehr tiefes und sehr kaltes Wasser, Commissioner«, antwortete Sara. »Sie haben mir übrigens meine Frage noch nicht beantwortet, was Shimon Ben Godin davon hält.«

»Commander Godin hatte jetzt fast ein Jahr lang Zeit, um sich an den Gedanken zu gewöhnen, dass sein Dezernat Verstärkung durch eine überaus fähige Kriminalistin erhält«, antwortete Weissenberg. »Er kennt zumindest deine hervorragenden Beurteilungen. Wie steht es eigentlich inzwischen um dein Hebräisch?«

»Es wird immer besser, aber für den Moment gebe ich Ihnen wohl besser noch Deutschunterricht. Aber fragen Sie mich doch mal nach meinen Fortschritten im *Krav Maga.*« Josef Weissenberg schmunzelte. »Eine Frage hätte ich aber noch«, sagte Sara.

»Frag mich, Sara!«

»Sie haben gerade die Möglichkeit eines Raubüberfalls erwähnt. Ich will Ihnen nicht zu nahe treten, aber wozu benötigt das Tel Aviver Morddezernat eine unverbrauchte Ermittlerin mit unverbrauchtem Blick, wenn es sich um ein tragisches, aber letztlich doch ganz normales Kapitalverbrechen handelt?« Weissenberg musterte sie von der Seite und kniff die Augen zusammen. »Verschweigen Sie mir vielleicht etwas, Commissioner?«

Weissenberg zögerte, bevor er antwortete. »Ich bitte dich lediglich, ganz unvoreingenommen an den Fall heranzugehen. Verstehst du?«

Natürlich verstand sie. Das fing ja gut an.

Etwa zehn Minuten später bogen sie in eine ruhige Wohnstraße im Baruch-Viertel ein. Sara wusste, dass es sich um eines der besseren Quartiere Tel Avivs handelte, unschwer zu erkennen an den prächtigen Villen. Nach ein paar Hundert Metern war die Straße von der Polizei abgesperrt. Zwei Dutzend Schaulustige hatten sich hinter mehreren Dienstfahrzeugen und einem Krankenwagen versammelt. Vermutlich Nachbarn, dachte Sara.

»So, da sind wir«, sagte Josef Weissenberg, als die Limousine vor der flatternden Absperrung stoppte.

»So ein Zufall«, sagte Sara.

»Wie bitte?«

»Meine Schwiegereltern wohnen nur eine Straße weiter. Ihr Garten müsste sogar an das Grundstück von Shavit grenzen.«

»Aber gesehen hast du ihn noch nie?«, entgegnete Weissenberg.

»Nein, Commissioner. Und soweit ich mich erinnern kann, hat auch meine Schwiegermutter seinen Namen noch nie erwähnt.«

»Na dann. Bist du bereit?« Ihr Mentor lächelte, beinahe schon väterlich.

Seine Freundlichkeit änderte nichts an ihrer Skepsis, und so zuckte sie mit den Schultern und stieg aus. Einmal tief durchatmen, besser noch ein zweites Mal. So, Sara Stein, sagte sie sich im Stillen, während sie das Holster mit der Glock am Gürtel ihrer Jeans befestigte, da wären wir wieder. Und jetzt sieh zu, dass du bei deiner Premiere nicht gleich auf die Schnauze fällst. Sie hegte die vage Befürchtung, dass die Chancen dafür ziemlich gut standen.

Die Polizei hatte zwei Halogenfluter in Stellung gebracht, die den Eingang zu Noam Shavits Haus in grelles Licht tauchten. Das Haus selbst war ebenfalls hell erleuchtet. Der moderne, würfelförmige Bau hatte ein Flachdach, und die Fenster reichten bis zum Boden. Und es hatte ganz offensichtlich Geld gekostet. Vor der Eingangstür konnte sie die gedrungene Gestalt von Jakoov Blok erkennen, der eine Zigarette rauchte. Sie holte ihren Dienstausweis aus der linken Gesäßtasche hervor und hielt ihn dem Beamten an der Absperrung vor die Nase. Er trat höflich zur Seite, und Sara schlüpfte unter dem Absperrband hindurch. Der Commissioner war ebenfalls ausgestiegen und folgte ihr. Niemand verlangte seinen Dienstausweis zu sehen. Jeder Polizist in Israel kannte den Commissioner.

Sara bemerkte vor der geöffneten Haustür eine Gruppe Kollegen, die die Köpfe zusammengesteckt hatten und sich murmelnd unterhielten. Jakoov Blok stand ein wenig abseits mit dem Rücken zu ihnen. Es sah aus, als ob ein schweres Gewicht auf seinen Schultern lastete. Ein hochgewachsener Mann mit unrasiertem, kantigem Gesicht löste sich aus der Gruppe und kam ihr entgegen. Das muss Shimon Ben Godin sein, schoss es Sara durch den Kopf.

»Sie sind also die Deutsche«, sagte der Commander. »Shalom, Sara.«

»Ich konnte mir das nicht aussuchen«, erwiderte Sara, »Shalom, Commander.« Sie schenkte ihm ein kurzes Lächeln.

»Das ist Shimon Ben Godin, Ihr Vorgesetzter«, hörte sie Josef Weissenberg sagen. Er trat neben sie. »Shimon, darf ich dir deinen neuen Chief Inspector endlich persönlich und ganz offiziell vorstellen?« In der Öffentlichkeit wurde sie von Weissenberg konsequent gesiezt. Jetzt drehte sich auch Blok zu ihnen um. »Shalom, Blok«, rief der Commissioner und winkte ihn heran. Blok erwiderte den Gruß und kam zu ihnen hinübergeschlendert.

Sie streckte Shimon Ben Godin ihre Hand entgegen. »Der Commissioner hat mich eben erst instruiert. Mein

Beileid, für Sie und für die Kollegen.« Sara sagte absichtlich nicht *meine* Kollegen.

Shimon Ben Godin erwiderte kurz ihren Händedruck und quetschte ein knappes »Danke für Ihre Anteilnahme« heraus. Seine Stimme war tief und rau. Alles an ihm wirkte abweisend und unfreundlich. Es mochte die Anspannung sein. Es war immer eine besondere Situation, wenn ein Kollege in Ausübung seiner Pflicht ums Leben kam oder – wie in diesem Fall – vermutlich einem Verbrechen zum Opfer fiel. Überdies hatte Sara damit rechnen müssen, nicht mit offenen Armen empfangen zu werden. Sie konnte sich gut vorstellen, dass der Commander von Weissenbergs Entscheidung, sie schon zu diesem frühen Zeitpunkt zu einem Fall hinzuziehen, mindestens ebenso überrascht gewesen sein musste wie sie selbst.

»Shalom, Sara«, sagte Jakoov Blok. Er musterte sie von oben herab, obwohl er einen halben Kopf kleiner war. Sara fühlte sich von seinem Blick durchbohrt.

»Shalom, Jakoov! Wo ist es passiert?« Einfach ganz cool bleiben, nüchtern, sachlich, professionell.

»In seinem Haus. In der Küche.« Blok wandte sich an den Commissioner. »Es gibt wohl deutliche Parallelen zum Mord an Rahel Eli, in dem Noam und ich vor zweieinhalb Jahren ermittelt haben«, sagte er. »Die Mordwaffe war mit ziemlicher Sicherheit eine Plastiktüte. Keine Kampfspuren, keine sichtbaren äußeren Verletzungen. Nur eine Plastiktüte. Noam ist erstickt.«

»Wir werden sehen«, antwortete Weissenberg schroff. Eine kurze, aber umso peinlichere Pause des Schweigens entstand.

»Würdest du mir dann bitte den Tatort zeigen, Jakoov?«, fragte Sara, die sich unbehaglich fühlte. Ben Godin und Blok rochen ihr entschieden zu stark nach Testosteron, nach Ressentiments, nach Ablehnung. Sie wusste, dass sie sich von Anfang an keine Blöße geben, dass sie keine Schwäche zeigen durfte. Aber, verdammt noch mal, sie war in Berlin eine der erfolgreichsten Mordermittlerinnen gewesen, mit siebenundneunzig Prozent Aufklärungsquote, und ein Tatort blieb immer noch ein Tatort, ganz gleich, ob sich ein Mord in Berlin-Kreuzberg oder im Tel Aviver Baruch-Viertel ereignete. Die israelischen Ermittlungsmethoden bei Kapitalverbrechen unterschieden sich im Grunde kaum von denen in Deutschland. Jedenfalls soweit es die Spurensuche und die Forensik betraf. Nur die Mentalität der Kollegen war vielleicht eine andere, und ihre Verhörmethoden waren es häufig auch. Die israelischen Sicherheitskräfte gingen äußerst rigoros und kompromisslos gegen alle Feinde der inneren und äußeren Sicherheit vor. Und wenn jetzt ein hochdekorierter Polizist in seinem Haus ermordet worden war, konnte man einen politischen Tathintergrund nicht ausschließen. Doch offenbar waren weder die harten Jungs der *Sajeret Matkal* noch die der *Jechidat Duvdevan* angefordert worden, Spezialeinheiten mit dem Schwerpunkt Terrorismusbekämpfung und nachrichtendienstliche Aufklärung.

Blok schnippte seine Zigarette weg. »Dann komm mit«, sagte er knapp, wandte sich um und ging über den Rasen zum Haus, ohne auf sie zu warten. Sara nickte Weissenberg und Shimon Ben Godin zu und folgte Blok zur Eingangstür.

»Sara!«, sagte Josef Weissenberg. Sie blieb noch einmal stehen und drehte sich um. »Sie können mich anrufen. Jederzeit!«

»Natürlich«, antwortete Sara und setzte ihren Weg fort.

»Aber nicht stolpern!«, rief ihr Shimon Ben Godin hinterher, doch sie überhörte den müden Scherz, der vermutlich keiner war.

Commander Shimon Ben Godin wartete, bis Jakoov Blok

und Sara im Haus verschwunden waren, dann baute er sich vor Josef Weissenberg auf. Seine Augen funkelten. »Sara Stein. Sie sollte erst in sechs Wochen bei uns anfangen. Was soll das jetzt, Josef? Du hättest mich wenigstens fragen können! Wir hätten das erst einmal besprechen müssen!«

Weissenberg schüttelte den Kopf. »Dafür war doch keine Zeit, Shimon. Noam ist tot. Und dein Team wird einen neuen Chief Inspector brauchen. Blok weiß Bescheid?«

»Ich hatte ihm den Posten bereits versprochen. Auch für den Fall, dass Noam sich nicht mehr erholt hätte«, sagte Ben Godin. »Seit Esthers Tod war nichts mehr mit ihm anzufangen, so verbittert, wie er war … Er hat zum Schluss nur noch den Talmud gelesen und gebetet.«

Josef Weissenberg hob mahnend die rechte Hand. »Stell dir vor, Irit würde so plötzlich krank werden und sterben und du wüsstest, dass du nichts, aber auch gar nichts dagegen tun kannst. Wie würdest du dich fühlen?«

Shimon Ben Godin ging auf die Frage nicht ein. »Was ist das bloß für ein mieser Abgang für den besten Ermittler, den wir je hatten!«, sagte er stattdessen.

»Gerade deshalb ist es klug, Sara Stein als neutrale Beobachterin dabeizuhaben.«

»Blok hat mir in die Hand versprochen, sich zurückhalten. Aber dass er nicht in Jubelschreie ausgebrochen ist, kannst du dir sicherlich vorstellen«, sagte Shimon Ben Godin.

»Und wenn du dich auf den Kopf stellst, Shimon: Ich sehe es dir doch an, was du denkst. Dabei weißt du am besten, dass Blok sich gerade mit diesem Fall gar nicht beschäftigen dürfte.«

»Nur weil Noam auf seine Versetzung bestanden hat? Das ist noch immer meine Abteilung, Commissioner Weissenberg«, sagte Ben Godin betont förmlich.

Josef Weissenberg blieb gelassen. »Immerhin hatte Noam einen guten Grund dafür.« Er gab dem Commander einen freundlichen Klaps auf die Schulter. »Hör mal, Shimon, es geht hier auch um eine Rückversicherung«, sagte er mit gedämpfter Stimme.

»Was denn für eine Rückversicherung?«

Weissenberg zuckte mit den Schultern. »Wie ich schon sagte: Eventuell fehlt Blok die notwendige Objektivität bei der Beurteilung von Fakten. Glaubst du eigentlich, dass Noams Ziehsohn was von der Sache zwischen Noam und Jakoov weiß?«

»Amir Dawud?«, fragte Shimon Ben Godin. Weissenberg nickte. »Keine Ahnung, aber das krieg ich noch raus.«

»Da bin ich sicher. Habt ihr Noams Bruder in Jerusalem schon benachrichtigt?«

»Ja, Zvi ist bereits hierher unterwegs«, sagte der Commander. Und fügte hinzu: »Was für eine Scheiße!«

Der Commissioner nickte. Dann legte Weissenberg dem Commander seine Hand auf die Schulter. »Noch eine Sache, Shimon: Wer hat dir eigentlich gesagt, dass Jakoov Blok nicht den Rang erhält, der ihm schon seit Längerem zusteht?« Godin sah ihn verblüfft an. Weissenberg verschloss die Lippen mit dem Zeigefinger. »Aber seine Ernennung zum Chief Inspector wird erst offiziell, nachdem er mit Sara Stein diesen Fall aufgeklärt hat – in dem er hoffentlich nicht drinsteckt.«

Jakoov Blok gab sich gar nicht erst die Mühe, Sara den Kollegen der Spurensicherung vorzustellen, sondern lieferte sie lediglich in der Küche ab, wo das Mordopfer von zwei Sanitätern gerade in einen schwarzen Leichensack gebettet wurde. Ein Kriminaltechniker machte sich Notizen. »Bitte sehr. *Dein* Tatort«, sagte Blok schnippisch und lief dann, zwei Stufen auf einmal nehmend, die Treppe in den ersten Stock des Hauses hinauf. Sara fiel auf, dass der gesamte Hausflur deutlich sichtbare, weiße Fußspuren aufwies.

»Das ist Mehl, Sara. Stammt aus der Küche«, sagte Blok, der auf der Mitte der Treppe stehen geblieben war. Offenbar konnte er Gedanken lesen.

»Ah ja. Mehl. Wer hat ihn gefunden?«, fragte Sara.

»Noam Shavits Ziehsohn. Amir Dawud. Er hat gegen zweiundzwanzig Uhr dreißig die Polizei verständigt.«

»Und wo ist dieser Amir jetzt?«

»Unten im Keller und packt seine Sachen«, sagte er, setzte seinen Weg nach oben fort und verschwand aus Saras Blickfeld.

Blok fühlte sich von Saras plötzlicher Berufung genauso überrumpelt wie der Commander. Blok hatte keineswegs vor, diese Personalie sportlich zu nehmen, im Gegenteil, er wollte sie spüren lassen, was er von der ganzen Sache hielt. Seiner Meinung nach war er auf geradezu infame Weise übergangen worden, ausgerechnet von einer Frau und dann auch noch einer *deutschen* Frau, die zwar eine von ihnen war, aber das würde ihr nichts nützen. Genauso wenig wie der Umstand, dass sie inzwischen mit David Shapiro verheiratet war, seinem Kameraden aus vergangenen Armeetagen.

Sara wiederum konnte sich genau vorstellen, was jetzt in Jakoov Bloks Kopf vorgehen musste, seitdem sie ihm vom Commissioner praktisch vor die Nase gesetzt worden war. Er musste sie einfach als ungebetenen Eindringling empfinden. Andererseits wollte sie sich jetzt auf das Wesentliche konzentrieren – auf den Mordfall, der in Mehlstaub vor ihr lag.

»Warten Sie bitte«, sagte sie auf Hebräisch zu den Sanitätern, »ich würde mir das Opfer gern einmal kurz ansehen.«

Die beiden Sanitäter blickten sich unschlüssig an.

»Noam Shavit weist keine äußeren Verletzungen auf«, sagte der Kriminaltechniker ungefragt, der damit begonnen hatte, seine Gerätschaften in einem Aluminiumkoffer zu verstauen. »Davon haben sich Inspector Blok und der Arzt bereits überzeugt.« An die Sanitäter gewandt, fügte er auf Hebräisch hinzu: »Ihr könnt ihn mitnehmen!«

Sara unterdrückte eine Zurechtweisung, die ihr auf der Zunge lag. Abgesehen davon, dass er sie gerade brüskiert hatte, war es ja von erheblichem Nachteil für eine Ermittlerin, wenn sie einen Leichnam, so wie er ursprünglich aufgefunden worden war, nicht persönlich in Augenschein nehmen konnte. Also würde sie jetzt besonderes Augenmerk auf den Tatort legen. Es roch ein wenig nach Verbranntem, und die Küche war mit Mehl eingestaubt. Auf dem Herd stand ein Wok mit Olivenöl. Vier verschrumpelte Auberginenscheiben schwammen darin. Neben dem Ceranfeld auf der Arbeitsplatte lag ein großes Schneidebrett, darauf zwei Zucchini und eine Aubergine, die zur Hälfte aufgeschnitten war. In einem Suppenteller hatte Noam Shavit das Gemüse vor dem Braten offenbar mit Mehl paniert. Das Küchenmesser lag vor dem Herd auf dem Boden, daneben der rote, rechteckige Kunststoffdeckel eines Vorratsbehälters. »Haben Sie ein Paar Handschuhe für mich, bitte?«, fragte Sara den Kriminaltechniker.

»Kein Problem«, sagte er eine winzige Spur freundlicher und händigte ihr ein paar dünne weiße Latexhandschuhe aus, die Sara überstreifte.

»Ich nehme an, Sie haben hier nichts verändert – jedenfalls soweit es sich nicht vermeiden ließ«, sagte Sara.

»Natürlich nicht«, antwortete der Kriminaltechniker. »Die Kollegen, die zuerst am Tatort eintrafen, haben lediglich den Herd und die Abzugshaube ausgeschaltet.«

»Verstehe«, sagte Sara. Was sie nicht verstand, war, dass es keine Kampfspuren gab. Noam Shavit schien sich nicht gewehrt zu haben.

Die beiden Sanitäter trugen den Leichensack aus der Küche hinaus. Saras Blick fiel auf die Plastiktüte auf dem Boden neben dem umgekippten Küchenstuhl. An ihr klebte noch das Gewebeband, mit dem der Mörder die Tüte um den Hals seines Opfers gebunden hatte. Das Band war durchgeschnitten. In etwa vierzig Zentimeter Abstand lag der offene Vorratsbehälter aus milchigem, weißem Kunststoff, in dem sich noch ein Rest Mehl befand. *Tupperware* gab es also auch in Israel, aber nach einem richtigen Kampf sah das alles für Sara nicht aus. »Haben Sie brauchbare Fingerabdrücke gefunden?«

»Nein«, sagte der Techniker.

»Auch nicht auf der Tüte? Auf dem Klebeband?«

»Nein. Nichts.«

»Was ist mit den Fußspuren im Mehl, den Abdrücken?«

»Was soll mit ihnen sein?«

»Es sind jedenfalls ziemlich viele.«

»Das ließ sich leider nicht vermeiden.«

Sara verzichtete erneut auf eine Bemerkung, dass sich nun die Fußabdrücke des Täters oder der Täter angesichts der vielen Menschen, die sich seit dem Leichenfund in der Küche aufgehalten hatten, nicht mehr isolieren ließen.

Ein Mann betrat die Küche. Er beachtete sie nicht, hob ungerührt den umgefallenen Stuhl vom Boden auf, nahm Platz und begann, auf dem Küchentisch einen Totenschein auszufüllen.

»Sara Stein, Chief Inspector«, sagte Sara, »Shalom, Doktor.«

»Ja, Shalom«, entgegnete der Arzt mürrisch, aber er schaute sie nicht an. »Dann sind Sie die Deutsche, ja?«

»Das habe ich mir leider nicht aussuchen können.« Der Satz hatte zweifellos das Potenzial für eine neue Standardantwort. Blok, dachte Sara, hat wirklich ganze Arbeit geleistet. Sie räusperte sich. »Könnten Sie mir was zum Todeszeitpunkt sagen, Doktor?«

Der Arzt hob kurz das Kinn. »Das habe ich Inspector Blok

bereits alles erzählt.«

»Aber jetzt frage *ich* Sie, Doktor«, sagte Sara und setzte ein kokettes Lächeln auf.

»Zwischen sechs und sieben Uhr. Heute Abend natürlich«, nuschelte er.

»Und die Todesursache? Ersticken?«

»Vermutlich. Äußerliche Verletzungen – Fehlanzeige. Aber Näheres kann ich Ihnen erst sagen, wenn …«

»Wenn Sie ihn auf Ihrem Tisch hatten, nach der Obduktion – schon klar, Herr Doktor«, sagte Sara, »aber wie erklären Sie sich …«

»Was? Was soll ich mir erklären?«

»Nun, dass das Opfer, jedenfalls soweit ich es eben sehen konnte – und wie es mir Ihr Kollege gerade geschildert hat –, keine äußerlichen Verletzungen aufweist. Wissen Sie, ich stelle mir gerade vor, wie jemand auf einem Stuhl sitzt, die Arme gefesselt, eine Plastiktüte über dem Kopf, die mit Klebeband um seinen Hals fixiert ist. Die Luft wird knapp, Noam Shavit überfällt Todesangst, er weiß, es ist vermutlich sein letzter Kampf, er bäumt sich auf und beginnt zu strampeln. Tja, und dann fällt der Stuhl irgendwann um, und er hat keine Möglichkeit, sich abzufangen oder seinen Kopf zu schützen, denn seine Arme sind an die Stuhllehnen fixiert … Der Kopf, der Hals, der Nacken, vielleicht auch die Schultern oder meinetwegen auch alles zusammen prallen ungebremst auf den Boden. Ich kann mir also durchaus vorstellen, Doktor, dass Noam Shavit mindestens eine Prellung im Kopfbereich davongetragen haben könnte.« Sie sprach langsam und ein wenig stockend. »Es tut mir leid, aber was meine Sprachkenntnisse betrifft, bin ich noch in der Lernphase.«

Jetzt huschte zum ersten Mal der Anflug eines Lächelns über das Gesicht des Gerichtsmediziners. »Ich habe Sie sehr gut verstanden«, sagte er, »aber was genau wollen Sie damit andeuten, Chief Inspector?«

»Könnte es nicht sein, dass der Mörder sein Opfer aufgefangen und auf dem Boden abgelegt hat?« Der Arzt und der Kriminaltechniker tauschten einen vielsagenden Blick. »Und warum ist eigentlich dieser Spiegel mit einer Decke verhängt?« Sie deutete auf einen großen Wandspiegel, der neben der Küchentür hing. »Warum macht man so etwas?«

»Viele Orthodoxe machen das, wenn der Tod ins Haus kommt«, sagte der Arzt. »Wir wissen natürlich nicht, wer den Spiegel verhängt haben könnte.« Er beugte sich wieder über den Totenschein.

»Da fällt mir ein, dass wir zwei Wollfasern sicherstellen konnten, die mit Sicherheit nicht vom Opfer stammen«, sagte der Kriminaltechniker plötzlich, »zwei blaue Wollfasern übrigens.«

»Interessant«, sagte Sara. Damit kommst du aber reichlich spät, dachte sie.

»Ja, es ist insofern interessant, dass ich mich an Wollfasern erinnern kann, die wir vor gut zwei Jahren bei einem Tötungsdelikt sicherstellen konnten. Ich hatte damals ebenfalls Dienst, und der Mord geschah nicht weit von hier. Aber um sicherzugehen, muss ich auch erst mal ins Labor. Fragen Sie doch mal am besten Blok – er kennt den Fall.«

»War das nicht der Fall Eli? Vor zweieinhalb Jahren?«, fragte Sara in beiläufigem Ton, so, als ob sie ganz genau Bescheid wusste.

Der Kriminaltechniker nickte verblüfft. »Ja. Dieser Fall konnte bis heute nicht aufgeklärt werden.«

»Ich weiß«, sagte Sara.

»Ihr Kollege Jakoov Blok war damals übrigens der ermittelnde Inspector, gemeinsam mit Noam Shavit.«

»Ich habe davon gehört«, sagte Sara. »Stört es Sie eigentlich, wenn ich ein paar Fotos mache?«

»Natürlich nicht«, entgegnete der Arzt und beugte sich wieder über den Totenschein.

»Ich bin jedenfalls hier fertig«, sagte der Kriminaltechniker. »Dann gute Nacht allerseits. Shalom, Sara! Viel Erfolg!« Er verließ mit seinem Koffer die Küche.

Na also, dachte Sara, es geht doch. Einfach hartnäckig bleiben – und dabei immer schön freundlich. Sie zückte ihr Smartphone und begann, die Küche aus allen möglichen Blickwinkeln zu fotografieren. Streng nach dem Handbuch für Kriminalistik. Den Arzt schien das zwar ziemlich zu stören, aber das war ihr jetzt völlig egal.

Vom Mehlstaub, dem Vorratsbehälter sowie dem Messer auf dem Küchenboden abgesehen, waren im Haus des Opfers keine weiteren Spuren eines Kampfes oder von Gewalt zu entdecken. Auch der geöffnete Wandtresor, der hinter einem Sideboard aus Palisanderholz verborgen war, wies keine Aufbruchspuren auf. Noam Shavit selbst musste also den Tresor geöffnet haben oder jemand, der die Zahlenkombination kannte, und dafür kamen eigentlich nur enge Familienmitglieder infrage. Auf dem Sideboard standen ein halbes Dutzend gerahmter Fotografien, von denen vier eine hübsche blonde Frau zeigten, höchstens Mitte dreißig, das fünfte zeigte dieselbe Frau gemeinsam mit Noam Shavit, und auf dem sechsten posierte er mit einem jungen Araber in einem blauen Overall vor einem aufgebockten Audi. War das Amir Dawud? War der Ziehsohn eines Israeli etwa ein Araber? Beide lächelten in die Kamera. Saras Intuition sagte ihr, dass dies mit Sicherheit kein gewöhnlicher Raubüberfall gewesen war. Wenn überhaupt. Das Haus sah aus, als ob vor Kurzem geputzt und aufgeräumt worden war. Kein Stäubchen war zu sehen, kein Gegenstand schien verrückt worden zu sein. Die Lithografien und Aquarelle an der Wand hingen kerzengerade, die Fernbedienungen für den Fernseher und die Musikanlage lagen, parallel ausgerichtet, auf dem gekachelten Wohnzimmertisch, und die Patchworkdecke auf der Couch war so exakt gefaltet, dass sie den strengen Anforderungen eines militärischen Ausbilders genügt hätte. Sogar die Orangen, die in einer bunten Keramikschüssel auf dem Esstisch standen, waren offenbar sorgsam angeordnet worden. Nach einer wilden Durchsuchung sah das alles nicht aus.

Offenbar war Noam Shavit ein Pedant gewesen. Oder die hübsche Frau, von der Sara nicht wusste, wer sie war. Sie vermutete, dass es sich um Noam Shavits Tochter handelte. Merkwürdig, dass Shavit kein Foto seiner Frau Esther aufgestellt hatte.

Das Interessanteste war allerdings eine Pinnwand hinter dem Schreibtisch, der ebenfalls im Wohnzimmer stand. Denn Chief Inspector Noam Shavit hatte den Fall Eli, seinen bisher wohl einzigen ungelösten Fall, nicht im Präsidium gelassen, sondern ihn auf dieser Pinnwand minutiös verewigt: Da waren Fotos aus verschiedenen Perspektiven von Rahel Eli, achtundsechzig, erstickt mit einer Plastiktüte, gefunden auf der Couch in ihrem Wohnzimmer. Aber im Gegensatz zu Noam Shavit hatte man Rahel Eli ganz eindeutig geschlagen.

Daneben Fotos der Plastiktüte, aber ohne Klebeband, sowie die vergrößerten Aufnahmen von fünf Wollfasern nebst einem marineblauen Pullover der Marke *Dolphin & Shark*. Außerdem hingen da die Konterfeis zweier Tatverdächtiger: Der eine besaß eine typische Verbrechervisage, verkniffener Blick, brutale Gesichtszüge. Er war unrasiert, mit verstrubbelter Frisur und einer auffälligen Tätowierung am Hals, einem Spinnennetz. Sein Name war Ilan Katz. Der andere dagegen, Ariel Gutman, sah aus wie ein Intellektueller, hatte ein gut geschnittenes Gesicht, einen sorgfältig gestutzten Bart und trug eine erkennbar teure Designerbrille. Bestimmt Armani oder Gucci, dachte Sara, auf jeden Fall was Italienisches. Unter dieser Fotogalerie hingen handschriftliche Notizen auf kleinen, gelben Zetteln und mehrere Vernehmungsprotokolle. Ein Foto zeigte zwei Ringe, vermutlich Weißgold, mit jeweils einem großen Brillanten, die Sara auf ungefähr zwei bis drei Karat schätzte. Und dann war da noch die stark vergrößerte Aufnahme eines kleinen, durchsichtigen Plastiktütchens, in dem sich fünf Wollfasern befanden. Ein roter Pfeil war auf das Foto von Ariel Gutman gemalt.

»Ariel Gutman war damals einer unser Hauptverdächtigen, aber wir konnten ihm nichts nachweisen«, sagte Jakoov Blok. Sara fuhr erschrocken herum. »Vor allem aber besaß er kein plausibles Motiv für einen Raubmord, denn er und seine Familie besitzen Geld wie Heu. Und er hatte ein wasserdichtes Alibi. Er wohnt übrigens nicht weit von hier – nur vier Häuser entfernt.«

»Aber ihr habt damals Faserspuren eines blauen Pullovers gefunden. Seines Pullovers?« Sara deutete auf das Porträtfoto von Ariel Gutman. Sie hatte sich von ihrem Schrecken erholt.

»*Dolphin & Shark*-Pullover gibt es wie Sand am Meer«, sagte Blok, »in jeder Farbe. Sie sind nun mal sehr beliebt.«

»Wie seid ihr überhaupt auf diesen Gutman gekommen, wenn ihr nicht mal ein Täterprofil habt?«, fragte Sara.

»Wir sind jeder Spur nachgegangen. Er hatte das Haus der Elis entworfen. Gutman ist Architekt.«

»Und der andere Tatverdächtige?«

»Ilan Katz? Er war damals schon mein Favorit, und er ist es immer noch. In Russland geboren und erst als Jugendlicher mit seinen Eltern aus Jekaterinburg nach Israel eingewandert. Er ist ein notorischer Berufsverbrecher. Diebstahl, Hehlerei, Drogenhandel, Körperverletzung …«

»In seiner Akte findet sich kein Tötungsdelikt?«

»Nein, und leider besaß auch er ein Alibi«, sagte Blok.

»Aber ich bin nach wie vor der festen Meinung, dass er es gewesen ist. Abgesehen davon, dass er ebenfalls zwei Pullover dieser Marke besaß, hatte er kurz zuvor noch als Gärtner bei der Witwe Eli gearbeitet.«

»Das ist jetzt nicht dein Ernst, Blok!« Sara lachte auf. »Der Gärtner!«

»Doch, das ist mein voller Ernst. Ilan Katz hat nach seinem letzten Gefängnisaufenthalt für ein knappes halbes Jahr bei einem Hausmeisterservice gejobbt, der einem seiner Landsleute gehört. Wir fanden seine Fingerabdrücke auf der Toilette.«

»Als Gärtner und Hausmeister hat man ja normalerweise auch Zugang zum Haus. Und du sagst, er besaß zwei Pullover dieser Marke?«

»Ja, aber nicht in Blau. Doch das Indiz, das Katz am stärksten belastete, waren diese zwei Ringe, die wir bei ihm gefunden hatten«, sagte Blok und deutete auf das entsprechende Foto auf der Pinnwand. »Die Ringe haben nachweislich Rahel Eli gehört, doch Katz behauptete steif und fest, dass ihm ausgerechnet diese beiden Ringe von einem arabischen Schmuckhändler ganz offiziell zum Kauf angeboten worden waren«, erklärte Blok. »Er sagte damals aus, dass er sie seiner Freundin schenken wollte, einer gewissen Irina Sharapa, einer Edel-Prostituierten.«

»Hat der Schmuckhändler das bestätigt?«

»Mohammad Al-Farak? Ja, das hat er. Leider.«

»Wie außerordentlich praktisch für Ilan Katz«, sagte Sara.

Blok winkte ab. »Al-Farak war nicht koscher. Er könnte gelogen haben, weil er Katz vielleicht noch eine Gefälligkeit schuldete.«

»Denkbar ist alles.«

»Wir haben zur Sicherheit dann sogar noch eine Gegenüberstellung mit Ariel Gutman veranlasst, aber die ergab auch nichts. Al-Farak hat ihn nicht wiedererkannt. Und Gutman besaß ebenfalls keinen blauen Pullover, aber den hätte er ja auch nach der Tat entsorgen können.«

»Vielleicht erinnert sich dieser Al-Farak ja jetzt an Ariel Gutman?«, meinte Sara.

»Das glaube ich weniger«, entgegnete Jakoov Blok. »Mohammad Al-Farak wurde vierzehn Tage nach dem Eli-Mord tot in Rosch haNikra aufgefunden. Er war von den Klippen dreißig Meter in die Tiefe gestürzt; und bevor du fragst, Sara, ja, Ilan Katz und Ariel Gutman hatten auch für diesen Tag jeweils ein Alibi. Es war zweifelsfrei ein Unfall.«

»Ich hab trotzdem noch eine Frage. Wer war damals Noam Shavits Hauptverdächtiger?«, fragte Sara und versuchte, ihre Freude über Jakoov Bloks plötzliche Redseligkeit zu verbergen.

»Noam war im Gegensatz zu mir der Meinung, dass Ilan Katz nichts mit dem Mord zu tun hatte, obwohl mehrere Indizien für ihn sprachen«, sagte Blok. »Doch bei Ariel Gutman reichten die spärlichen Indizien ebenfalls nicht für eine Festnahme. Gutman war zwar ebenfalls ein paarmal in Rahel Elis Haus gewesen, aber das ist ja für den Architekten, der dieses Haus entworfen hatte, völlig normal. Und vom restlichen Schmuck ist nie wieder was aufgetaucht. Rahel Elis Mann ist übrigens Juwelier gewesen.«

Sara ging zum Sideboard hinüber und nahm eines der Fotos in die Hand. »Ist das Shavits Tochter?«

Jakoov Bloks Miene veränderte sich schlagartig. »Nein, das ist Esther. Seine Frau.«

»Wo ist sie?«, fragte Sara. »Sind die Shavits geschieden?«

»Esther ist tot.« Bloks Stimme klang auf einmal metallisch. Und irgendwie feierlich. Sara wurde hellhörig.

»Wann ist sie gestorben?«, bohrte sie nach.

»Genau vor sechsundzwanzig Tagen.«

»Kanntest du sie?«

»Nicht wirklich«, sagte Blok, aber seine Antwort kam für Saras Empfinden etwas zu schnell. Ihr Blick fiel auf Bloks linke Hand, die er in diesem Moment kurz zu einer Faust ballte. Außerdem blitzte ein Funken Traurigkeit in seinen Augen auf, der jedoch rasch wieder verflog.

»Hast du sie nun gekannt oder nicht?«, insistierte sie, aber Blok schwieg. Sara wartete ein paar Augenblicke, dann fragte sie: »Woran ist sie gestorben? Sie war noch sehr jung.«

»Ja, fast dreißig Jahre jünger als Noam. Sie war Russin, aus St. Petersburg.« Jakoov Blok seufzte. Dann sagte er, etwas leiser: »Sie hatte Krebs. Es dauerte nur vier Monate. Sie hat gekämpft wie eine Löwin.«

»Wie schrecklich. Das tut mir leid«, sagte Sara. »Und dieser Junge, ist das Amir?«

Blok nickte. »Ja, das ist Amir Dawud. Ich bringe ihn jetzt nach Ajami zu einem Freund, mit dem er sich ein Appartement teilt. Hier kann er nicht bleiben.« Sie hörten Schritte auf der Kellertreppe. »Da kommt er«, sagte Blok und wandte sich um.

Im Hausflur tauchte nun ein junger Mann mit einer Sporttasche auf. Amir Dawud sah besser aus als auf dem Foto. Ein richtig guter Typ, fand Sara, groß, mit sportlicher, schlanker Figur und einem offenen, freundlichen Gesicht. Inzwischen trug er allerdings einen dünnen Kinnbart. Seine Augen waren gerötet, als hätte er geweint. Amir Dawud sah den Inspector fragend an.

»Ich komme gleich, Amir«, sagte Blok sanft, »geh ruhig schon mal vor zum Wagen.«

Der junge Mann trottete mit hängenden Schultern hinaus. Er erinnerte Sara ein wenig an Khalid Rahmar, den jungen palästinensischen DJ, der knapp anderthalb Jahre zuvor in Berlin unter Verdacht gestanden hatte, seine israelische Freundin im Hinterhof eines Musikklubs erstochen zu haben. Noch so ein Déjà-vu.

»Was ist? Du guckst so komisch.«

»Amir Dawud ist kein Jude«, sagte Sara, als der sich außer Hörweite befand.

»Nein. Er ist Araber. Noam Shavit war sein Ziehvater.«

»Hat er ein Alibi für die Tatzeit?«

Bloks Miene verhärtete sich. »Entschuldige, Sara, sein Ziehvater ist erst vor wenigen Stunden ermordet worden! Amir hat zur Tatzeit in einem Restaurant gearbeitet. Das habe ich bereits überprüft. Du kannst dich jetzt oben umsehen, aber dort wirst du auch nichts finden. Ich fahre Amir jetzt zu seinem Freund.« Seine Stimme war jetzt regelrecht aggressiv.

»Ist ja schon gut, Jakoov«, sagte Sara und hob entschuldigend die Hände, »alles klar. Gibt es vielleicht noch etwas, was ich wissen sollte?«

Jakoov Blok seufzte. »Stimmt, das habe ich vergessen: Wir haben aus Noams Tresor eine Packung 38er-Munition sichergestellt.«

»Und die dazugehörige Waffe?«, fragte Sara.

Blok schüttelte den Kopf. »Noam hat keinen 38er besessen.«

»Vielleicht doch«, wandte Sara ein, »inoffiziell, meine ich.«

»Mit Sicherheit nicht. Dafür haben wir zu lange gemeinsam gearbeitet, das hätte ich bestimmt gewusst.« Sara blickte ihn zweifelnd an. Jakoov Blok holte Luft. »Shalom, Sara«, sagte er dann unfreundlich und wandte sich ab zum Gehen.

»Nur noch eine Sache, Jakoov«, sagte Sara. »Habt ihr euch eigentlich gut verstanden, Noam und du?«

Blok verharrte in der Bewegung und drehte sich langsam zu ihr um. »Wir waren ein Team, Sara. Ein ziemlich erfolgreiches Team sogar«, erwiderte er mit Nachdruck. »Und was hat das mit dieser Geschichte hier zu tun?«

»Wahrscheinlich nichts. Ich wollte doch nur wissen, wie ihr beiden zueinander gestanden habt. Ich meine, ich hatte in Berlin ja auch ein Team – und kein schlechtes. Aber mit einigen Kollegen lief es zwischenmenschlich besser, mit anderen nicht so gut.« Sie dachte in diesem Moment an ihren damaligen Stellvertreter Maximilian Böck, mit dem sie dummerweise eine Zeit lang zusammen gewesen war. Ein Fehlgriff.

»So ist das eben«, entgegnete Blok, »du sagst es ja gerade selbst: Mit einigen läuft es zwischenmenschlich besser, mit anderen eben nicht so gut. Shalom, Sara!« Er grinste sie unverschämt an und ließ sie dann einfach im Hausflur stehen.

Sara musste diese Ohrfeige erst einmal verdauen. Andererseits wusste sie, dass ein persönliches Opfer manchmal das Geflecht aus Unwahrheiten, Schutzbehauptungen und Merkwürdigkeiten schneller entwirren konnte, das sie umgab. Und in diesem speziellen, ihrem ersten Fall herrschte an Merkwürdigkeiten wahrlich kein Mangel. Da waren die gesamten Umstände, der Tatort, die unfreundlichen Menschen, die das Mordopfer zwar in höchsten Tönen priesen, aber Noam Shavit offensichtlich nicht mochten. Es war ja weder zu überhören noch zu übersehen gewesen, dass Blok trotz ihres frechen Nachfragens nur einen Teil der Wahrheit gesagt hatte, vor allem auf ihre Frage hin, ob er sich mit seinem langjährigen Kollegen über ihre eigentlichen Aufgaben hinaus gut verstanden habe. Und dass Blok eigenartig nervös gewesen war und gleichzeitig voller Trauer. Sara fragte sich jedoch, wem diese Trauer wohl galt: seinem ermordeten Kollegen oder dessen verstorbener Ehefrau. Fragen über Fragen. Und wann wollte Blok das Alibi des jungen Arabers überprüft haben? Es war jetzt ein Uhr morgens, der Notruf war gegen zweiundzwanzig Uhr dreißig bei der Polizei eingegangen, und bereits fünfzehn Minuten später waren ihre neuen Kollegen in Bestbesetzung am Tatort eingetroffen. Und konnte es vielleicht sein, dass Blok die verstorbene Esther Shavit in Wahrheit sehr viel näher kannte, als er zugeben wollte? Dann hätte man sie tatsächlich auf diesen Fall angesetzt, damit sie sich eine blutige Nase holte. Ausgerechnet Blok wäre dann ein Tatverdächtiger gewesen. Dann stünde allerdings auch die Autorität des Commissioners Josef Weissenberg infrage, dem sie es – von David einmal abgesehen – in erster Linie zu verdanken hatte, dass sie in Israel als Kriminalbeamtin arbeiten konnte. Sara traute Weissenberg zwar großes politisches Geschick und taktisches Kalkül zu, aber solch eine Sauerei? Ihr gegenüber hatte er sich bisher absolut korrekt verhalten, fair und transparent, so, wie sich ein Mentor am besten verhalten sollte, wenn ihm das Schicksal seines Protegés wirklich am Herzen lag. Sara konnte sich des Gefühls dennoch nicht erwehren, dass sie vermutlich höllisch aufpassen musste, um nicht als Spielball missbraucht zu werden.

Blok hatte recht: In der ersten Etage des Hauses deutete nichts auf ein Verbrechen hin. Absolut gar nichts. Alles war aufgeräumt, die Betten waren gemacht, alle Schränke und Schubladen waren geschlossen. Hier oben lag auch kein Mehlstaub auf dem Teppichboden, was einen Raubmord noch unwahrscheinlicher machte. Die Einrichtung war nüchtern und schlicht, fast schon steril wirkende, funktionale Möbel, die vermutlich aus einem Einkaufszentrum auf der grünen Wiese vor der Stadt stammten – derselbe Stil, dieselbe kühle Atmosphäre wie im Erdgeschoss. Auffällig war nur, dass Noam und Esther Shavit offenbar in getrennten Schlafzimmern genächtigt hatten, wobei es sich bei ihrem Zimmer um den kleinsten Raum im gesamten Haus handelte. Der Platz reichte gerade mal für ein französisches Bett mit einer blumengemusterten Tagesdecke und ein paar kleinen bunten Kissen sowie für eine schmale Kommode mit drei Schubladen neben der Tür und einen zierlichen Schminktisch. Dieser kleine Raum war viel persönlicher als das übrige Haus. Esther Shavit hatte es heimeliger gemocht als ihr Mann und sich mit vielen Souvenirs aus ihrer russischen Heimat umgeben. Besonders die Matroschka-Püppchen auf dem Schminktisch hatten es Sara angetan. Das traditionelle russische Kinderspielzeug schien sehr alt zu sein; es war bestimmt handbemalt, an einigen Stellen war der Lack abgeblättert, und das geschliffene Holz schimmerte durch. Sara fotografierte die Püppchen sowie das Bildnis des Heiligen Johannes von Siebenbürgen, das über Esther Shavits Bett an der Wand hing. Wenn sie nicht alles täuschte, dann war Noam Shavits Frau ebenfalls gläubig gewesen, wenn sie auch der russisch-orthodoxen Kirche anhing.

»Chief Inspector Stein?«, hörte sie Commander Shimon Ben Godin unten im Flur rufen. »Wir rücken jetzt ab!«

»Ich komme sofort«, rief Sara zurück.

Shimon Ben Godin erwartete sie am Fuß der Treppe. »Wenn Sie wollen, fahre ich Sie nach Hause«, sagte er, »Neve Tzedek liegt auf dem Weg.«

»Sehr gern. Aber kommen Sie bitte noch einen Moment, Commander?« Sie führte Shimon Ben Godin in die Küche vor den großen Wandspiegel und hob vorsichtig die Wolldecke an. »Ich finde das merkwürdig. Dieser verhängte Spiegel …«

Shimon Ben Godin verzog sein Gesicht zu einem spöttischen Grinsen. »Wisst ihr deutschen Juden in Berlin das denn nicht?« Sara schaute ihn fragend an. »Wenn jemand gestorben ist, werden die Spiegel in seinem Heim verhängt«, erklärte er.

»Jaja, ach so: Das weiß ich natürlich«, entgegnete Sara. »Aber was ist das für ein Mörder, der für sein Opfer den Spiegel verhängt? Oder es vielleicht sogar dazu zwingt?« Shimon

Ben Godin kratzte sich am Kinn. Auf diese Frage hatte er keine Antwort parat. »Na ja, vielleicht war es ja auch einer der Kollegen«, sagte Sara, die diesen Schuss ins Blaue mit voller Absicht abfeuerte. »Die Frage ist nur, ob die Decke vor oder nach dem Tod von Noam Shavit über den Spiegel geworfen wurde. Und die ist wohl kaum zu beantworten …«

Der Commander zuckte bloß mit den Schultern. »Ich bringe Sie jetzt besser nach Hause«, sagte er ausweichend. »Aber ich werde die Kollegen morgen früh bei der Lagebesprechung von Ihrer guten Beobachtung in Kenntnis setzen. Die Besprechung ist übrigens um neun Uhr, aber Sie stoßen bitte erst ein paar Minuten später dazu, damit ich Sie ankündigen kann.«

Sie verließen gemeinsam das Haus. Der Commander verschloss die Haustür und klebte ein Siegel über den Türspalt. Die Hälfte der Fahrzeuge auf der Straße war bereits weggefahren, ein Polizist rollte gerade das Absperrband ein. Auch die Schaulustigen waren alle wieder ins Bett gegangen. »Mein Wagen steht gleich da drüben«, sagte Shimon Ben Godin und deutete auf einen grauen BMW, der noch immer in der Mitte der Wohnstraße parkte und den Weg versperrte. Davor wartete eine S-Klasse mit laufendem Motor. Vermutlich ein Anwohner, dachte Sara. Ben Godin entpuppte sich zu ihrer Überraschung als ein Mann mit Manieren, denn er öffnete ihr die Beifahrertür. Als sie einsteigen wollte, senkte sich die getönte Seitenscheibe auf der Fahrerseite des Mercedes. »Was ist eigentlich los?«, fragte der Fahrer, dessen Gesicht Sara sofort bekannt vorkam. Sehr bekannt sogar, denn es hing als Foto an Noam Shavits Pinnwand. Ariel Gutman besaß offenbar nach wie vor ein Faible für auffällige Designerbrillen.

»Nichts«, sagte Shimon Ben Godin betont kühl. »Ich fahre jetzt weg. Danke für Ihre Geduld.«

Er ging um seinen BMW herum, um einzusteigen. In diesem Moment kreuzten sich die Blicke von Sara und dem ehemaligen Hauptverdächtigen im Fall Rahel Eli. Gutman sah zur Seite und ließ die Seitenscheibe wieder hochfahren. Für Saras Empfinden hatte der Architekt entschieden zu rasch weggeguckt. Sie stieg ein und schnallte sich an.

»Kennen Sie ihn?«, fragte Shimon Ben Godin, als sie losfuhren.

»Kennen ist wohl zu viel gesagt, Commander. Ich habe gerade sein Foto gesehen – an der Pinnwand hinter Noam Shavits Schreibtisch.«

»Ariel Gutman. Eine Zeit lang war er einer der beiden Hauptverdächtigen im Fall Eli. Es gab ein paar Indizien, die gegen ihn sprachen, aber die stellten sich dann alle als unbrauchbar heraus.«

»Indizien? Sie meinen die Wollfasern, Commander?«

»Sie wissen also schon Bescheid?«

»Blok hat mir alles erzählt, ja.«

»Dann wissen Sie vermutlich auch, dass Shavit und Blok sich in diesem Fall nicht einig waren.«

»Freunde und Kollegen müssen ja nicht unbedingt immer einer Meinung sein«, entgegnete Sara. »Ich glaube sowieso daran, dass erfolgreiche Ermittlungen zusammengequatscht werden sollten. Man muss lösungsorientiert und ergebnisoffen denken und handeln.«

»So nennt ihr das in Deutschland? Zusammengequatscht?« Shimon Ben Godin lächelte. Es war das erste Mal, dass Sara den Commander lächeln sah.

»Das war der Lieblingssatz meiner Vorgesetzten Vera Schubert in Berlin«, sagte Sara.

Shimon Ben Godin stieg nicht darauf ein. »Shavit und Blok besaßen einen Spitznamen: die siamesischen Zwillinge«, sagte er. Jetzt lächelte auch Sara, aber eher gezwungen. »Ich glaube nicht, dass die beiden jedoch so viel miteinander geredet haben. Trotzdem betrug ihre Aufklärungsquote über fünfundneunzig Prozent.«

»Aber den Fall Rahel Eli haben sie nicht lösen können.«

»Nein. Aber ich bin sicher, Noam Shavit hätte bis zu seiner letzten Sekunde versucht, diesen Ariel Gutman zu überführen. Er schien mir geradezu besessen von diesem Fall und seiner Tätertheorie zu sein. Aber dann kam die schreckliche Krebserkrankung seiner Frau, und seine Persönlichkeit veränderte sich zusehends. Er wurde plötzlich sehr religiös, verstehen Sie?« Shimon Ben Godin bog auf die breite Moshe-Dajan-Straße, die zunächst in südlicher Richtung führte, und Sara vermutete, dass er danach auf der Yitshak-Sadeh-Straße Richtung Jaffa und schließlich nach Neve Tzedek fahren würde. Wo David bestimmt schon auf sie wartete. Sara spürte, dass sie müde wurde, aber sie wollte ihre Chance nutzen.

»Und was ist Ihre Meinung, Commander?«

»Zu was?«

»Zu den beiden Verdächtigen.«

»Ich habe damals eher zu Bloks These tendiert. Wegen der Ringe, die man bei diesem Ilan Katz gefunden hatte. Aber der Fall Rahel Eli ist jetzt ein *cold case*.«

»Wenn wir gerade dabei sind, Commander, wer ist dieser Amir, den Blok gerade weggefahren hat?«, fragte Sara. »Er wollte ihn zu einem Freund bringen, nach Ajami oder so.«

»Amir! Oje, das ist eine fast schon rührende Geschichte: Amir ist Araber. Ein arabischer Palästinenser aus dem Westjordanland. Und er ist ein Ex-Knacki. Noam hatte ihn vor ein paar Jahren festgenommen, es war reiner Zufall. Er hat ihn auf frischer Tat ertappt, als er spazieren war.«

»Wobei denn?«

»Autodiebstahl. Amir war damals zweiundzwanzig, hatte

keine Eltern mehr und wuchs bei einem Verwandten auf, der ein ziemlich großer Autoschieber war. Mit Amirs Festnahme flog die ganze Bande auf. Noam hatte dann aus irgendeinem Grund einen Narren an dem Jungen gefressen. Er hat sogar dafür gesorgt, dass Amir nur vierzehn Monate absitzen musste, und dann hat er ihm durch seine Bewährungszeit geholfen. Er besorgte ihm einen Ausbildungsplatz in einer Autowerkstatt und einen Job bei einem Freund in einem Restaurant. Und dann hat er ihn sogar zeitweise bei sich wohnen lassen.«

»Und warum hat er das alles getan?«

»Ich weiß nur, dass Amir so etwas wie ein Sohn für Noam gewesen ist«, sagte Shimon Ben Godin.

»Ach, da wäre noch etwas, Commander«, sagte Sara. »Wissen Sie zufällig, ob Noam Shavit einen Revolver besessen hat? Einen 38er?«

Shimon Ben Godin schüttelte den Kopf. »Keine Ahnung. Seine Dienstwaffe ist bei mir unter Verschluss. Warum fragen Sie?«

»Der Tresor stand offen, und darin haben die Kollegen eine Schachtel mit der entsprechenden Munition gefunden. Aber keine Waffe.«

»Verstehe ich nicht«, sagte der Commander. »Mir ist davon nichts bekannt. Haben Sie Blok schon gefragt?«

Sara nickte. »Hab ich. Er wusste auch nichts Näheres. Aber wenn Noam Shavit einen Revolver besaß und sein Mörder ihn mitgenommen hat: Warum hat der dann die Munition liegen gelassen?«

»Gute Frage«, sagte der Commander. Dann holte er tief Luft. »Ich sag es dir ganz offen, Sara, ich habe dich nicht angefordert.«

Sara nickte. »Ist mir klar.«

»Der Commissioner hält große Stücke auf dich.« Sara schwieg. »Aber wir sind ein eingespieltes Team. Und in deiner

Akte steht, dass du zu Alleingängen neigst.« Sara sah stur geradeaus auf die Straße. »Meinetwegen kannst du das in Berlin machen. Aber nicht hier! Haben wir uns verstanden?«

»Verstanden«, sagte Sara und schaute demonstrativ aus dem Seitenfenster.

Immerhin war der Commander bereits zum vertraulichen »Du« übergegangen. Wenn es mit ihrer Karriere bei der israelischen Polizei derart rasant weiterging, würde David schon bald des Öfteren auf sie warten müssen.

Jakoov Blok parkte seinen Wagen in einer Nebenstraße. Von hier waren es fünfhundert Meter zu Noam Shavits Haus. Die Nacht war mild und ruhig. Kein Mensch war auf der Straße zu sehen, kein Auto fuhr mehr um diese Zeit, kurz nach drei Uhr morgens. Die Bewohner des Baruch-Viertels schliefen tief und fest. Blok war das nur recht. Er schaute sich noch einmal um, brach dann das Polizeisiegel, öffnete die Tür und schlüpfte ins Haus. Eine Taschenlampe brauchte er nicht, er war oft genug hier gewesen. Sehr oft sogar, bis vor genau zwei Wochen, als er sich mit Noam Shavit im Garten gestritten hatte. Sie hatten sich angebrüllt und so das Band zwischen ihnen endgültig zerschnitten. Wobei dieses Band schon lange Risse gehabt hatte. Zehn Jahre hatten sie sehr erfolgreich zusammengearbeitet, doch insgeheim hatten sie sich gehasst. Der Grund dafür war Esther gewesen, die schöne, junge Russin aus St. Petersburg, die Noam Shavit über eine Partnervermittlung kennengelernt und die er nach Israel gelockt hatte, dieser bigotte, falsche Mensch, für den Jakoov ihn schon immer gehalten hatte. Wobei Esther sich nicht lange hatte bitten lassen. Blok kannte die Seele der russischen Frauen genau, ihre Charaktereigenschaften, ihr häufig so berechnendes Wesen und wusste um ihre Härte anderen Menschen, aber auch sich selbst gegenüber. Er stammte schließlich selbst aus der ehemaligen Sowjetunion. Aber Esther, sie war tatsächlich anders gewesen. Eine zarte, zerbrechliche Person, voller Liebe und Wärme, eine glorreiche Ausnahme, die natürlich nicht hatte ahnen können, dass Noam Shavit im Grunde seines Herzens ein Schwein gewesen war. Ein Narziss der übelsten Sorte, der so gut wie jede Form der menschlichen Manipulation meisterhaft beherrschte, was ihn auf der anderen Seite zum erfolgreichsten Mordermittler Israels gemacht hatte. Aber hinter der Fassade seines gutbürgerlichen Hauses war Esther dem seelischen Terror eines Soziopathen ausgesetzt gewesen.

Irgendwann hatte Jakoov Blok ihr Leiden nicht mehr mit ansehen können und hatte sich Esther heimlich als Fluchthelfer aus ihrer Ehehölle angeboten. Er hatte mitbekommen, dass Noam seine eigene Frau gestalkt hatte, ihr wann immer es ging hinterherspionierte und sie mit seinen unvermittelten Eifersuchtsanfällen und seinem ständigen Misstrauen schier in den Wahnsinn trieb. Doch damit hatte Blok gegen ein ungeschriebenes Gesetz verstoßen: Noam und er waren schließlich ein Team gewesen, und es war schlichtweg undenkbar, dass ein Kollege einem anderen die Ehefrau ausspannte. Aber genau das war geschehen. Die Situation wurde schier unerträglich, als Esther und Jakoov feststellten, dass aus ihrer heimlichen Affäre binnen kürzester Zeit Liebe geworden war. Von der Noam Shavit, dieser verfluchte Kontrollfreak, natürlich Wind bekommen hatte.

Es dauerte gut eine halbe Stunde, bis Jakoov Blok in Esthers Schlafzimmer das fand, was er gesucht hatte. Sie hatte den USB-Stick mit ihren gemeinsamen Erinnerungen dort aufbewahrt, wo ein Ermittler wie Noam Shavit niemals gesucht hätte, weil das Versteck einfach zu offensichtlich und zu simpel war. Erleichtert steckte Blok die kleine Matroschka-Puppe ein und schloss die Lücke in der Reihe, indem er den

Abstand zwischen den übrigen Püppchen veränderte. Dann verließ er das Haus so leise und unauffällig, wie er gekommen war. Er vergaß auch nicht, ein neues Siegel über das Türblatt und den Türrahmen zu kleben. Jetzt war er raus. Jetzt konnte er sich in aller Ruhe wieder auf denjenigen konzentrieren, den er schon zwei Jahre zuvor im Eli-Fall im Visier hatte – auf Ilan Katz.

Zwei

Sara erwachte von Davids Klavierspiel. Es war kurz nach sieben, und sie fühlte sich gerädert. Dann fiel ihr ein, dass heute ihr erster richtiger Arbeitstag war. Ihr offizieller Dienstantritt bei der Tel Aviver Mordkommission. Sie quälte sich aus dem Bett, tapste ins Bad und duschte ausgiebig, zum Schluss wie üblich eine Minute lang kalt. Dann zog sie sich an und ging hinunter in die Küche, um sich einen Cappuccino zu machen. Der Kaffee-Vollautomat von der Größe eines Handkoffers war ein Hochzeitsgeschenk ihrer Eltern gewesen, im Gegensatz zu ihrer früheren Maschine ein ungeheurer Luxus. Mit aufgeschäumter Milch auf Knopfdruck konnte man Sara immer begeistern.

»Möchtest du auch einen Kaffee, Liebling?«, rief sie.

»Nein, danke«, rief David zurück.

Mit dem Becher in der Hand ging sie in den kleinen Musiksaal, den er sich für sein Herzensprojekt, das israelisch-palästinensische Kinder- und Jugendorchester, eingerichtet hatte, und blieb im Türrahmen stehen. »Du hast schon geschlafen, als ich nach Hause gekommen bin«, sagte sie. »Es tut mir wirklich aufrichtig leid, dass du dich nicht revanchieren konntest.« Sie nahm einen Schluck Cappuccino und zuckte zusammen. »Ui, ist der heiß!«

David sah von der Klaviatur seines Flügels auf. »Guten Morgen, Schöne!«, sagte er.

Sara stellte den Becher auf einem Tischchen ab, schlenderte zu David hinüber und umarmte ihn von hinten. Sie vergrub ihren Kopf in seinem Nacken und küsste ihn.

»Kommt so etwas eigentlich öfter vor?«, fragte er, »dass du mitten in der Nacht losmusst, um an einen Tatort zu fahren?«

»Das weißt du doch«, sagte Sara und richtete sich wieder auf. Sie war nicht sicher, ob sie einen leisen Vorwurf in seiner Stimme gehört hatte.

»Ich werde mich bestimmt daran gewöhnen«, sagte David und lachte. »Wann wollen wir heute mit dem Renovieren anfangen?«

»Ach du großer Gott!«, sagte Sara.

»Der wird uns beim Streichen nicht helfen, fürchte ich.«

»Nein, ich meine, ich kann nicht. Ich muss ins Hauptquartier. Heute ist bereits mein erster Tag.«

»Du solltest doch erst in sechs Wochen anfangen«, sagte David stirnrunzelnd.

»Tja, Überraschung! Es hat was mit dem Fall von heute Nacht zu tun.« David sah sie fragend an. »Stell dir vor, ein direkter Nachbar deiner Eltern ist tot in seinem Haus aufgefunden worden – ausgerechnet der Chefermittler der Mordkommission.«

»Ein Mord im Baruch-Viertel? Eine Schießerei etwa?«

»Es war eher eine lautlose Hinrichtung – mit einer Plastiktüte über dem Kopf. Aber pst!«, sagte Sara und verschloss ihre Lippen mit dem Zeigefinger.

»Das ist ja eine ganz perfide Methode«, sagte David, »aber es wundert mich trotzdem, dass meine Mutter noch nicht angerufen hat – ein Mord vor ihrer Haustür. Aber was ist nun mit unserem Renovierungsplan?«

»Es mir wirklich leid, Liebling. Warum fragst du nicht

Miriam? Ihr könntet zuerst das Unterrichtszimmer streichen. Bestimmt hältst du ihr gern die Leiter. Oder sie dir.«

David nahm lachend ihre Hand. »Jetzt hör schon endlich auf, Sara. Außerdem kann die noch nicht mal einen Pinsel halten.«

»Da wäre ich mir an deiner Stelle nicht so sicher, mein Schatz«, sagte Sara, die sich mit Davids Assistentin nach wie vor nicht arrangieren konnte. Sie wollte es auch gar nicht. Denn Miriam Libeskind nervte sie inzwischen kolossal. Eigentlich schon seit dem Tag vor vierzehn Monaten, als sie nach Israel geflogen war, um David einen Überraschungsbesuch abzustatten. Bis heute sah Miriam nicht ein, dass David sich entschieden hatte – und zwar ganz bestimmt nicht für sie. Nach wie vor machte sie David schöne Augen, und seitdem Sara dann ein paar Monate später bei ihm eingezogen war, hatte sie sich einer strengen Diät unterworfen, und das ziemlich erfolgreich. Ihr Jungmädchenspeck war auf beeindruckende Weise geschrumpft. Dummerweise konnte Miriam Libeskind auch noch hervorragend mit den Kindern umgehen, die David unterrichtete.

Wenn man Sara gebeten hätte, ihr Verhältnis zu Davids Assistentin zu beschreiben, hätte sie »scheißfreundlich« geantwortet. Andererseits ärgerte sie sich auch darüber, dass sie immer wieder von Eifersuchtsattacken überfallen wurde – obwohl David ihr bisher absolut keinen Grund dafür gegeben hatte.

»Ich krieg das schon hin«, sagte David unvermittelt, »und bitte entschuldige, ich sollte dir lieber einen erfolgreichen ersten Arbeitstag wünschen!« Er klappte den Deckel der Klaviatur zu, erhob sich, nahm Sara in den Arm und drückte sie fest an sich. Sara atmete tief durch. Jetzt war sie wieder beruhigt. Vollends zwar nicht, aber immerhin einigermaßen. Plötzlich klingelte es an der Haustür.

»Wer ist denn das um diese Zeit?«, fragte Sara und blickte auf ihre Armbanduhr. Es war gerade mal fünfzehn Minuten vor acht.

»Keine Ahnung«, antwortete David, gab Sara aus seiner Umarmung frei und ging hinaus, um wenige Augenblicke später mit seiner Mutter zurückzukehren. »Meine Mutter lädt uns für morgen zum Schabbat-Mahl ein. Was meinst du?«

Meira Shapiro trat auf Sara zu und breitete die Arme aus. Sara erwiderte ihre Umarmung, aber Davids Mutter hielt nach den Begrüßungsküsschen auf die Wangen ihre Hände fest und blickte sie mit sorgenvoller Miene an. »Du siehst verändert aus. So blass. Und richtiggehend mager. Sorgt er etwa nicht für dich?«

Sie selbst wog mindestens fünfzehn Kilogramm zu viel.

»Doch, doch«, lachte Sara.

»Sie sorgt für mich, Mama«, sagte David.

Meira Shapiro tat so, als hätte sie die Bemerkung ihres Sohnes überhört. »Oder bist du vielleicht …«

»Nein, Mutter. Wir sind nicht schwanger«, erwiderte David.

Sara spürte, dass sie errötete.

Meira Shapiro ließ Saras Hände los und wandte sich an ihren Sohn. »Dich fragt keiner!« Dann lächelte sie Sara wieder an. »Macht ja nichts. Aber man darf wohl noch hoffen.«

»Du wirst die Erste sein, die es erfährt, Mama«, sagte David, der wusste, wie unangenehm Sara solche Bemerkungen waren.

Meira Shapiro schaute ihre Schwiegertochter immer noch prüfend an.

»Versprochen«, sagte Sara.

»Wenn du das sagst.« Sie klatschte leise in die Hände und kündigte damit einen Themenwechsel an, was Sara mit einer gewissen Erleichterung registrierte. »Machst du uns Tzimmes?«, fragte ihre Schwiegermutter.

Sara hob entwaffnend ihre Hände. »Oh Meira, ich und kochen … Außerdem weiß ich noch nicht mal, ob ich morgen Abend kommen kann.« Sie tauschte einen kurzen Blick mit David. »Ich habe meinen ersten Auftrag von der Mordkommission, weißt du? Sechs Wochen früher als geplant.«

Meira Shapiro nickte. »Doch nicht etwa wegen der schrecklichen Geschichte bei uns in der Nachbarschaft?«

»Na, was habe ich dir gesagt?«, feixte David. »Meiner Mutter entgeht nichts.«

Sara nickte, doch eigentlich durfte sie gar nicht über den Fall reden.

»Ich dachte auch, sie hätte noch ein paar Wochen Zeit«, warf David ein, aber diesmal klang es nicht vorwurfsvoll.

»Furchtbar ist das«, sagte Meira Shapiro. »Und dabei war Noam Shavit Polizist!« Sara griff nach ihrem Cappuccino, der jetzt nur noch lauwarm war.

»Wenn etwas in der Stadt passiert, weiß es meine Mutter manchmal sogar schon, *bevor* es geschehen ist«, sagte David. Für diese kleine Unverschämtheit – die allerdings mehrere Körnchen Wahrheit enthielt – kassierte er von ihr einen erbosten Blick.

»Dann wärst du die perfekte Kriminalistin«, sagte Sara, der dieses Geplänkel langsam zu viel wurde. »Ich muss jetzt leider los«, sagte sie, »aber ich versuche, morgen Abend pünktlich zu sein.« Sie verabschiedete sich von ihrer Schwiegermutter mit einem weiteren Küsschen auf die Wange und ging rasch hinaus in die Eingangshalle, wo ihre beiden Fahrräder an zwei Stahlhaken hingen, die in die Wand eingelassen waren.

»Ich bring dich noch zur Tür«, sagte David und folgte ihr. Seine Mutter kam ihnen hinterher.

Sara streifte sich die Schultertasche über und nahm ihr Fahrrad von der Wand. »Wie? Mit diesem Ding willst du durch die Stadt fahren?«, fragte Meira Shapiro.

»Natürlich«, sagte Sara, »das geht weitaus schneller als mit dem Auto.«

David hielt ihr die Tür auf. »Bis nachher!«, sagte er. Der Abschiedskuss fiel wegen des unangekündigten Besuchs ein wenig flüchtig aus. »Viel Glück!«

»Und jetzt erzähl mir einmal, was da genau passiert ist!«, sagte Meira Shapiro, als ihr Sohn die Haustür wieder geschlossen hatte.

David seufzte. »Du weißt doch sowieso mehr als ich – oder vielleicht nicht?«

Sara benötigte knapp zwanzig Minuten zum Präsidium in der Dizengoffstraße. Normalerweise hätte sie die Strecke in nicht einmal der Hälfte der Zeit zurückgelegt. Doch Fahrradfahrer waren im morgendlichen Berufsverkehr von Tel Aviv nicht vorgesehen. Und obwohl Sara berlingestählt war, hatte sie beschlossen, sich einen Fahrradhelm zu kaufen, noch bevor das lang gestreckte, weiße und unauffällige Gebäude der Tel Aviver Polizei in Sicht kam. Den ersten in ihrem Leben.

Vor dem Hauptquartier parkten mehrere Streifenwagen. Sara erspähte eine Lücke und wollte einbiegen, um auf den Bürgersteig zu fahren, als ein kleiner Fiat 500 heranpreschte, mit quietschenden Reifen in die Parklücke setzte und sie beinahe umgefahren hätte. Sara schüttelte empört den Kopf. Eine junge Frau mit Kopftuch stieg aus, knallte eine Spur zu heftig die Fahrertür zu und blickte Sara mit einer Mischung aus Arroganz und Verachtung an. »Vielleicht übst du mal Fahrradfahren«, sagte sie auf Hebräisch, obwohl sie eher aussah wie eine Palästinenserin. Sie hatte einen olivfarbenen Teint, große, wunderschöne Augen – aber leider auch ein loses Mundwerk.

»Vielleicht fährst du einfach mal langsamer«, entgegnete Sara verblüfft, »du bist nicht allein auf der Straße. Schon gemerkt?«

Die junge Frau grinste frech, griff in ihre Gesäßtasche und hielt einen Dienstausweis der Polizei hoch. »Ich Polizei«, sagte sie, »ich Corporal, ich darf das. Du nicht Polizei. Du darfst das nicht.«

Sara lächelte entwaffnet zurück. »Na dann«, meinte sie lapidar, aber sie freute sich jetzt schon diebisch auf das Wiedersehen mit der Göre. Warte nur ab, Schätzchen, sagte sie sich, man sieht sich immer zweimal im Leben. Und mich sogar noch öfter.

Während der Corporal im Hauptquartier verschwand, schloss Sara besonders sorgfältig ihr Fahrrad ab. Sie musste noch ein wenig Zeit schinden. Der Überraschungsbesuch ihrer Schwiegermutter hatte ihren Tagesablauf gehörig durcheinandergebracht; Shimon Ben Godin erwartete sie erst nach der Dienstbesprechung, die für neun Uhr angesetzt war. Bis dahin waren es noch gut dreißig Minuten. Sara vermutete, dass er der Mordkommission die frohe Kunde lieber in ihrer Abwesenheit verkünden wollte: dass es einen neuen Chief Inspector in ihren Reihen gab, der jedoch nicht Blok hieß.

Sara warf einen Blick auf ihre Armbanduhr. Es hatte sich kaum was geändert. Acht Uhr fünfundvierzig, also entschieden zu früh. Sara entschloss sich, noch einen Kaffee trinken zu gehen und dann, wie vom Commander gewünscht, eine Viertelstunde zu spät zur Lagebesprechung zu erscheinen.

Die Mordkommission residierte in der zweiten Etage des dreistöckigen Gebäudes in einem weiß gestrichenen und klimatisierten Großraumbüro, das mit schrecklichem Kunstlicht ausgeleuchtet war. Nur die Einzelbüros der leitenden Beamten, zu denen auch Sara gehörte, besaßen Fenster hinaus zur Straße oder zum Innenhof des Präsidiums. Diese Büros waren im Grunde bloß kleine Kästen, total verglast bis hinunter zum Boden. Neben dem etwas größeren Büro des Commanders befand sich ein Konferenzraum. Shimon Ben Godin hatte an diesem Morgen die gesamte Abteilung einberufen.

»Ich weiß, ihr seid traurig und ihr seid wütend, genau wie ich. Am liebsten würde ich ganz Tel Aviv absperren und keinen Stein auf dem anderen lassen, bis wir das Schwein haben«, sagte er und schaute in die Runde. Die Beamten murmelten ihre Zustimmung. Noam Shavit war schließlich einer von ihnen gewesen, wenn auch nicht irgendeiner. Doch wenn es einen Kollegen erwischte, gingen sie stets mit besonderer Härte vor. »Lasst uns schweigen – für Noam«, sagte Shimon Ben Godin. Die Beamten senkten die Köpfe, und es wurde still im Raum.

In diesem Moment betrat Sara das verwaiste Großraumbüro. Sie schaute sich um und entdeckte hinter einem Schreibtisch, auf dem gleich mehrere Telefone und zwei Flachbildschirme standen, eine rothaarige Frau, die etwa in ihrem Alter war. Sie hatte viele Sommersprossen, und ihre rötlichen Haare standen kreuz und quer zu Berge.

»Kann ich Ihnen helfen?«, fragte sie freundlich. »Zu wem möchten Sie denn?«

Sara nestelte ein wenig nervös an dem Besucherschild, dass ihr der Beamte an der gesicherten Eingangspforte in die Hand gedrückt hatte. Dort hatte man zumindest gewusst, wer sie war, aber die Kartenlesefunktion ihres Dienstausweises war noch nicht aktiviert worden.

»Guten Morgen. Ich bin Sara Stein – die neue Kollegin. Shalom!«

»Natürlich. Shalom, Sara! Du bist unser neuer Chief Inspector. Ja, der Commander hat dich bereits angekündigt.« Sie erhob sich und trat mit ausgestreckter Hand hinter ihrem Schreibtisch hervor. »Ich bin Tali Armoza, am besten nur Tali. Falls du mal eine Dolmetscherin für Arabisch brauchst …«

Sara erwiderte ihren herzlichen Händedruck. »Shalom,

Tali«, sagte sie ein zweites Mal, fast schon eine Spur zu erleichtert, denn es tat gut, mal ein nettes Wort zu hören, das vermutlich auch so gemeint war. »Was ist denn da drinnen los?«, fragte sie dann, mit einem Seitenblick auf den Konferenzraum.

»Sie gedenken Noam Shavit«, sagte Tali Armoza. »Schrecklich ... Du warst gestern Nacht am Tatort?«

»Ja«, sagte Sara ernst, »furchtbar!«

Durch die Glaswand des Konferenzraums hörten die beiden Frauen gedämpft, wie Shimon Ben Godin nach der Schweigeminute wieder das Wort ergriff. »Aber gerade jetzt müssen wir einen klaren Kopf bewahren«, sagte er. Im selben Moment entdeckte er Sara und winkte sie heran. Saras Herz schlug heftiger, als sie den Konferenzraum betrat und sich den neugierigen, abschätzenden Blicken ihrer Kollegen aussetzte. Shimon Ben Godin wies auf einen leeren Stuhl an seiner linken Seite. An seiner rechten Seite stand Jakoov Blok. Er wich Saras Blick aus und strafte sie mit Nichtachtung. Sara ging um den Konferenztisch herum und schüttelte dem Commander die Hand. Alle nahmen Platz. »Also noch einmal für alle: Das ist unsere neue Kollegin, Sara Stein aus Berlin«, sagte Ben Godin. Kollegin. Nicht Chief Inspector.

»Shalom, Sara«, murmelte es hier und da.

»Shalom, Kollegen«, erwiderte Sara und zwang sich zu einem Lächeln.

»Sara Stein wird uns ab sofort als neuer Chief Inspector zur Verfügung stehen«, fuhr der Commander fort. »Es war der ausdrückliche Wunsch des Commissioners, dass sie Blok bei diesem Fall unterstützt. Sie werden zusammenarbeiten ... und zwar mit denselben Befugnissen.«

Jetzt richteten sich alle Blicke auf Jakoov Blok. Er gab sich zwar keine erkennbare Blöße, aber Sara konnte sich gut vorstellen, dass es in diesem Moment in ihm brodelte.

»Warum das, Commander?«, fragte ein jüngerer Ermittler.

»Aus Gründen, die selbst dir naheliegend erscheinen müssten, Zoltan«, sagte Shimon Ben Godin. Was, wie Sara fand, ziemlich nett von ihm war. »Wir alle kannten Noam sehr gut«, fuhr Shimon Ben Godin fort, »also besteht die Möglichkeit, dass wir nicht objektiv genug an die Ermittlungen herangehen. Die beiden werden das schon hinbekommen«, fügte er hinzu. Für Sara hörte es sich eher wie eine Dienstanweisung an. Blok schwieg und brachte nur ein winziges Nicken zustande. Shimon Ben Godin rieb sich die Hände. »Sehr gut. Dann lasst uns anfangen«, sagte er.

Der Erste, der den Konferenzraum verließ, war Jakoov Blok. Er vermied es, Sara anzusehen, was sie ausgesprochen unhöflich fand, beinahe kindisch, aber sie verkniff sich eine Reaktion. Sie war Ben Godin dankbar, dass er keine große Begrüßungsrede geschwungen, sondern seine Truppe mit klaren Worten eingenordet hatte. Der Start hätte weitaus holpriger verlaufen können, und sie war ebenfalls überzeugt davon, dass sie sich über kurz oder lang mit Jakoov Blok arrangieren würde. Vielleicht würde ja auch die freundschaftliche Verbindung zu David hilfreich sein. Bei den bisherigen sporadischen Treffen hatte Blok allerdings den Eindruck hinterlassen, dass er Privates und Dienstliches strikt voneinander zu trennen wusste. Sie würde sich sein Vertrauen hart erarbeiten müssen.

Die Bewohner des Baruch-Viertels befanden sich am Tag nach dem Mord an Noam Shavit in heller Aufregung. Zahlreiche Gerüchte und Halbwahrheiten machten im Quartier die Runde, niemand wusste etwas Genaues, und die Anwesenheit einiger Reporter- und Fernsehteams trug ebenfalls nicht zur Beruhigung bei. Nachbarn, die bis dahin selten mehr als ein, zwei Sätze miteinander gewechselt hatten, steckten auf der Straße die Köpfe zusammen und tuschelten.

Ruth Gutman wäre an diesem Vormittag auch gern nach draußen auf die Straße geeilt, aber sie war mittlerweile seit fast sechs Jahren an den Rollstuhl gefesselt, und so wusste sie gar nicht genau, was am Abend zuvor in ihrer unmittelbaren Nachbarschaft geschehen war. Sie litt an einer besonders aggressiven Form von multipler Sklerose, und sie hätte sofort die Hälfte ihres stattlichen Vermögens gegen ein normales Leben eingetauscht, in dem sie nicht von privaten Pflegekräften abhängig war. Und in gewisser Weise leider auch von ihrem Sohn, Ariel.

Als ihre Krankheit fortschritt, hatte ihr Mann Ytzhak seine Anteile an der *G & G-Privatbank* – Grünberg und Gutman – verkauft, um seiner Frau auch tagsüber zur Seite stehen zu können. Als Erstes hatte er im Baruch-Viertel eines der letzten freien Grundstücke gekauft und dort eine barrierefreie Villa mit fünfhundert Quadratmetern Wohnfläche und einem großzügigen Therapiebecken bauen lassen; ein viereckiger Koloss aus Beton, Stahl und viel Glas, der wie ein Fremdkörper in der Umgebung wirkte, aber dem allgemeinen architektonischen Trend entsprach. Doch kaum dass sein neues Heim bezugsfertig gewesen war, starb Ytzhak Gutman eines morgens an einem Herzinfarkt, der ihn in seinem eigenen Schwimmbad ereilte, obwohl er weder geraucht noch getrunken hatte. Seine Frau Ruth machte für den überraschenden Tod ihres Mannes vor drei Jahren insgeheim ihren einzigen gemeinsamen Sohn verantwortlich, Ariel, der, obwohl er Architektur studiert hatte, nach wie vor unter dem Dach seines Elternhauses lebte, nur sehr selten zum Arbeiten in sein Büro in der Innenstadt von Tel Aviv fuhr und mit seinem Vater ununterbrochen aneinandergeraten war. Ytzhak Gutman hatte immer gespürt, dass mit seinem Jungen irgendwas nicht stimmte, doch hatten er und seine Frau nicht immer alles für Ariel getan? Hatten sie ihm nicht jeden erdenklichen Wunsch von den Augen abgelesen?

Ariels Begabung war die Fähigkeit, wie ein Fährtensucher den Weg des geringsten Widerstandes zu finden und ihn dann auch mit aller Konsequenz zu beschreiten. Schon in seiner Jugend hatte er häufig mit Drogen zu tun gehabt, mit Alkohol oder mit beidem, was ein paarmal zu peinlichen Anzeigen geführt hatte, doch bisher war er – dank der prall gefüllten Bankkonten seines Vaters, aus denen stets die besten und teuersten Anwälte der Stadt honoriert wurden – aus jedem Ermittlungsverfahren unbeschadet, das heißt straffrei, herausgekommen. Seine Weste war makellos, doch das Nervenkostüm seiner Eltern bald nachhaltig zerrüttet. Ytzhak Gutmans Herz hatte sich zwischen seinem Beruf, seiner Frau und seinem Sohn förmlich aufgerieben.

Ariel, der seine Hochschulreife schließlich auf einem englischen Internat erlangte, für das Ytzhak Gutman einen für damalige Verhältnisse zukunftsweisenden Computer-Klassenraum gestiftet hatte, benötigte danach beinahe acht Jahre, um sein Architekturstudium mit einem miserablen »Ausreichend« abzuschließen. Seinen Ruf als Architekt und Bauleiter hatte er nach einem relativ hoffnungsvollen Beginn jedoch in Rekordzeit ramponiert. Das Haus seiner Eltern war gelungen, die nächsten zwei Aufträge wickelte er mithilfe einer befreundeten Bauzeichnerin ebenfalls noch zufriedenstellend ab, doch dann kündigte ihm die Bauleiterin die Zusammenarbeit auf, da sie seine cholerischen Anfälle nicht mehr ertrug. Er traute sich zu viel zu, scheiterte kläglich, und die Aufträge, die er jetzt noch erhielt, kamen zumeist aus dem wohlhabenden Bekannten- und Freundeskreis seiner verwitweten Mutter. Es handelte sich dabei um relativ bedeutungslose Gefälligkeitsarbeiten, die ihm um Ruth Gutmans Gesundheit und ihrem Seelenheil willen zugeschanzt wurden; Aufträge, von denen man annehmen durfte, dass sie selbst ein unerfahrener Architekt und Bauleiter zumindest leidlich, im besten Fall sogar pünktlich erfüllen konnte.

Inzwischen war er praktisch mittellos, sah man einmal von dem Erbe ab, das er zu erwarten hatte. Doch seine Mutter war erst dreiundsechzig, und so, wie es aussah, war sie trotz ihrer Nervenkrankheit ein zähes Luder. Überdies hatte Ruth Gutman viel Zeit zum Nachdenken gehabt, und so war ihr klar geworden, dass sie und ihr verstorbener Mann aus fehlgeleiteter Fürsorge alles dafür getan hatten, die Wohlstandsverwahrlosung ihres Sohnes zu fördern. Wenn es dazu vermutlich auch viel zu spät war, hatte sie begonnen, die Zügel fester anzuziehen, und zwar mit dem einzigen Druckmittel, das sie besaß: mit ihrem Geld.

Als das Telefon läutete, saßen Mutter und Sohn sich bei ihrem gewohnt späten Frühstück gegenüber. Für einen Gast hätte es wahrscheinlich trotz der vier Meter langen Tischplatte, die zwischen ihnen lag, wie ein harmonisches Familienfrühstück gewirkt. Ariel legte augenblicklich seinen Toast mit der bitteren Orangenmarmelade auf dem Teller ab, um sich zu erheben und seiner Mutter das kabellose Telefon zu reichen. Danach setzte er sich wieder, widmete sich Toast und Tee und beobachtete seine Mutter über den Rand seiner italienischen Designerbrille.

»Shalom, Meira!«, sagte Ruth Gutman, »wie schön, dass du dich wieder einmal meldest. Wir haben ja schon viel zu lange nicht mehr miteinander gesprochen …«

Ariel wusste, wer Meira Shapiro war. Er hielt sie für eine dieser schrecklichen Klatschbasen, von denen im Viertel viel zu viele wohnten. Sein Vater hatte zu seinen Lebzeiten mit Meiras Ehemann Saul regelmäßig Schach gespielt, aber niemals eine echte Chance gehabt, Professor Saul Shapiro war schließlich einer der führenden Mathematiker des Landes.

Ruth Gutman hörte aufmerksam zu. An ihrer Miene

erkannte Ariel sofort, dass es kein angenehmer Anruf war. Seine Mutter wirkte geradezu schockiert von dem, was ihr Meira Shapiro erzählte. Und weil nun auch noch ihr linker Arm unkontrolliert zu zittern begann, konnte er davon ausgehen, dass etwas wirklich Schlimmes passiert war. Ihm fiel ein, dass er seiner Mutter gar nicht erzählt hatte, dass er in der Nacht zuvor, nur einen Steinwurf von ihrem Haus entfernt, eine geschlagene Viertelstunde im Wagen warten musste, bis man ihm die Durchfahrt gestattet hatte.

»Das ist ja gleich nebenan!«, rief Ruth Gutman. »Mit einer Plastiktüte, sag bloß! Genau wie damals bei Rahel!« Ariel Gutman kniff irritiert die Augen zusammen. »Aber sag, Meira, ist das Opfer ein Mann oder eine Frau?«

Ruth Gutman nickte heftig, als sie erfuhr, dass es sich um Noam Shavit handelte. Wenig später endete das Telefonat. Ruth Gutman legte das Telefon vorsichtig auf den Tisch. »Wusstest du das, Ariel? Es hat einen Mord gegeben – praktisch nebenan!« Sie starrte ihn an. »Du bist doch gestern erst spät nach Hause gekommen! Warum erzählst du mir das nicht?«

»Nun ja, es gab einen Polizeieinsatz. Aber ich hielt das nicht für erwähnenswert. Außerdem möchte ich doch nicht, dass du dich aufregst, Mutter!« Ariel sprach betont ruhig und gelassen. »Ich hatte lediglich einen Einbruch vermutet.« Er steckte sich das letzte Stück Toast in den Mund und kaute genussvoll.

Seine Mutter starrte ihn noch immer an, aber er ließ sich nicht darauf ein. »Noam Shavit war Polizist«, sagte Ruth Gutman. »Ein netter Mann mit einer sehr netten, hübschen jungen Frau, die vor Kurzem leider verstorben ist. Der arme Mann!«

Ariel Gutman zuckte mit den Schultern. »Ich kannte beide nicht, Mutter«, sagte er mit bedauerndem Unterton.

»Hast du nicht sein Haus gebaut?«, fragte Ruth Gutman.

»Hab ich das? Da fällt mir ein, ich habe dir ja die Zeitung noch gar nicht gebracht. Möchtest du vielleicht jetzt deine Zeitung lesen, Mutter?«

»Sprich nicht so mit mir«, herrschte Ruth Gutman ihren Sohn an, »ich kann zwar nicht laufen, aber das heißt noch lange nicht, dass ich plemplem bin! Und natürlich hast du sein Haus gebaut!«

Ariel Gutman lächelte dünn. Er schlug sich mit der flachen Hand an die Stirn und schaute dann auf seine Armbanduhr. »Natürlich, wie konnte ich das vergessen? Es war das zweite Haus in diesem Viertel, nicht wahr? Jetzt muss ich los auf meine neue Baustelle und hinterher in die Stadt ins Büro. Kann ich die Autoschlüssel haben?«

»Du könntest ›bitte‹ sagen!«

»Bitte!«, sagte Ariel Gutman.

»Aber bevor du fährst, holst du mir noch die Zeitung rein. Hast du gehört?«

»Sehr gern, Mutter!«, sagte Ariel Gutman, der entschlossen war, seiner Mutter ihre Zeitung so spät wie möglich zu bringen.

Die ersten drei Stunden von Saras erstem Arbeitstag hatten sich gezogen wie Kaugummi, auch wenn Tali Armoza sich rührend um sie kümmerte und gemeinsam mit ihr Saras provisorischen Arbeitsplatz eingerichtet hatte, in der hintersten Ecke des Großraumbüros, gleich neben dem Wasserspender. Man hatte ihr zwar angeboten, den Glaskasten von Noam Shavit zu beziehen, aber das empfand sie, so kurz nach dessen Ableben, als pietätlos. Vor allem gegenüber ihren neuen Kollegen, die immer wieder argwöhnisch zu ihr hinüberschielten.

Der Commander und ihr Partner in spe, Jakoov Blok, hatten sich in ihren Büros verschanzt und brüteten über irgendwelchen Akten. Der Fall Shavit besaß zwar oberste Priorität, aber ihnen blieb im Moment nichts anderes übrig, als erst einmal auf die Laborberichte zu warten. Hektische Aktivität, und da stimmte Sara stillschweigend mit ihnen überein, hätte die Ermittler zu diesem Zeitpunkt keinen Schritt vorangebracht.

Kurz vor dem Mittagessen bekam Sara ein Passwort und damit Zugang zum Internet sowie zur Polizeidatenbank, allerdings nicht zum Intranet der israelischen Streitkräfte. Tali Armoza hatte es darüber hinaus geschafft, in der chronisch überlasteten Personalverwaltung den Chip in Saras Dienstausweis aktivieren zu lassen.

»Danke, Tali!«, sagte Sara und steckte den Ausweis ein. Ein komisches Gefühl, dazuzugehören und doch auch nicht. Jedenfalls nicht richtig. Noch nicht.

»Kein Problem. Ich bin hier sowieso das Mädchen für alles.«

»Und was machst du wirklich?«, fragte Sara.

»Ich würde mal sagen, ich halte den Laden hier zusammen. Ob es um Kopfschmerzen, Seelenmassagen oder Alibis für die Ehefrau geht. Zu wem kommen sie wohl, die Kerle? Zu mir!«

»Jaja, die Kerle«, sagte Sara und dachte für einen winzigen Moment an Miriam Libeskind.

Tali stützte sich auf dem Schreibtisch ab und beugte sich vor. »Du siehst nicht besonders glücklich aus, und glaub mir, ich weiß ganz genau, wie du dich gerade fühlst«, sagte sie leise. »Aber mach dir keine Sorgen, die Jungs sind in Ordnung. Sie brauchen einfach noch einen Moment, vor allem jetzt, nach der Sache mit Noam. Die Beerdigung ist übrigens heute Nachmittag.«

»Sollte ich da vielleicht hingehen?«, fragte Sara.

Tali Armoza nickte. »Taktisch gesehen, ja«, sagte sie, verstohlen grinsend.

»Wer war Noam eigentlich?« Sara war sich sicher, dass Tali Armoza den Grund ihrer Frage verstehen würde.

»Ach, der Arme. Er lebte eigentlich nur für seine Arbeit. Ein netter, umgänglicher Mensch, der aber sehr …« Tali Armoza biss sich auf die Zunge.

»Was sehr?«, fragte Sara mit der Unschuldsmiene eines Hundewelpen.

»Ich will nichts Falsches sagen, aber ich kenne niemanden, der Menschen so gegeneinander ausspielen konnte.«

»Meinst du so was wie Manipulation?«, fragte Sara.

Tali Armoza wiegte ihren Kopf hin und her. »Er war nicht empathisch, jedenfalls nicht, wenn es um normale, zwischenmenschliche Kontakte ging. Aber er vergötterte seine wunderschöne Frau.«

»Die an Krebs gestorben ist?«

»Und so schnell!« Tali Armoza hielt ein paar Sekunden lang inne. »Ich glaube, Noam gab sich die Schuld, weil er nie zu Hause war. Du weißt schon, das alte Leid von uns Bullen. Und seine Frau war so viel jünger als er. Eine wahre Tragödie. Seit ihrem Tod war er krankgeschrieben.«

»Hatte er Feinde? Gab es Drohungen?«

»Er war ein guter Polizist, der eine Menge schwerer Jungs überführt hat«, sagte Tali Armoza, »es wäre unnatürlich, wenn er keine Feinde gehabt hätte.«

In diesem Moment betrat die junge Polizistin das Großraumbüro, mit der Sara bereits auf der Straße Bekanntschaft gemacht hatte. Sie hielt einen Stapel Akten unter den Arm geklemmt und steuerte auf Saras Schreibtisch zu.

»Was soll das denn, Tali?«, sagte sie, »das ist mein Schreibtisch.«

Tali Armoza wandte sich um und trat zur Seite. Die junge Polizistin erstarrte, als sie Sara erkannte, die sie mit einem spöttischen Lächeln ansah.

»Ihr kennt euch schon?«, fragte Tali Armoza verwundert.

»Ja«, entgegnete Sara, »mir war die souveräne Fahrweise der

jungen Kollegin heute Morgen sofort aufgefallen.«

»Corporal Hanan Chalabi«, stellte sich die junge Polizistin vor und musste schlucken.

Tali Armoza wusste genau, wann es Zeit war, sich zurückzuziehen. »Na dann«, sagte sie im Rückwärtsgehen, »und wenn du noch was brauchst, Sara …«

»Danke noch mal, Tali!«, entgegnete Sara, erhob sich, ging um den Schreibtisch herum und stellte sich vor den Corporal. »Siehst du, ich auch Polizei. Shalom, Hanan! Ich bin Sara Stein, Chief Inspector.« Sie streckte ihr die Hand entgegen.

»Shalom, Sara!«, entgegnete Hanan Chalabi kleinlaut und erwiderte den Händedruck.

»Ich wusste leider nicht, dass es dein Schreibtisch ist«, sagte Sara in versöhnlichem Ton. »Der wurde mir zugewiesen.«

»Kein Problem! Ich suche mir einen anderen Platz. Außerdem bin ich sowieso die meiste Zeit unterwegs.« Sie deutete auf die Akten, die unter ihrem linken Arm klemmten.

»Betrifft das den Fall Noam Shavit?«

Hanan Chalabi nickte. »Die Laborergebnisse aus der Rechtsmedizin.«

»Das ist ja hervorragend, Hanan«, sagte Sara. »Und so schnell! Dann komm gleich mal mit.«

Ein paar Minuten später saßen Sara, Uri Ronan und Hanan Chalabi in Jakoov Bloks Büro und gingen gemeinsam die Laborergebnisse sowie die Zeugenaussagen durch, die Uri Ronan mit den Beamten der Nachtschicht bis in den frühen Vormittag hinein eingeholt hatte. Sara schätzte Uri Ronan auf knapp unter sechzig. Er entsprach genau dem Typ Polizisten, der schon alles gesehen hatte und dem niemand mehr etwas vormachen konnte. Er war grauhaarig, aber enorm muskulös und braun gebrannt, trug als einziger Ermittler Uniform und hatte das dunkelblaue Hemd um mindestens einen Knopf zu weit geöffnet. Auf seiner dicht behaarten Brust prangte ein großer

Davidstern, der an einer goldenen Panzerkette baumelte. Uri Ronan gehörte sicherlich zum Urgestein der Mordkommission. Es war ihm jedoch sichtlich unangenehm, neben Sara zu sitzen. Aber auch da musste sie jetzt durch.

»Na gut«, sagte Blok und warf die Akte mit dem Obduktionsergebnis auf den Schreibtisch, »Noam wurde also erstickt. Das wussten wir ja eigentlich schon. Also, wo stehen wir jetzt? Ich würde sagen: Konzentrieren wir uns auf Ilan Katz.«

Sara presste die Lippen zusammen, verschränkte die Arme vor der Brust, sagte aber nichts. Blok sollte sehen, dass sie an seiner Ilan-Katz-Hypothese zweifelte.

»Die Befragung in der Nachbarschaft hat nichts ergeben«, sagte Uri Ronan. »Es gibt eine Zeugin, die beobachtet haben will, dass Amir kurz vor zweiundzwanzig Uhr dreißig aufgetaucht ist. So, wie er es dir erzählt hat, Blok. Und Noam wurde wahrscheinlich gezwungen, seinen Safe zu öffnen. Es gibt keine Spuren von Gewalt. Alles könnte also genauso abgelaufen sein wie damals im Fall Rahel Eli: Eine Plastiktüte als Tatwaffe, das Opfer hat den Täter, wie es aussieht, selbst reingelassen – es hat ihn also gekannt.«

»Noam Shavit hat viele Menschen gekannt«, warf Sara ein, »und viele Menschen haben Noam Shavit gekannt – gewalttätige Menschen, die vielleicht einen guten Grund hatten, ihn umzubringen.«

Jakoov Blok schüttelte den Kopf. »Wenn sich harte Jungs oder deren Sippe an demjenigen rächen wollen, der sie in den Knast gebracht hat, benutzen sie keine Plastiktüte.«

»Sehr richtig«, brummte Uri Ronan und rückte noch ein Stück von Sara ab. Er saß Blok schon beinahe auf dem Schoß.

»Was wurde damals eigentlich noch geraubt – im Fall Eli?«, fragte Sara.

»Schmuck im Wert von fast zwei Millionen Schekel. Ihr verstorbener Mann war Juwelier. Der Schmuck ist aber nie wiederaufgetaucht«, sagte Ronan.

»Bis auf zwei Ringe«, sagte Sara. Uri sah sie verwundert an. Bestimmt fragt er sich jetzt, woher ich das weiß, dachte Sara.

»Die wir bei Ilan Katz gefunden haben«, warf Blok ein.

»Aber ich frage mich, was bei einem Polizisten zu holen ist?«

»Sara, ich bitte dich, die Sache ist doch sonnenklar: Es handelt sich laut des Laborberichts um dieselben blauen Wollfasern eines *Dolphin & Shark*-Pullovers.«

»Es waren auch schon damals die einzigen verwertbaren Spuren, die unsere Kriminaltechnik gefunden hat«, warf Uri Ronan ein.

»Aber das Schöne ist, diesmal gibt es nur einen dringend Tatverdächtigen – Ilan Katz, fünf Jahre wegen schweren Raubes mit Körperverletzung …«

»Dein Kollege Noam war aber damals schon anderer Meinung, Jakoov«, korrigierte Sara. »Was ist mit Ariel Gutman?«

»Wir können Noam nicht mehr fragen, Kollegin Stein!«, sagte Blok eine Spur zu laut.

Uri wandte sich an Sara. »Ilan Katz hatte eine Zeit lang bei der Eli den Garten gemacht. Und Hausmeisterdienste übernommen. Und er ist in der Tatnacht von einer Überwachungskamera aufgenommen worden – ganz in der Nähe ihres Hauses.«

»Mit Verlaub: Das ist doch Unsinn. Nur weil er ihr Gärtner war, ist er des Mordes verdächtig?«, erwiderte Sara, ebenfalls etwas zu gereizt im Ton. Sie sah aus dem Augenwinkel heraus, wie Hanan Chalabi zusammenzuckte.

»Immerhin haben wir damals seine Fingerabdrücke in ihrem Haus gefunden«, sagte Uri Ronan.

»Auf der Toilette! Kunststück – bei einem Gärtner und Hausmeister!«

»Und er hatte ein Alibi …«, sagte Uri Ronan.

»Das wir nicht glaubwürdig fanden«, beendete Blok Ronans

angefangenen Satz. Er wirkte jetzt sehr ungehalten.

»Ich sehe derzeit trotzdem weder einen direkten noch einen emotionalen Zusammenhang zwischen den beiden Fällen«, sagte Sara ruhig. »Auf mich wirkt das alles irgendwie konstruiert. Wofür spricht denn eurer Meinung nach die Plastiktüte?«

»Eiskalt. Der Täter ist eiskalt. Ein Profi!«, entgegnete Uri Ronan.

»In zwei Worten: Ilan Katz!«, sagte Blok, der in diesem Moment absolut überzeugend wirkte.

Hanan Chalabi hatte rote Ohren bekommen. Sie hatte noch nie an einer solchen Besprechung teilnehmen dürfen, und so, wie sich das anhörte, gingen ihre Vorgesetzten nicht besonders zimperlich miteinander um. Schlechtes Karma, dachte sie.

Sara warf einen kurzen Blick auf die junge Frau. Sie hatte sich vorgenommen, ruhig zu bleiben und nicht, wie in der Vergangenheit, immer gleich auszusprechen, was ihr durch den Kopf schoss. Lieber taktisch geschickt vorgehen und vor allem versuchen, Alleingänge zu vermeiden. Das hatte Commander Shimon Ben Godin in der vergangenen Nacht unmissverständlich klargemacht. »Die Plastiktüte kann aber auch etwas anderes bedeuten, Blok.« Er sah sie fragend an. »Unsicherheit zum Beispiel«, fuhr Sara fort, »die Angst zu schießen, zuzustechen oder dem Opfer die Kehle mit den Händen zuzudrücken und ihm beim Töten in die Augen sehen zu müssen. Das wäre dann auch ein ganz anderer Täter. Der würde vielleicht sogar nach dem Mord einen Spiegel verhängen.«

»Oder vor dem Mord«, sagte Uri Ronan und kratzte sich am Kinn.

Sara registrierte sofort, dass Blok diese Antwort seines Kollegen nicht ins Konzept passte. »Was ich sagen will, der Täter begeht also nach zweieinhalb Jahren den nächsten Raubmord im selben Stadtviertel nach demselben Muster und trägt dabei denselben Pullover?« Sara schwieg, um ihre Frage wirken zu lassen. Tatsächlich sagte keiner der beiden Männer etwas. »Wo steckt denn eigentlich dieser Ilan Katz?«, fragte sie dann.

»Wir wissen es noch nicht. In seiner Wohnung scheint er jedenfalls nicht zu sein«, antwortete Blok.

»Das haben meine Leute heute Morgen gecheckt«, schaltete sich Uri Ronan ein.

Sara beschloss, den Sack zuzumachen. »Übrigens hätte ich gerne das Protokoll der Aussage von diesem Amir …« Ihr fiel sein Nachname absichtlich nicht ein.

»Dawud!«, sagte Uri Ronan.

»Danke, Uri. Wo bekomme ich das?«

»Es gibt kein Protokoll!«, schnauzte Blok.

»Und warum nicht?«

»Amir ist direkt von der Arbeit im Restaurant nach Hause gekommen.«

»Aber er ist doch Automechaniker«, warf Sara ein.

»Er hat noch einen Zweitjob in Jaffa, den ihm sein Vater – Entschuldigung, Ziehvater – bei einem Bekannten besorgt hat«, sagte Blok unfreundlich, denn er hasste es, wenn man ihn unterbrach. »Mensch, Sara, jetzt versetz dich doch mal in die Lage dieses Jungen! Er kommt nach Hause und findet Noam tot in der Küche vor, mit einer Plastiktüte über dem Kopf! Er-mor-det! Er-stickt! Und er hat einen arabischen Migrationshintergrund. Das allein würde ihn in den Augen einiger unserer Kollegen vermutlich nicht nur verdächtig, sondern gleich schuldig machen.«

Sara verschränkte die Arme vor der Brust und sah Jakoov Blok durchdringend an. Nach ein paar Sekunden knickte er ein. »Ich lasse *Ihnen* das Protokoll zukommen«, sagte er. Die Luft brannte in Bloks Büro.

»Ich gehe dann mal mittagessen«, sagte Uri Ronan und sah zu, dass er aus dem Büro kam.

»Ich auch«, sagte Hanan Chalabi und schloss vorsichtig die

Tür des Glaskastens, in dem sich Sara und Blok noch immer gegenseitig anstarrten.

»Jetzt sind wir also wieder beim ›Sie‹?«, brach Sara das Schweigen. Blok antwortete nicht. Sara stand auf. »Mensch, Blok, ich bin doch auch schon eine Zeit lang dabei. Ich weiß, wie es ist, wenn man einfach jemanden vor die Nase gesetzt bekommt.« Sie streckte ihm die Hand über den Tisch entgegen. »Schaffen wir das? Auf Augenhöhe?«

Jakoov Blok erhob sich ebenfalls, aber er gab ihr nicht die Hand, sondern ging wortlos an ihr vorbei. Die Glaswände bebten, als er die Tür hinter sich zuwarf. Commander Shimon Ben Godin hatte nebenan zwar nicht mitbekommen, um was es ging, aber was er gesehen hatte, reichte ihm, um Weissenbergs Personalentscheidung einmal mehr zu verfluchen.

Drei

Nach dem jüdischen Glauben kann die Seele den Körper erst nach der Bestattung verlassen. Es war daher nicht unüblich, dass Noam Shavits Beerdigung schon am nächsten Tag stattfand. Sara hatte sich rasch noch ein großes schwarzes Tuch für die Trauerfeier gekauft und Hanan Chalabis Angebot angenommen, sie mitzunehmen. Mit dem Fahrrad wäre die Fahrt zum Yarkon-Friedhof in Petach Tikwa im Osten von Tel Aviv entschieden zu weit gewesen.

Der Weg führte über eine vierspurige Schnellstraße, was Hanan Chalabi zu Saras Leidwesen wörtlich nahm. Nach ein paar Minuten bemerkte die junge Polizistin, dass ihre Beifahrerin krampfhaft zu bremsen versuchte. Sie drosselte das Tempo.

»Danke«, sagte Sara erleichtert, »mit dem Fahrrad wäre es wohl wirklich etwas mühsam geworden.« Hanan Chalabi lächelte verschmitzt.

»Kennst du eigentlich Ajami?«, fragte Sara.

»Na klar. Ich bin da aufgewachsen. Wieso?«

»Jakoov Blok hatte das Viertel erwähnt. Amir Dawud soll da mit einem Freund zusammenwohnen.«

»Ist das denn wichtig, Sara?«

»Im Augenblick ist alles wichtig. Rund achtzig bis neunzig

Prozent aller Tötungsdelikte sind Beziehungstaten. Zumindest ist das in Deutschland so.«

»Du verdächtigst Amir? Noam Shavits Ziehsohn?«

»So sehr wie jeden anderen. Aber ich denke, dass er etwas wissen könnte, und ich würde ihn gerne fragen, was.«

»Das dürfte kein Problem sein«, erwiderte Hanan Chalabi, »er arbeitet in einem Restaurant, wo die Kollegen häufiger Mittag essen. Es gehört übrigens einem pensionierten Kollegen aus der Mordkommission – Moshe Kaplan.«

Blok und ich müssen unbedingt an unserer Kommunikation arbeiten, dachte Sara. Sie hasste es, wenn der Nebel, in dem sie sowieso stochern musste, noch dicker war als nötig, nur weil jemand anderes der Ansicht war, absichtlich oder unabsichtlich Informationen zurückzuhalten.

»Ajami ist allerdings nicht unbedingt die Gegend, wo jemand wie du sich alleine rumtreiben sollte. Jedenfalls nicht in den Nebenstraßen. Die mögen da keine *Hawanjez*.«

»Das sagst du als Muslima?« Sara wunderte sich über die abfällige Bezeichnung für Juden aus Hanan Chalabis Mund.

»Hör mal, ich bin keine Muslima, ich bin Drusin«, sagte Hanan Chalabi, »meine Großeltern stammen aus einem Dorf im Nordgolan. Sie haben schon 1967 nach der Annexion die israelische Staatsbürgerschaft angenommen und sind nach Tel Aviv gezogen. Ich bin also israelische Staatsbürgerin, und mein Bruder leistet zurzeit sogar seinen Wehrdienst in der Armee ab.«

»Dann glaubst du doch an Reinkarnation und an parallele Welten?«, fragte Sara.

»Oh ja, aber das finde ich eher praktisch. Der Mensch sollte sich öfter mit der Reinigung seiner Seele befassen, um eine höhere Daseinsebene zu erreichen.«

»Und was ist daran praktisch?«

»Durch Reinkarnationen kann der Mensch in viele Rollen schlüpfen und verschiedene Situationen erleben«, erklärte

Hanan Chalabi ernst, »und deswegen können wir Drusen andere Religionen so akzeptieren, wie sie sind.«

»Ich verstehe. Im nächsten Leben könntest du als Christin zur Welt kommen oder als Jude.«

»Bingo«, sagte Hanan Chalabi. »Ich bin sozusagen prädestiniert, mich mit allen zu verstehen.« Sie lachte kurz auf. »Aber in Ajami brodelt es zurzeit wirklich. Es ist ein richtiger Sumpf, das Viertel mit der höchsten Verbrechensrate. Dabei war es früher mal eine ganz gute Gegend, aber jetzt werden die Araber dort von Spekulanten verdrängt. Es wird wie verrückt gebaut, verstehst du? Wenn es so weitergeht, können wir bald die Mieten nicht mehr bezahlen.«

Gentrifizierung ist offenbar in allen Großstädten ein Phänomen, dachte Sara. Die Berliner Verhältnisse waren denen in Tel Aviv nicht unähnlich. Im Prenzlauer Berg hatte es damals angefangen mit der Preistreiberei, schon kurz nach der Wende. Dann wurden Neukölln und Friedrichshain als hippe Quartiere »entdeckt«. Zuerst machten neue Geschäfte auf, dazu Galerien, Boutiquen, Kneipen und Restaurants, und es zogen jüngere, häufig gut verdienende Leute in die Wohnungen ein, die frei wurden. Plötzlich war dann solch ein Stadtteil »angesagt«, und immer mehr Menschen begannen, sich dafür zu interessieren. Allen voran die Investoren. Die Mietspiegel stiegen rapide an, und das Ergebnis war immer dasselbe: Alteingesessene Bewohner wurden verdrängt.

Aber Berlin war so weit weg. Sara begann, ihr Urteil über Hanan Chalabi zu revidieren. Ihre Fahrkünste waren zwar stark verbesserungswürdig, aber selbst nach dieser erstaunlich kurzen Zeit schätzte Sara sie als eine ehrgeizige junge Frau ein, in der weitaus mehr steckte, als es im ersten Augenblick den Anschein hatte.

Hanan Chalabi parkte ihren Fiat vor dem neuen Zentralfriedhof. Sara wunderte sich über einen terrassenförmig angelegten Betonklotz, der mitten aus dem Gräberfeld bestimmt dreißig Meter in die Höhe ragte. »Die Juden nennen es ›Totenstadt‹«, erklärte Hanan Chalabi. »Auf ihren Friedhöfen ist nämlich kein Platz mehr. Und da hatte ein Architekt die Idee, die Gräber in die Höhe zu bauen.«

»Das leuchtet ein«, sagte Sara. »Wenn man in Hochhäusern lebt, kann man auch übereinander bestattet werden. Wozu noch ein Villengrundstück, wenn man tot ist?«

Noam Shavits letzte Ruhestätte lag jedoch ebenerdig. Es war ein Doppelgrab, aber ohne Grabstein, der erst ein Jahr nach der Beisetzung aufgestellt werden durfte. Sie waren gerade noch rechtzeitig zur eigentlichen Beisetzung eingetroffen. Sechs Polizisten trugen den Sarg, der mit einer israelischen Fahne bedeckt war, darunter Jakoov Blok und Uri Ronan. Sara hielt sich bewusst abseits, denn sie wollte nicht den Eindruck erwecken, dass sie sich aufdrängte. Außerdem war sie eher daran interessiert, wer alles zu Noam Shavits Beisetzung erschienen war. Und vor allem, wer nicht erschienen war. Amir Dawud zum Beispiel, der von Noam Shavits Fürsorge offenbar enorm profitiert hatte. Dafür entdeckte sie zu ihrer Überraschung Ariel Gutman in dem kleinen Trauerzug, der sich allem Anschein nach hauptsächlich aus Polizisten zusammensetzte. Viele Verwandte und Freunde schien Noam Shavit nicht gehabt zu haben. Gutman schob eine ältere Dame im Rollstuhl zum Grab.

»Hinter dem Rabbiner, das sind Shavits Bruder Zvi mit seiner Frau und den Kindern. Und die beiden hinter Shimon Ben Godin und Commissioner Weissenberg, das sind Moshe Kaplan und seine Frau«, wisperte Hanan Chalabi. »Die junge Frau daneben ist die Tochter, Yael.«

»Der pensionierte Exkollege mit dem Restaurant?«

»Exakt«, sagte Hanan Chalabi. »Yael bedient dort auch, immer in den Semesterferien. Es heißt übrigens ›Kaplan‹.«

»Hübsches Mädchen. Aber was hat dieser Ariel Gutman hier zu suchen?«, fragte Sara. »Und wer ist die Dame im Rollstuhl?«

»Keine Ahnung. Seine Mutter vielleicht?«

»Das könnte hinkommen«, sagte Sara.

Als Noam Shavits Sarg über dem offenen Grab auf zwei Balken platziert war, trat Commander Shimon Ben Godin vor. »Ich erinnere mich an eine Grabinschrift für einen unbekannten Soldaten«, las er von einem Zettel ab. Er musste laut sprechen, denn von der Schnellstraße drang der Verkehrslärm unangenehm zu ihnen herüber. »›Steht nicht an meinem Grab! Ich bin nicht da! Ich schlafe nicht, sondern knie mit meinen Brüdern an der Front! Ihr Leben ist mein Verdienst, und aus meinem Tod wächst ihre Hingabe.‹« Sara und Josef Weissenbergs Blicke trafen sich. Der Commissioner blinzelte ihr unauffällig zu, um dann gleich wieder Shimon Ben Godin seine volle Aufmerksamkeit zu schenken. »Ich glaube, dass diese Worte wiedergeben, wie Noam Shavit empfunden hätte. Er war ein guter Mann und ein beispielhafter Beamter, der der Gemeinschaft und unserer Abteilung mit Würde, Treue und Mut gedient hat. In der langen Zeit, in der ich das Glück hatte, mit ihm zu arbeiten, habe ich ihn immer als einen Mann gekannt, der das Leben umarmt und seine Freunde geehrt hat. Er hat es geliebt, Polizist zu sein. Wir werden seine Leidenschaft vermissen. Und ich weiß, dass ich in euer aller Namen spreche, wenn ich sage: Noam, unser aller Leben ist dein Verdienst, und die Erinnerung an dich schenkt uns unsere Leidenschaft!«

Nach Shimon Ben Godins kurzer Rede trat Jakoov Blok hinzu. Gemeinsam mit dem Commander faltete er die israelische Nationalflagge so lange zusammen, bis sie ein kleines Dreieck bildete, das Shimon Ben Godin dem Bruder des Verstorbenen aushändigte. Dann ließen die sechs Träger den Sarg vorsichtig hinunter. Ein Trauergast nach dem anderen trat ans Grab und warf drei Hände Erde hinein. Als Noam Shavits Sarg vollständig mit Erde bedeckt war, sprachen alle Anwesenden gemeinsam das Kaddisch.

Hanan Chalabi zupfte Sara an ihrem schwarzen Tuch. »Sieh mal da drüben am Zaun, ist das vielleicht Amir Dawud?«

Sara drehte langsam ihren Kopf und nickte. Der Junge war also doch noch zur Beerdigung erschienen. Aber es war offensichtlich, dass er kein Teil der Trauergemeinde sein wollte. Er stand nur regungslos da, mit einem Motorradhelm in der Hand. Nach wenigen Augenblicken drehte er sich um und eilte davon. Ein ziemlich merkwürdiger Auftritt, dachte Sara und wandte sich wieder dem Grab zu. Keinen Augenblick zu spät, denn genau in dieser Sekunde wurde die hübsche Yael von ihrem Vater am Arm festgehalten und flüsternd gemaßregelt. Der Blick des Expolizisten war streng. Sara bemerkte, dass Yael unwirsch reagierte und ein paarmal zum Zaun hinüberlinste, wo eben noch Amir Dawud gestanden hatte. Sie beschloss, diese Szene für später abzuspeichern.

»Ich finde, damit hat Amir sich nun wirklich verdächtig gemacht«, raunte Hanan Chalabi.

Sara hob die Schultern. »Das kann man so oder so sehen«, entgegnete sie leise, »vielleicht will er auch einfach nicht zu diesem Kreis gehören. Oder er weiß, dass ihn nicht alle willkommen geheißen hätten. Er ist Araber. Außerdem trauert jeder Mensch anders.« Doch insgeheim musste sie dem jungen Corporal recht geben. Jakoov Blok, der jetzt mit versteinertem Blick am Grab stand, hatte sich in der vergangenen Nacht schließlich rührend um ihn gekümmert, und auch für Shimon Ben Godin kam Amir Dawud als Tatverdächtiger offenbar nicht infrage. Blieb also nur noch Moshe Kaplan übrig, doch wenn Sara das Ganze richtig einordnete, lief da was zwischen Yael und Amir. Eine weitere Parallele zu ihrem letzten Berlin-Fall.

»Du aber geh nun dem Ende zu! Wisse, woher du kommst und wohin du gehst und vor wem du wirst Rechenschaft ablegen müssen!«, rief der Rabbiner am Grab. Die engsten Angehörigen Noam Shavits rissen sich nun zum Zeichen der Trauer ein Stück ihrer Kleidung ein … auf der linken Seite, dort, wo das Herz sitzt. Danach war die Zeremonie vorbei, und die Trauergemeinde begann, sich zu zerstreuen.

Sara beugte sich zu Hanan Chalabi hinunter. »Ich möchte, dass du etwas für mich herausfindest, Hanan«, flüsterte sie. »Ich brauche noch mehr Informationen über diesen Ariel Gutman.«

»Aber Jakoov Blok hat doch heute Vormittag …«

»Ich finde den Typ irgendwie schräg. Er ist gestern Nacht am Tatort gewesen, im Auto. Vielleicht haben Blok und Shavit damals was übersehen. So was kommt schließlich in den besten Familien vor … Und ich will außerdem wissen, wer die Frau im Rollstuhl ist. Und welche Beziehung Ariel Gutman zu Noam Shavit hatte, ob es überhaupt eine Verbindung zwischen den beiden gegeben hat. Aber ganz inoffiziell.«

»Wenn du es sagst …«

»Bitte!«, sagte Sara.

»Dann bin ich ab jetzt aber auch deine Assistentin«, sagte Hanan Chalabi.

Sara musste lächeln. »Meinetwegen auch das. Übrigens, wie kamen eigentlich Shavit und Blok miteinander aus?«

»Sie hatten ihre Differenzen. Manchmal dachte ich, Noam konnte wahrscheinlich einfach keine Russen leiden.«

Aber er hat eine russische Frau geheiratet, dachte Sara.

»Ich gehe schon mal vor zum Ausgang, vielleicht erwische ich Ariel Gutman noch«, sagte Hanan Chalabi. »Dann habe ich sein Kennzeichen.«

»Alles klar!«, entgegnete Sara und bemerkte Jakoov Blok, der auf sie zukam. »Und ich muss noch mal kurz mit meinem Kollegen reden.«

»Komisch, dass Amir so plötzlich aufgetaucht ist. Und erst sein unvermittelter Aufbruch«, sagte Sara zur Begrüßung.

»Tja, undankbar, würde ich sagen.«

Blok machte eine wegwerfende Handbewegung. »Alles Zeitverschwendung. Es lohnt nicht, weiter darüber nachzudenken. Er ist eben doch nur ein Araber.« Erstaunlich, mein Lieber, dachte Sara, nicht mal vierundzwanzig Stunden vorher hast du noch ganz anders über ihn geredet.

»Sind wir nicht alle nur kleine Menschen, *Towarischtsch?*«, entgegnete sie. Es war das erste Mal, dass Jakoov Blok in ihrer Gegenwart lächelte. »Nimmst du mich mit zurück in die Stadt?«

»Bist du nicht mit Hanan gekommen?«

»Doch. Aber sie fährt mir einfach zu schnell.«

»Das ist natürlich ein Argument«, sagte Blok beinahe freundlich. »Dann komm!«

Er wirkte plötzlich wie verwandelt. Sie rätselte, was in diesem verschlossenen Mann vorgehen mochte. Von ihrer Unterhaltung in Noam Shavits Haus einmal abgesehen, hatte er sie bisher mit Nichtachtung oder gar Herablassung gestraft. Vielleicht hatte er von Ben Godin oder Weissenberg oder gar von beiden einen Einlauf bekommen. Sie wollte diesen Moment unbedingt ausnutzen. »Findest du es nicht merkwürdig, dass Noam sich gerade jetzt noch einmal in den Fall verbissen hat? Er war doch krankgeschrieben nach dem Tod seiner Frau.« Jakoov Bloks Mundwinkel zuckten. »Wie lange ist das jetzt her?«

»Gut zweieinhalb Jahre«, antwortete er.

»Zweieinhalb Jahre!«

»Wie gesagt, es war einer der wenigen Fälle, die wir nie lösen konnten. Wir hatten nur fünf winzige Wollfasern eines beliebten Designerpullovers sowie zwei Verdächtige, die beide ein hieb- und stichfestes Alibi besaßen.«

»Die ihr jedoch nicht geglaubt habt.«

»Die wir uns in diesem Fall gegenseitig nicht geglaubt haben. Wir waren uns nicht immer einig, Sara. Aber insgesamt waren wir ein gutes Team.«

Für ihren Geschmack betonte er das gute Verhältnis zu seinem ermordeten Partner ein bisschen zu häufig. Als sie draußen auf dem Parkplatz ankamen, entdeckte Sara ein kleineres Grabfeld, das vom übrigen Friedhof abgetrennt war. Es befand sich außerhalb der Mauern. Eine Frau legte gerade einen Stein auf ein Grab. »Was ist das?«, fragte Sara.

»Dort liegen die Selbstmörder«, sagte Blok. »Sie dürfen nicht mit den anderen gemeinsam tot sein.«

Sara bemerkte Hanan Chalabis irritierten Blick, als sie sie in Bloks Wagen vorbeifahren sah. Sie zwinkerte der jungen Frau verschwörerisch zu.

Jakoov Blok runzelte die Stirn. »Heckt ihr etwa was aus, ihr zwei?«, fragte er. »Hat dir Shimon Ben Godin nicht gesagt, keine Alleingänge?«

»Das hat er.«

»Und warum hast du Hanan dann eben zugezwinkert?«

»Oh, das hast du bemerkt?« Blok schaute sie spöttisch an. Sara blieb nichts anderes übrig, als ihm die Wahrheit zu sagen. Zumindest einen Teil der Wahrheit. »Ich habe Hanan vorhin gebeten, Ariel Gutman noch einmal durch den Computer zu jagen. Ich fand es merkwürdig, dass er auf Noam Shavits Beerdigung war.«

»Wieso? Seine Mutter und Noam Shavit waren praktisch Nachbarn. Ruth Gutman wohnt bloß drei Häuser weiter, sie leidet an multipler Sklerose.« Sara biss sich auf die Unterlippe. Ausgerechnet die naheliegendste Lösung war ihr nicht eingefallen. »Du verschwendest bloß deine Zeit. Ich habe ihn damals gründlich durchleuchtet. Er mag vielleicht seltsam wirken, aber da ist nichts, gar nichts«, sagte Blok.

»Nenn es weibliche Intuition. Und ich würde auch gerne mal mit Amir sprechen.«

»Warum das denn? Amir saß im Gefängnis, als Rahel Eli ermordet wurde. Der kommt überhaupt nicht infrage.«

»Ich rede doch nicht vom Eli-Fall, Blok!«

»Er hat doch gar kein Motiv«, sagte Blok, »weder damals noch jetzt bei Noam.«

»Erst nimmst du ihn in Schutz, dann verunglimpfst du ihn, und jetzt nimmst du ihn wieder in Schutz. Ich verstehe dich nicht«, sagte Sara, die anstatt »in Schutz nehmen« lieber »abschirmen« gesagt hätte. »Der Junge verschweigt doch was.«

»Sagt dir das auch deine weibliche Intuition?«

»Männer sollen angeblich auch so was besitzen«, blaffte Sara zurück. »Vielleicht hat er ja Katz gesehen. Oder jemand anderen. Oder irgendwas, das uns weiterbringen könnte. Wo wohnt er denn genau?«

»Bei einem Kumpel, Jamal Faris, er kennt ihn aus dem Knast. Ich sage nur, zurück in die Zukunft«, sagte Blok und fügte hinzu: »Du kannst mir glauben, dass Amir Dawud trauert.«

Sie fuhren von der Schnellstraße hinunter und tauchten ein ins enge Straßengewirr von Neve Tzedek, dem ältesten Wohnviertel der Stadt. Sara holte tief Luft. »Vielleicht liegst du ja richtig mit Katz. Aber bei dem, was ich bisher von *deinem* Favoriten weiß, kann ich dir mit Gewissheit sagen, er ist garantiert nicht der Typ, der Designerpullover trägt.«

Blok grinste sie an. »Ich fahr dich nach Hause, okay? Es war bestimmt ein anstrengender erster Arbeitstag für dich.«

»Das ist sehr nett von dir«, sagte Sara und meinte es genau so, wie sie es sagte. Obwohl sie mit Bloks Charmeoffensive noch immer nichts anfangen konnte.

»Das wird nicht funktionieren mit seinem Orchester«, meinte Blok plötzlich.

»Wie bitte?«

»Davids Vision vom Frieden. Jüdische und arabische Kinder, die zusammen Musik machen … Diesbezüglich ist dein Mann ein Träumer, Sara.«

»Den Kindern gefällt es aber«, widersprach Sara. »Jemand muss schließlich mal damit anfangen, neue Wege zu beschreiten.«

»Irgendwann wird der Hass aufbrechen. Garantiert.« Blok stieß ein abfälliges Lachen aus. Sie waren nur noch zwei Straßen von Saras Domizil entfernt.

»Sag mal, Blok, du warst doch Davids Kommandeur – in der Armee …«, sagte Sara.

»Hat David dir davon erzählt?« Sara schwieg. Dann schüttelte sie den Kopf.

»Weißt du, Sara«, meinte er dann lapidar, »das ist vielleicht auch besser so. Es war eine harte Zeit damals.«

Police Corporal Hanan Chalabi lag vollkommen richtig mit ihrer Einschätzung, dass sich Ajami im Umbruch befand. Das ursprünglich arabische Stadtviertel lag nur wenige Kilometer südlich des Zentrums von Tel Aviv, direkt am Meer. Einst war es eine relativ gute Wohngegend gewesen, in der Juden, Christen und Muslime mehr oder weniger friedlich Tür an Tür lebten. Doch ab den Neunzigerjahren verkam Ajami zusehends. Die Kriminalität breitete sich aus wie ein Krebsgeschwür. Vor allem die arabische Bevölkerung warf damals den israelischen Behörden in schöner Regelmäßigkeit vor, das Viertel absichtlich zu vernachlässigen. Inzwischen konnte von Vernachlässigung jedoch keine Rede mehr sein, denn in Ajami gab es praktisch keinen einzigen Straßenzug mehr, in dem nicht mindestens zwei Baustellen zu sehen waren. Dafür sprachen die Araber jetzt offen von Vertreibung, denn die Mieten und Preise für Immobilien stiegen explosionsartig an. Auch die israelische Polizei stand in dem Ruf, der arabischen Bevölkerung gegenüber voreingenommen zu sein. Wer sich trotzdem an sie wandte, galt seinen Nachbarn als Verräter.

Moshe Kaplan, der pensionierte Ermittler der Tel Aviver Mordkommission, hatte rechtzeitig fürs Alter vorgesorgt und einen Teil seiner Ersparnisse in ein Restaurant in Ajami investiert. Mit Khassim Terek hatte er einen drusischen Restaurantleiter eingestellt, was sein Restaurant politisch unverdächtig machte. Das »Kaplan« war einer der wenigen Flecken in Ajami, an dem alle Religionen sich zumindest darüber einig waren, dass hier der beste Hummus der Stadt serviert wurde. Und dass es sich bei Yael Kaplan, die sich im Restaurant ihres Vaters etwas Geld zu ihrem Studium hinzuverdiente, um eine der hübschesten Töchter Zions handelte.

Dass sich Yael jedoch dummerweise in einen arabischen Jungen verlieben würde, nämlich in Amir Dawud, der als Spüler in der Küche arbeitete, das hatte niemand ahnen können. Moshe Kaplan jedoch hegte schon seit einiger Zeit den Verdacht, dass sein Augenstern ihr kleines, dummes unerfahrenes Herz ausgerechnet an einen vorbestraften Kameltreiber verloren hatte. Noam Shavit hatte ihm den Jungen aufs Auge gedrückt, keiner der alten Kollegen hatte verstanden, warum. Und jetzt, da Noam Shavit nicht mehr am Leben war, dachte Kaplan daran, Amir Dawud hinauswerfen zu lassen und Yael den Umgang mit ihm zu verbieten. Dass es dafür höchste Zeit war, war ihm gerade erst auf der Beerdigung bewusst geworden.

Dabei hatten Yael und Amir stets sorgsam darauf geachtet, dass ihre Beziehung nicht öffentlich bekannt wurde. Heute machte Yael jedoch eine Ausnahme, denn als Amir seinen Helm abnahm, sah sie sofort, dass er völlig fertig war. Er hatte sein Motorrad auf der gegenüberliegenden Straßenseite abgestellt und schaute tieftraurig zu ihr herüber. Yael deckte rasch einen Tisch neu ein und lief dann über die Straße zu ihm. Sie küsste ihn flüchtig auf die Wange, was jetzt, im Trubel des hereinbrechenden Abends, kaum auffallen dürfte. Ihre Eltern waren nach der Beerdigung sofort nach Hause gefahren. Von dieser Seite drohte jedenfalls keine Gefahr. Und Khassim Terek hatte bisher auch immer dichtgehalten – seine kleine, persönliche Revanche für das miserable Gehalt, das ihm Moshe Kaplan zahlte.

»Hey, Amir«, sagte Yael mit sanfter Stimme, »du siehst furchtbar aus.« Amir kamen augenblicklich wieder die Tränen. »Du hast dich heute gar nicht von Noam verabschiedet, warum denn nicht?« Amir brachte kein Wort heraus, nur ein Schluchzen. »Er war doch irgendwie dein Vater!«

Er zuckte mit den Schultern. »Und was ist mit deinem Vater? Ich hab gesehen, wie er dich festgehalten hat. Er hat bestimmt was gemerkt.« Die Tränen rannen nur so seine Wangen hinab.

»Vergiss doch mal meinen Vater. Sag mir lieber, warum du dich so seltsam benimmst.«

»Wie benehme ich mich denn?«, stieß er hervor.

»Wie jemand, der was zu verbergen hat. Tut mir leid. Aber alle, die dich vorhin auf dem Friedhof gesehen haben …« Yael blickte ihn mitfühlend an. »Aber du hast doch nichts zu verbergen, nicht wahr?«

Amir Dawud senkte den Blick. »Das spielt doch alles sowieso bald keine Rolle mehr.«

»Doch, das tut es. Sieh mich an, Amir!«, sagte Yael. »Ich weiß genau, wie nahe dir das alles geht. Aber da ist doch noch etwas anderes als Trauer. Sag mir doch bitte, was dich so bedrückt!«

»Lass mich. Hier können wir nicht reden. Kommst du nach deiner Schicht? Ich bin bei Jamal.« Seine Augen flackerten nervös.

Yael nickte resigniert. Hinter ihrem Rücken trat Khassim Terek aus dem Restaurant hinaus auf die Terrasse, auf der Suche nach seiner Kellnerin. Als er die beiden Turteltauben auf der gegenüberliegenden Straßenseite entdeckte, verfinsterte sich sein Gesicht. »Yael! Sollen die Gäste etwa auf ihr Essen warten?«, rief er.

Yael drehte sich um. »Ich komme sofort!«, rief sie zurück, wandte sich noch einmal kurz zu Amir um und sagte: »Also bis nachher. Ich muss wieder arbeiten.«

Seine Lippen formten ein lautloses »Ich liebe dich«. Aber Yael antwortete nicht, sondern eilte, ohne sich noch einmal nach ihm umzudrehen, zurück ins Restaurant. »Und was ist mit dir, Amir?«, brüllte Khassim Terek. »Los, die Töpfe warten!«

Amir schien ihn jedoch nicht einmal gehört zu haben. Er ignorierte seinen Chef, setzte den Helm auf, stieg auf sein Motorrad und fuhr los.

Khassim Terek war empört. Wie oft hatte er schon seinen Kopf für diesen undankbaren Kerl hingehalten, als er seinen Boss angelogen hatte, wenn der ihn auf eine mögliche Freundschaft zwischen seiner Tochter und dem Spüljungen angesprochen hatte. Aber wenn Amir sich für seine Gefälligkeiten mit einer derart impertinenten Ignoranz bedankte, dann war das Fass für Khassim Terek in dieser Sekunde übergelaufen.

Vor Davids Musikschule hatte sich ein kleiner Menschenauflauf gebildet. Wie immer, wenn die Eltern ihre Kinder von der wöchentlichen Orchesterprobe abholten. Die Kleinen tobten lärmend herum, während die Erwachsenen sich um David und Miriam Libeskind scharten. Wie alle Eltern waren sie furchtbar neugierig zu erfahren, ob ihr Nachwuchs denn auch die gewünschten Fortschritte zeigte.

»Findest du wirklich, dass David bloß ein Träumer ist?«,

fragte Sara. »Sieh mal, die stehen da alle friedlich zusammen, Juden, Moslems, Christen … Und Kindern ist es doch vollkommen egal, welcher Religion sie angehören.«

Jakoov Blok lächelte spöttisch. »Jeder Frieden hat ein Mindesthaltbarkeitsdatum. Das wirst du sehen, wenn du länger bei uns bleibst. Bis morgen!«, sagte er. »Morgen schnappen wir uns Katz! Das ist der Plan.«

»Das ist *dein* Plan, Blok. Aber ich bin dabei. Shalom!«, sagte Sara und stieg aus. Jetzt bloß keine Diskussion anzetteln. Sie war schon damit bedient, wie Miriam Libeskind sich vor den Eltern aufplusterte und gleichzeitig um David herumscharwenzelte. Sei clever, Sara, sei einfach freundlich zu der blöden Gans und mach dich nicht selbst zur Idiotin. Jakoov Blok hupte kurz, als er anfuhr, David sah auf und hob die Hand zu einem Gruß. Blok winkte zurück und gab Gas. Sara und David küssten sich zur Begrüßung flüchtig auf die Wangen. Ein paar Kinder lachten.

»Entschuldige – dieser Trubel!«, sagte David.

»Das ist doch großartig, Schatz«, entgegnete Sara und begrüßte Miriam Libeskind mit einem freundlichen »Shalom«. Einem betont freundlichen Shalom, das Davids Assistentin mit zusammengekniffenen Lippen erwiderte. Ihre Fröhlichkeit hatte sich in Lichtgeschwindigkeit verflüchtigt. Was hatte Blok gerade gesagt: »Jeder Frieden hat ein Mindesthaltbarkeitsdatum.« Was ihr Verhältnis zu Miriam Libeskind betraf, schien dieses Datum exakt in diesem Moment überschritten worden zu sein. Die junge Frau rauschte an ihr vorbei und ließ David mit den Eltern allein.

»Bis morgen, dann, Sara!«, sagte sie.

Als David die Kinder und ihre Eltern endlich losgeworden war, standen beide etwas unschlüssig vor der Haustür. Zum ersten Mal war da so etwas wie eine unsichtbare Mauer zwischen ihnen, was Sara erschreckte.

»Wollen wir zum Markt, die Zutaten fürs Tzimmes kaufen?«, fragte David.

»Sag mal, kommt Miriam morgen Abend auch zu deinen Eltern?«, stellte Sara die Gegenfrage.

David breitete verlegen die Hände aus. »Meine Mutter hat sie eingeladen«, sagte er, und Sara musste zugeben, dass er ehrlich zerknirscht wirkte.

»Sie nervt mich kolossal, David. Sorry, wenn ich das sage.« David hob die Hand, aber Sara ließ es nicht zu, dass er sie unterbrach. »Mag ja sein, dass Miriam gut mit den Kindern umgehen kann, mag auch sein, dass sie für dein Projekt unersetzlich ist – aber sie nervt mich mit ihrem Getue. Und ich finde, ich habe das Recht, genau das zu sagen.«

»Ich weiß«, sagte David kleinlaut. »Aber was soll ich machen?«

»Das fragst du mich?« Sara sah ihn entgeistert an. »Das liegt doch auf der Hand. Du zeigst ihr eine ganz klare Grenze auf. Und du redest vielleicht auch mal mit deiner Mutter Tacheles, damit sie sich nicht mehr so massiv in unser Leben einmischt. Meinetwegen kannst du ihr gern ausrichten, dass ich mich für jede weitere Bemerkung zum Thema Enkelkinder ihrem Sohn für jeweils volle sechs Monate verweigern werde.«

»Was denn, kein Sex mehr?« David wollte sie umarmen, aber Sara wehrte sich. »Du bist ja wirklich sauer, Sarale!«, sagte er. »Ich weiß überhaupt nicht, wie ich damit umgehen soll …«

»Das meinst du jetzt nicht im Ernst?«

»Soll ich dich in Ruhe lassen? Oder soll ich uns nicht lieber doch einen … einen Drink mixen? Oder willst du auf den Markt?« Er lächelte sie an. Aber sie spürte, dass seine Selbstsicherheit nur vorgeschoben war.

»David Shapiro«, sagte Sara und tippte ihm mit dem Zeigefinger auf die Brust, »ich habe wirklich keine Lust, dir zu erklären, was hier läuft. Ich verlange doch nichts Menschenunmögliches von dir. Ich bin nicht mal eifersüchtig auf die kleine süße Miriam …«

»Doch, das bist du.«

»Na gut, ein bisschen. Vielleicht. Aber ich möchte, dass du verstehst, dass das nur ein Teil des Problems ist. Dass es für mich nicht so einfach ist, mal eben in eine völlig fremde Umgebung zu kommen und die taffe Ermittlerin zu sein. Der Fall ist verzwickt, die Kollegen vertrauen mir nicht, alles ist neu für mich, verstehst du? Und ich bin leider kein Automat, in den man eine Münze reinwirft und der dann fröhliche Musik spielt.«

David zückte den Hausschlüssel und sperrte die Tür auf. »Ich finde, du hast recht mit dem, was du sagst«, sagte er. »Und deshalb mache ich uns jetzt einen Gin Tonic. Mit viel Eis! Zum Markt können wir nachher immer noch gehen. Entschuldige, darf ich mal?« Mit diesen Worten hob er Sara blitzschnell hoch und trug sie über die Türschwelle.

Doch so leicht ließ sich Sara nicht milde stimmen. Nicht heute. Auch wenn sie ein paar Minuten später im kleinen Innenhof vor zwei mächtigen Gin Tonics saßen, wollte sie das »Problem Miriam« – das vielleicht nur sie als ein solches empfand – aus der Welt schaffen. Denn es beschäftigte sie schon eine ganze Weile, und sie wollte nie wieder den Fehler begehen, unangenehme Dinge in sich hineinzufressen. Sie war der festen Überzeugung, dass sich das kontraproduktiv auf ihren Job auswirkte. David musste im Verlauf ihres Gesprächs zugeben, dass er Miriams unübersehbare Avancen zwar nicht ernst nahm, dass er aber Saras Warnsignale ebenfalls ignoriert hatte.

»Wenn ich liebe, David, dann liebe ich hundertprozentig. Dann frage ich weder dauernd nach, noch möchte ich misstrauisch sein müssen. Aber, verdammt noch mal, Miriams Gebalze zwingt mich dazu, und dann bin ich plötzlich sauer auf dich, obwohl ich das gar nicht will.«

»Aber du vertraust mir?«, fragte David.

»Natürlich vertraue ich dir. Aber ich würde doch zum Beispiel auch immer versuchen, eine Wespe von meinem Pflaumenkuchen zu verscheuchen. Das heißt ja nicht, dass ich die Wespe nicht respektiere. Ich weiß ja, dass sie nur deshalb so tief über meinem Kuchen kreist, weil sie kurzsichtig ist.«

»Schönes Bild. Ich glaube, ich weiß, was du meinst.«

»Gut«, sagte Sara und nahm einen Schluck von ihrem Drink. Die Eiswürfel klirrten leise im Glas. »Darf ich dich noch etwas fragen?«

»Alles«, sagte David, der sich in diesem Moment ein wenig schäbig vorkam. Weil er zu nachlässig gewesen war. Zu ignorant und nicht feinfühlig genug.

»Wie gut kennst du Jakoov Blok?«

»Warum fragst du?« David setzte sich gerade hin.

»Als ihr euch vorhin gegrüßt habt, sah es aus, als ob ein Schatten über dein Gesicht gehuscht wäre. Als ob du dich an etwas erinnert hast, an das du nicht erinnert werden willst.«

David seufzte. »Das hast du gesehen?«

»Es ist mein Beruf, so was zu sehen«, sagte Sara, »und ich glaube, ich kann das tatsächlich ziemlich gut. Wir haben nie richtig darüber gesprochen, David. Über dich und Blok und die Armee.«

»Das ist aber eine lange Geschichte«, sagte David.

»Ich habe Zeit … Und?«

»Und? Nichts«, sagte David.

Sara fühlte sich wie vor den Kopf geschlagen. »Hör mal, ich weiß, dass du Soldat warst, ich kenne deine Narben, aber immer, wenn ich dich nach deiner Armeezeit frage, schweigst du.« David wich ihrem Blick aus. Sara beugte sich vor und legte ihre Hand auf sein Knie. »David, ich bin es, deine Frau!«

Er holte tief Luft. Dann sah er Sara an und sagte: »Wenn du

es wirklich wissen willst – ich war Kampfschwimmer und Fallschirmjäger, und Blok war der Kommandeur meiner Einheit. Wir haben in kleinen Gruppen vom Meer aus operiert.«

»Kampfschwimmer? Fallschirmjäger? Du? Wie soll ich mir das vorstellen?«

»Es waren fast immer Nachteinsätze, bei denen wir in den Libanon eingedrungen sind. Dort haben wir unsere Aufträge ausgeführt, manchmal auch tagsüber, aber dann in Zivil.«

»Was für Aufträge?«

»Aufträge eben. Muss ich wirklich noch mehr sagen? Weißt du denn nicht, was die *Jechidat Duvdevan* ist?« Sara musste schlucken. David merkte, wie erschrocken sie war, dass er ausgerechnet in dieser Antiterror-Einheit der israelischen Armee gedient hatte. »Ich bin nicht stolz darauf. Aber damals erschien es mir notwendig zu sein. Ich war ja auch viel jünger, gerade mal zwanzig.«

Sara begriff jetzt, warum es ihm so schwergefallen war, über seine Zeit in der israelischen Armee zu sprechen. Denn das, was David »Aufträge« nannte, waren im Prinzip nichts anderes als Killerkommandos. »Es waren die Feinde eures Landes«, sagte sie leise. »Du musst dich vor mir nicht rechtfertigen.«

»Es waren die Feinde unseres Volkes, Sara. Das macht für mich einen großen Unterschied. Von denen gibt es noch immer viele, und zurzeit werden es gerade wieder mehr. Aber ich habe leider genug gesehen und bin überzeugt davon, dass unsere militärische Überlegenheit gegenüber ihren Raketen und Sprengstoffgürteln keine Lösung ist. Deshalb habe ich meinen Dienst quittiert. Und deshalb versuche ich auf andere Weise, den Frieden voranzutreiben.«

»Ich glaube, es dient auch deinem persönlichen Frieden, David«, sagte Sara. Sie stand auf, kniete sich vor ihn nieder und umarmte ihn zärtlich. »Danke, dass du mir das alles erzählt hast«, sagte sie, »ich verspreche dir, dass ich dich nie wieder darauf ansprechen werde.«

David gab ihr einen Kuss aufs Haar. »Eigentlich darfst du das alles gar nicht wissen.« Dann lehnte er sich zurück. »Aber dann kann ich dir jetzt genauso gut alles erzählen«, sagte er nach einer kleinen Pause. »Du hast mich gefragt, was Blok für ein Mensch ist. Ich sage es dir, Blok ist ein Misanthrop. Er ist der durchsetzungsfähigste Vorgesetzte gewesen, den ich in meinen viereinhalb Jahren in der Armee kennengelernt habe, ein harter Hund, und wenn er sich was in den Kopf gesetzt hat, hält ihn nichts und niemand auf. Doch an dem Tag, als unsere Einheit dazu auserkoren wurde, zwei israelische Soldaten zu befreien, die von der Hamas in der Westbank verschleppt worden waren, haben ihn die Kugeln der Entführer gestoppt. Er wäre fast verblutet, und ich war es, der ihn aus der Schusslinie rausgeholt hat. Ich habe damals nicht eine Sekunde gezögert, Sara, aber als die ganze Scheiße vorbei war und mir die Ärzte ebenfalls eine Kugel rausoperieren mussten, war das Soldatenleben für mich schlagartig vorbei.« Er nahm einen Schluck Gin Tonic und sah sie an. »Diese Kommandoaktion war ein einziges Desaster. Wir waren in eine Falle der Hamas gelaufen, viele Kameraden sind schwer verwundet worden, und die beiden Soldaten, die wir eigentlich befreien sollten, und ihre Entführer waren tot. Außerdem gab es wenig später einen Riesenskandal, als sich herausstellte, dass selbst die Palästinenserführung dazu aufgerufen hatte, unsere beiden Jungs freizulassen. Wir hätten niemals stürmen dürfen.«

»Und deine Eltern? Was wissen die?«, fragte Sara.

»Nur Blok weiß, was mein Job in der Armee war. Und du weißt es jetzt auch. Aber das muss auch so bleiben. Meine Eltern hatten keine Ahnung, dass ich bei der *Jechidat Duvdevan* gedient habe. Aber was ist mit dir? Hast du schon mal auf einen Menschen schießen müssen?«

»Ja«, sagte Sara tonlos und erhob sich. »Zweimal.«

»Und?«

»Ich habe beide Male getroffen. Einer hat nicht überlebt.«

»Dann weißt du ja selbst, wie man sich fühlt.«

»Total beschissen. Aber ich konnte mir wenigstens einreden, dass ich keine andere Möglichkeit hatte. Es war in beiden Fällen dieselbe typische Situation: Er oder ich, und ich musste mich binnen Sekundenbruchteilen entscheiden, ob ich abdrücke oder vielleicht erschossen werde.«

David lächelte zaghaft und stand ebenfalls auf. »Ich mache uns jetzt noch zwei Drinks – und dann gehen wir auf den Markt einkaufen, damit wir wenigstens meine Mutter in friedliche Stimmung versetzen können.«

Jamal Faris sah Amir Dawud interessiert dabei zu, wie er auf dem kleinen Tisch in seinem Zimmer zwei weitere Linien Kokain mit seinem Führerschein hackte. Es war eine kleine, dunkle Wohnung mit zwei Zimmern, am südlichen Rand von Ajami, im Erdgeschoss eines heruntergekommenen Mehrfamilienhauses, das zu einer der vielen Bausünden gehörte, die in den Köpfen fortschrittlicher Stadtplaner erdacht worden waren – Anfang der Achtzigerjahre mit viel Pomp und lokalpolitischer Prominenz eingeweiht und binnen weniger Jahre zum Getto verkommen. Doch die Wohnung war billig und damit für zwei junge arabischstämmige Männer wie Amir und Jamal – beide verfügten über Knasterfahrung und versuchten jetzt, sich mit ehrlichen Jobs durchzuschlagen – gerade noch erschwinglich. Jamal war wegen des Handels mit Betäubungsmitteln verurteilt worden und hatte nicht wie Amir den Vorteil, sich der Unterstützung eines israelischen Polizisten gewiss zu sein. Aber das war ja nun vorbei, und so wie es aussah, hatte Amir seinen Job als Topfspüler im »Kaplan« ebenfalls verloren. Er musste sich also dringend etwas überlegen, um in möglichst kurzer Zeit möglichst viel Geld heranzuschaffen, wenn er seinen Plan in die Tat umsetzen wollte.

»Was ich nicht kapiere, ist, dass du ausgerechnet mit dieser jüdischen Pflaume abhauen willst«, sagte Jamal.

»Halt lieber deine Schnauze«, sagte Amir, »und sag so was nie wieder.«

»Und außerdem machst du 'nen Riesenfehler. Willst du das wirklich bringen – so eine Nummer? Wenn sie dich kriegen, Mann, dann fährst du für mindestens zehn Jahre ein.«

»Die kriegen mich doch sowieso, dann kann ich auch gleich hier sitzen bleiben und in aller Ruhe abwarten. Die denken, dass ich es war.«

»Ja und? Warst du es? Hast du den Bullen umgelegt?«

Amir sprang auf, packte Jamal am Kragen und riss ihn von einem der beiden rostigen Campingstühle hoch, die ihnen als Sitzgelegenheiten dienten. »Und auch das sagst du nie wieder!«

»Ist ja gut, Mann!«, entgegnete Jamal, der seinem Mitbewohner körperlich unterlegen war. »Lass mich los!«

Amir schubste Jamal in den Campingstuhl zurück und schob das Kokain auf dem Tisch wieder zusammen. Er wirkte fahrig. Seine Finger zitterten.

»Mensch, ich meine es doch nur gut. Du bist auf Bewährung, du machst 'ne Lehre, du hast 'nen Job. Ich hab noch nie so eine Chance gekriegt«, sagte Jamal.

»Du redest wie 'ne Pussy. Schnallst du es nicht, oder was? Die Bullen werden mir bald auf die Pelle rücken.«

»Aber du hast doch nichts getan, Amir! Also wieso hast du so 'n Schiss vor den Bullen?«

Amir beugte sich tief über den Tisch und zog sich eine der beiden Kokslinien durchs rechte Nasenloch. Danach tupfte er die Pulverreste mit dem Zeigefinger auf und verrieb sie auf dem Zahnfleisch. Hinterher durfte Jamal seine *Line* ziehen.

Sie waren sich darüber einig, dass es so ungefähr das mieseste Kokain war, das sie jemals geschnieft hatten. Es enthielt mehr Milchpulver als Koks. Viel mehr. Aber Amir reichte es, um sich Mut zu machen.

»Denk doch mal nach, Jamal. Ich muss hier weg, und dafür brauche ich eben Kohle. Viel Kohle.«

»Du bist auf einem Scheißtrip, Mann. Mal ein Auto zu klauen, das geht klar, aber nicht in einen Juwelierladen zu rennen und dem Typ eine Knarre vor die Fresse zu halten ... Hast du überhaupt eine?«

Amir Dawud nickte. »Noam hatte einen unregistrierten Revolver in seinem Safe. Aber ich hab die Munition nicht mitgenommen.«

»Ist bestimmt besser so, Amir«, sagte Jamal, »sonst drückst du womöglich noch ab, so wie du drauf bist.«

»Ich würde doch niemals rumballern. Ich bin doch kein Idiot, Jamal. Aber du hältst auf jeden Fall die Schnauze – vor allem, wenn Yael auftaucht. Keine blöden Andeutungen. Hast du das kapiert? Ich habe dich damals auch nicht verpfiffen, oder?« Er stand auf, um die Musik lauter zu drehen. Arabischer Rap. Harte Musik, die aggressiv machen konnte.

Jamal schüttelte den Kopf. »Weißt du was? Du spinnst, Mann!«, sagte er.

Eine halbe Stunde später zogen sich die beiden den Rest des Kokains durch die Nase. Amir besah sich den Revolver, den er aus Noam Shavits Safe hatte mitgehen lassen. Es war ein kurzläufiger 38er, Smith & Wesson, fünf Schuss.

Es klopfte an der Tür. »Scheiße«, sagte Amir und sprang auf. »Das ist bestimmt Yael.« Er ließ den Revolver unter einer wackeligen Kommode verschwinden und fuhr sich rasch durch die Haare, bevor er die Wohnungstüre öffnete. Draußen stand Yael. Sie sah traurig aus. »Komm rein!«, sagte Amir, »Jamal ist da, aber er wollte gerade gehen.«

»Wie kommst du denn darauf?«, sagte Jamal auf Arabisch und lachte.

»Weil ich dich vielleicht darum bitte?«, entgegnete Amir, ebenfalls in der Sprache, die Yael nicht verstand. »Hau jetzt ab. Und lass uns in Ruhe.«

»Habt ihr vielleicht Stress?«, fragte Yael.

»Nein, wie kommst du darauf?«, sagte Amir. »Nun komm schon rein!«

Yael hatte die heruntergekommene Behausung von Amir noch nie gemocht. Sie hatte sich bloß an das Chaos, die Möbel vom Sperrmüll, den Schmutz gewöhnt, und sie sah es als Kompromiss, den sie eingehen musste, wenn sie der Strenge ihres Elternhauses entfliehen wollte. Mochte ihr Vater sie auch lieben, solange Yael denken konnte, fühlte sie sich eingesperrt. Sie empfand ihre Liebe zu Amir als das Tor zur Freiheit.

Jamal erhob sich. »Mach nicht zu lange mit ihr rum, Kumpel – ich würde nämlich gerne noch ein bisschen chillen.« Er tippte sich an die Stirn und schlenderte provozierend langsam an den beiden vorbei hinaus auf die Straße.

»Was habt ihr da gerade geredet?«, fragte Yael.

»Er hat uns einen schönen Abend gewünscht«, antwortete Amir. »Setz dich doch. Willst du was trinken? Ich habe noch eine Cola.«

»Nein danke.« Yael nahm auf dem Campingstuhl Platz, Amir hockte sich neben sie und nahm ihre Hand.

»Was ist? Du siehst traurig aus«, sagte er.

»Du doch auch. Aber ich …«

»Mir geht's eben nicht gut«, unterbrach Amir sie, »soll ich vielleicht lustig sein, wo Noam gerade gestorben ist?«

»Natürlich nicht. Aber ich hatte eben einen furchtbaren Streit mit meinem Vater. Vorhin kam er überraschend ins Lokal. Er weiß alles, und ich glaube sogar, dass Khassim auch gequatscht hat, um seine Haut zu retten.«

»Feiges Arschloch. Meinen Job bin ich wahrscheinlich los«, stellte Amir erstaunlich sachlich fest.

Yael nickte. »Wahrscheinlich. Außer du gehst zu Khassim und wirfst dich vor ihm auf die Knie. Aber was viel schlimmer ist – ich darf dich nicht mehr treffen!«

Amir schlang die Arme um ihren Nacken und zog Yael ein Stückchen zu sich herunter. »Weißt du was? Mach dir keine Sorgen. Niemand kann uns trennen. Und außerdem sind wir bald weg. Morgen besorge ich unsere Tickets.«

Vier

Alles für die Katz, dachte Sara, als Jakoov Blok ihr am Morgen nach der Teambesprechung eröffnete, dass sein Hauptverdächtiger abgetaucht war, was ihn in seinen Augen noch verdächtiger aussehen ließ.

»Das muss gar nichts heißen, Blok«, sagte Sara. »Dein Ilan Katz ist zwar kein unbeschriebenes Blatt, aber zurzeit ist er sauber. Und ich habe mir seine Akte angesehen: Er war in der Armee, er hat eine Nahkämpfer-Ausbildung und war außerdem Scharfschütze. Das ist keiner, der mit einer Plastiktüte Leute erstickt. Und außerdem hatte er mit Noam Shavit nie direkten Kontakt.«

»Was jedoch nicht ausschließt, dass sich die beiden kannten«, warf Blok ein.

»Aber welches Motiv soll Katz denn gehabt haben? Er war damals im Fall Eli deine Baustelle, Blok, immer nur deine.«

»Störe ich?«, fragte Hanan Chalabi, als sie den Kopf zur Tür hereinsteckte.

»Nicht, wenn es wichtig ist, Hanan«, sagte Sara.

»Das könnte es vielleicht sein!«, sagte der Corporal.

Blok sah die junge Drusin finster an und verschränkte die Arme vor der Brust.

Hanan Chalabi klappte ihren Notizblock auf. »Also, ich glaube, ich habe da eine weitere Verbindung entdeckt.«

»Verbindung? Zwischen wem? Um was geht es überhaupt?«, blaffte Blok.

»Du erinnerst dich, dass ich Hanan gebeten hatte, Ariel Gutman noch einmal durch den Wolf zu drehen?« Sara stellte sich schützend vor ihre Kollegin.

Jakoov Blok verdrehte kurz die Augen und seufzte.

»Und was hast du?«, fragte Sara ruhig.

»Ariel Gutman hatte doch Rahel Elis Haus entworfen und gebaut. Und er trägt diese *Dolphin & Shark*-Pullover, von denen wir an beiden Tatorten identische Fasern gefunden haben.«

Jakoov Blok wippte ungeduldig mit dem rechten Fuß. »Dazu hat Noam ihn doch schon damals ausgiebig befragt. Was soll das also, Sara?«

»Entschuldigung, Jakoov, es ist aber so, dass Ariel Gutman auch Noam Shavits Haus gebaut hat. Davon steht jedoch nichts in den bisherigen Ermittlungsakten«, sagte Hanan Chalabi.

»Bitte?«, fragte Jakoov Blok, der auf einmal überrascht wirkte, »Ariel Gutman hat Noam Shavits Haus entworfen? Wieso hat Noam mir das nie erzählt?«

Weil ihr euch wahrscheinlich nicht leiden konntet und nicht mal das Nötigste miteinander besprochen habt, dachte Sara.

»Aber auch das beweist nichts. Ariel Gutman besaß für den Mord an Rahel Eli ein Alibi, das wir ihm nicht widerlegen konnten.« Blok war nicht zu bremsen.

Was *du* ihm nicht widerlegen konntest. Sara wandte sich an Hanan. »Und weiter?«

»Es gibt bekanntlich keine Spuren von Gewalt im gesamten Haus von Noam Shavit«, sagte Hanan Chalabi. »Noam Shavit hat seinem Mörder vermutlich selbst die Tür geöffnet – warum also nicht seinem Architekten, der übrigens kein Auto besitzt.

Der Mercedes ist auf seine Mutter zugelassen. Ich habe eine Überprüfung seiner Bankkonten veranlasst. So wie es aussieht, besitzt Ariel Gutman selbst so gut wie kein Geld, jedenfalls nicht hier in Israel.«

Sara musste zugeben, dass Jakoov Blok diese Niederlage wegsteckte wie ein Mann. Er sagte: »Okay. Bleibt nur eine entscheidende Frage – die Frage nach dem Warum!«

»Genau das sollten wir rausfinden«, schlug Sara vor. »Dann können wir gleich Gutmans Alibi für die Tatnacht im Fall Shavit überprüfen.«

»Und wie willst du das anstellen?«, fragte Blok.

»Indem wir vielleicht mal mit Ariel Gutman reden?«

»Na gut. Mach das«, sagte Blok. »Ich versuche inzwischen, diese Ratte Katz zu finden.« Er wandte sich ab, um an seinen Schreibtisch zurückzukehren.

»Moment, Blok, warte mal bitte!«, sagte Sara. Jakoov Blok machte auf dem Absatz kehrt. »Commander Shimon Ben Godin hatte mich gebeten, Alleingänge nach Möglichkeit zu vermeiden. Deshalb möchte ich dich um deine Zustimmung bitten, dass ich mit Amir Dawud rede. Ginge das für dich in Ordnung?«

Jakoov Blok zuckte mit den Schultern. »Tu, was du für richtig hältst. Wenn ich Katz gefunden habe, würde ich dich ja auch anrufen. Vielleicht möchtest du dabei sein, wenn wir ihn festnehmen.«

»Oh ja«, sagte Sara, »sehr gern.« Sie wurde das Gefühl nicht los, dass Jakoov Blok versuchte, alle Ermittlungsstränge zu kappen, die seiner Meinung nach nicht zu Ilan Katz führten. Dafür sprachen sein laxer Umgang mit Amir Dawud und Ariel Gutman, aber auch die kurze Beschreibung von Bloks Charakter, die ihr David am Vorabend gegeben hatte. Dass er sich in eine Theorie verbeißen konnte wie ein Frettchen in eine Ratte. Hinzu kam, dass Sara mittlerweile den vagen Verdacht hegte, dass Noam Shavits ehemaliger Partner eine zentrale Rolle in diesem Fall spielte. Sara erinnerte sich an seinen Gesichtsausdruck, als sie sich in der Tatnacht die Fotos von der verstorbenen Esther Shavit angesehen hatten. Da war ganz deutlich ein Funken Trauer in seinen Augen gewesen.

»Kann ich auch mitkommen, wenn ihr Katz hochnehmt?«, fragte Hanan Chalabi und riss Sara aus ihren Gedanken.

»Meinetwegen«, knurrte Blok und kehrte in sein Büro zurück.

Sara blickte ihm hinterher. Dann holte sie ihre Glock aus der Schreibtischschublade und steckte sie in den Holster an ihrem Gürtel. »Natürlich kannst du mitkommen, Hanan«, sagte sie. »Übrigens, das war gute Arbeit! Und jetzt lass uns mal diesen Ariel Gutman besuchen.«

»Meine Güte, sieh dir bloß dieses Haus an. Der Typ müsste doch eigentlich stinkreich sein«, sagte Hanan Chalabi. Das Haus der Gutmans strotzte vor Geld – ein monströser Kasten mit einem geteerten Weg vom automatischen Gartentor zum barrierefreien Hauseingang. Sara musste ihr recht geben: Derjenige, der hier wohnte, sollte es eigentlich nicht nötig haben, einer alten Dame Schmuck zu stehlen. Durch eines der Panoramafenster konnten sie die Umrisse der Rollstuhlfahrerin erkennen, die sicher die Frau war, die sie auf dem Friedhof gesehen hatten. Sara drückte auf den Klingelknopf der Gegensprechanlage.

»Ja, bitte?«, erklang Sekunden später die Stimme einer älteren Frau.

»Shalom! Frau Gutman? Ich bin Sara Stein … Sara Shapiro … von der Tel Aviver Kriminalpolizei. Corporal Hanan Chalabi begleitet mich. Wir würden gerne mit Ariel Gutman sprechen. Ist er zufällig zu Hause?«

Die Antwort war das Summen des Türöffners. Im Gartentor schwang eine eingelassene Tür auf. Sara und Hanan Chalabi betraten das Grundstück und liefen den sanft ansteigenden Weg hinauf, der von gepflegten Blumenbeeten gesäumt war. Die Haustüre öffnete sich. Eine Hausangestellte trat zur Seite, dann tauchte die Rollstuhlfahrerin auf. Ruth Gutman war altmodisch, aber erkennbar teuer gekleidet. Sara registrierte, dass nicht eine einzige Strähne ihres silbergrauen Haares aus der Reihe tanzte. Sie duftete übertrieben nach einem schweren Parfum. Sara meinte sich zu erinnern, dass auch ihre Mutter einen solchen Duft benutzt hatte – vor zwanzig Jahren. Opium oder so ähnlich.

»Frau Gutman?«, fragte Sara.

»Ruth Gutman. Die bin ich«, sagte die ältere Dame. »Und was wollen Sie von meinem Sohn?«

»Lediglich ein paar Routinefragen, Frau Gutman. Er war vorgestern Nacht am Tatort, auf der Straße. Sie wissen sicherlich schon von dem Verbrechen in Ihrer Nachbarschaft.«

»Aber natürlich war Ariel dort und musste das alles mit ansehen. Er kam ja nicht durch mit dem Auto – die Straße war doch gesperrt. Ist denn das nicht furchtbar, dieser Mord an Noam Shavit?«

»Ja, sehr tragisch. Sie kannten ihn?«, fragte Sara.

»Natürlich kannte ich Noam. Sonst wäre ich doch nicht auf seiner Beerdigung gewesen. Und seine Frau, Esther, die kannte ich auch. Das arme Ding. Aber wir haben nur selten ein paar Worte miteinander gewechselt. Sie sehen ja selbst, dass ich ziemlich eingeschränkt bin.«

»Natürlich«, sagte Sara. Sie räusperte sich. »Wo finden wir denn Ihren Sohn?«

»Kommen Sie herein!«, sagte Ruth Gutman. »Er ist im Garten, auf der Baustelle. Wir errichten gerade ein neues Haus für ihn.«

Sara und Hanan Chalabi tauschten einen kurzen irritierten Blick. Ruth Gutman fuhr mit ihrem elektrischen Rollstuhl langsam durch die Eingangshalle ins Wohnzimmer. Sara fiel auf, dass das Untergeschoss behindertengerecht war und dass weder Bodenvasen noch andere Wohnaccessoires herumstanden, die Ruth Gutman eventuell mit ihrem Rollstuhl hätte touchieren können. Auf diese Weise besaß das Innere des Hauses jedoch auch eine kühle, beinahe schon sachliche Atmosphäre. Daran änderten auch die Bilder an den Wänden nichts. Es sah fast so aus, als ob die Gutmans Kunstsammler waren, mit dem Schwerpunkt Klassische Moderne. Sara fragte sich, ob es sich tatsächlich um einen echten Mondrian handeln konnte. Dann entdeckte sie eine hübsche Statuette aus Bronze, die auf einem weiß lackierten Sideboard stand. Die sah ihr ganz nach einer Arbeit von Henry Moore aus.

Ruth Gutman stoppte ihren elektrischen Rollstuhl ruckartig an der zweiflügeligen Terrassentür, die sich wie das Gartentor automatisch öffnen ließ. »Dort hinten ist er, mein Sohn«, sagte sie und deutete über den kurz gemähten Rasen zu einem Rohbau hinüber, vor dem Ariel Gutman mit ein paar Bauarbeitern stand und wild mit den Armen gestikulierte. Die Außenwände standen bereits, und Sara stellte fest, dass Ariel Gutman offensichtlich einen einzigen Baustil bevorzugte. Wenn dieses Haus einmal fertig war, würde es sich vermutlich nur von der Größe her vom Haus seiner Mutter unterscheiden. Und dem von Noam Shavit.

»Danke schön, Frau Gutman«, sagte Sara und trat an ihr vorbei hinaus auf die Terrasse. Hanan Chalabi folgte ihr.

»Ach, Frau Stein – hatten Sie nicht auch Shapiro gesagt? Sind Sie vielleicht die berühmte Schwiegertochter meiner guten alten Freundin Meira?«

Sara lächelte sie vieldeutig an und nickte. »Kommst du, Hanan?«, fragte sie.

Ruth Gutman hatte kurz gelächelt. Jetzt war jegliche Freundlichkeit aus ihrem bleich geschminkten Gesicht verschwunden. »Es kommt alles wieder«, flüsterte sie unhörbar für Sara und ihre neue Assistentin.

Ariel Gutman schien von diesem Überraschungsbesuch alles andere als begeistert zu sein. Er schickte die Arbeiter mit einem Handfächeln weg. »Was wollen Sie von mir?«, fragte er mit nasalem Tonfall, nachdem Sara und Hanan Chalabi sich ausgewiesen hatten. »Soll meine Mutter sich vielleicht zu Tode erschrecken?«

»Ganz und gar nicht, Herr Gutman«, sagte Sara, »Shalom!«

»Shalom, Frau …?«

»Stein. Shapiro.« Sie deutete auf Hanan Chalabi. »Corporal Hanan Chalabi. Eigentlich wollten wir nur von Ihnen wissen, ob Sie Noam Shavit in letzter Zeit mal gesehen haben?«

»Warum sollte ich – ist das überhaupt wichtig?«

»Vielleicht beantworten Sie einfach meine Frage?«

»Nein. Seit dem Hausbau habe ich ihn nicht mehr gesehen.«

»Und der war wann genau, Herr Gutman?«, schaltete sich Hanan Chalabi ein.

»Noam Shavit ist vor etwa fünf Jahren eingezogen, wenn ich mich recht erinnere. Es war mein erster Bau hier im Baruch-Viertel.«

Sara gefiel es, dass Hanan sich ungefragt einmischte und einen Part der Befragung übernahm. Sie war ganz anders als Anne Rodeck. Damals, daheim in Berlin.

»Und warum waren Sie dann gestern auf seiner Beerdigung?« Ariel Gutman sah sie empört an. »Was für eine Frage! Aus mehreren Gründen, Frau … Shapiro. Erstens aus Respekt. Für Esther natürlich. Sie hat manchmal für mich als Übersetzerin gearbeitet – ich hatte diverse Projekte mit russischen Kunden. Zweitens auch aus Respekt – für Noam Shavit, der ebenfalls mein Kunde gewesen ist. Und drittens musste ja irgendjemand meine Mutter auf den Friedhof begleiten.«

»Das ist alles natürlich sehr verständlich«, sagte Sara.

»Ja, kann ich sonst noch was für Sie tun?«

»Tragen Sie Pullover der Marke *Dolphin & Shark?*«, fragte Hanan Chalabi.

»Dürfte ich vielleicht einmal erfahren, warum die Polizei das schon wieder von mir wissen will? Ja, ich trage hin und wieder Pullover dieser Marke.« Er sah verächtlich auf Sara hinab. »Sie sind sehr bequem, haben eine exzellente Qualität, aber sie sind natürlich sehr teuer.«

Sara ließ sich davon nicht beeindrucken. »Entschuldigen Sie, ich muss Ihnen leider auch diese Frage stellen: Wo waren Sie vorgestern Abend zwischen achtzehn und zwanzig Uhr?«

Ariel Gutman lächelte. »Ich war hier. Wie Sie vielleicht sehen, habe ich zu tun. So ein Hausbau beschäftigt einen Architekten und Bauleiter quasi rund um die Uhr. Meine Mutter wird Ihnen das sicher gerne bestätigen … und auch, dass ich gegen zwanzig Uhr noch einmal in die Stadt gefahren bin, in mein Büro. Und den Rest wissen Sie ja. Als ich nach Hause kam, hatten Ihre Kollegen bereits die ganze Straße gesperrt und haben mich warten lassen.«

»Das war es auch schon. Danke, Herr Gutman – und entschuldigen Sie bitte nochmals unser Eindringen. Aber Sie haben sicher Verständnis, dass wir jedem noch so kleinen Hinweis nachgehen müssen«, sagte Sara mit süßlicher Stimme.

»Hinweis? Wie meinen Sie das, Hinweis?« Ariel Gutman wirkte plötzlich nervös.

Sara winkte ab. »Entschuldigung, mein Hebräisch«, sagte Sara. »Ich meinte natürlich, jedes Detail. Ich hatte die Hoffnung, dass Sie in den vergangenen Tagen vielleicht jemanden gesehen haben könnten, der nicht in dieses Viertel passt – wenn Sie verstehen, was ich meine!«

»Natürlich, natürlich«, entgegnete Ariel Gutman, sichtlich erleichtert. »Und hätten Sie mich danach gefragt, hätte ich leider ›Nein‹ gesagt.« Es entstand eine Pause. Ariel Gutman brach das verlegene Schweigen als Erster. »Tja, dann sollte ich mich doch mal wieder um mein kleines Häuschen kümmern. Shalom, meine Damen!«, sagte er, wandte sich um und verschwand im Rohbau.

Als sie über den Rasen zurück zur Terrasse gingen, sagte Hanan Chalabi: »Er ist zwar ein arrogantes Arschloch, aber seine Erklärungen sind plausibel.«

»Ja, das sind sie. Wenn die Mutter seine Angaben bestätigt, ist er raus. Und ich wette, das wird sie tun. Das sind die besten Alibis, die du haben kannst, Hanan. Und die beiden Wollfasern reichen garantiert nicht für eine Durchsuchung.«

»Außerdem wäre niemand so bescheuert, zweieinhalb Jahre nach dem ersten Mord wieder denselben Pullover anzuziehen«, fügte Hanan Chalabi hinzu, »außer er ist der Meinung, der Pulli sei so eine Art Talisman …«

Ruth Gutman empfing sie an der Terrassentür. »Konnten Sie alles klären, ja?«, fragte sie.

»Wenn Sie mir sagen können, wo Ihr Sohn vorgestern Abend zwischen achtzehn und zwanzig Uhr gewesen ist, ja«, sagte Sara.

»Sie verdächtigen meinen Sohn?«, fragte Ruth Gutman erstaunt.

»Dafür gibt es keinen Grund«, entgegnete Sara, »aber wir überprüfen nun mal jedes winzige Detail. Das müssen Sie bitte verstehen!«

Ruth Gutman schüttelte den Kopf. »Mein Sohn war hier«, sagte sie leise. »Wir haben gemeinsam zu Abend gegessen, und dann ist er kurz nach acht noch einmal in sein Büro gefahren.«

»Er wohnt hier, mit Ihnen?«, fragte Sara.

»Das Haus ist groß genug. Es besitzt eine Einliegerwohnung in der ersten Etage.«

»Was wollte er denn um diese Zeit in seinem Büro, Frau

Gutman?«, fragte Hanan Chalabi. »So spät arbeitet doch eigentlich niemand mehr.«

»Das müssen Sie ihn schon fragen«, antwortete Ruth Gutman, »mir erzählt er so etwas nicht.«

»Sie haben völlig recht!«, warf Sara ein. »Diese Frage war überflüssig. Auf Wiedersehen, Frau Gutman – und danke, wir finden auch alleine wieder hinaus.«

Draußen vor der Tür fragte Sara: »Und, was denkst du?«

»Hab ich doch schon gesagt. Er ist ein arrogantes Arschloch, aber sein Alibi ist wasserdicht«, antwortete Hanan Chalabi. »Und seine Mutter hat einen Hau.«

»Aber wir hätten zumindest ein schwaches Motiv. Deine Recherchen haben ergeben, dass Ariel Gutman kein Geld hat, aber er baut sich einen kleinen Palast im Garten. Ich würde wetten, dass seine Mutter dieses Leben finanziert – und damit hätte er einen Grund gehabt, einer alten Frau, die er noch dazu gut kannte, Schmuck im Wert von zwei Millionen Schekel zu stehlen. Oder möchtest du als erwachsene Frau von deinen Eltern abhängig sein?«

»Natürlich nicht«, sagte Hanan Chalabi.

»Vielleicht könntest du ja in den nächsten Tagen in Erfahrung bringen, ob Ariel Gutman ein guter Architekt und Bauleiter gewesen ist. Ich glaube nämlich, das ist ein echter Loser«, sagte Sara.

Als sie sich in den Wagen setzten, vibrierte ihr Mobiltelefon. »Wir haben ihn«, sagte Jakoov Blok. »Katz ist jetzt in seiner Wohnung. Wo seid ihr?«

»Im Baruch-Viertel«, sagte Sara. »Wir waren gerade bei den Gutmans. Nichts Verwertbares.«

»Dann sieh zu, dass ihr in zehn Minuten hier seid. HaLotus Street, Ecke Tsnovar Street. Das ist eine Sackgasse. Wir umstellen das Haus, sichern alle Ein- und Ausgänge und dann Zugriff!« Jakoov Blok legte auf.

»Wohin?«, fragte Hanan Chalabi.

Sara nannte ihr die Adresse. »In zehn Minuten. Schaffst du das?«

»Mach lieber die Augen zu, Sara«, lachte Hanan Chalabi und startete den Motor.

»Prima. Wir sind so weit«, sagte Jakoov Blok, als Sara und Hanan Chalabi neun Minuten später in Ajami eintrafen. Er reichte Sara eine schusssichere Weste aus dem Kofferraum, streifte sich selbst ebenfalls eine über und zeigte dann auf einen einstöckigen Flachbau in der Mitte der schmalen Sackgasse. »Katz hat tatsächlich einen neuen *Hideout.* Den kannte ich noch gar nicht«, sagte er. »Hideout«. Das war ein Wort für Schlupfwinkel, das Sara noch nicht kannte.

Sara zupfte ihre Weste zurecht. Sie war leicht und erstaunlich bequem. »Und es ist auch wirklich sicher, dass Ilan Katz da ist?«

»Mein Informant ist zuverlässig«, sagte Blok. »Ich lade dich schließlich nicht zu einer geplatzten Premiere ein. Er ist vor etwa anderthalb Stunden gekommen und hat seinen Bau bisher nicht wieder verlassen.« Er zog seine Pistole, lud die Glock durch und entsicherte sie. »Du kommst mit mir. Wir gehen vorne rein. Corporal Chalabi, du bleibst hier und sicherst die Straße. Alle Hinter- und Nebenausgänge sind besetzt.«

Sara schaute sich um. »Du hast ja sogar Kollegen auf den umliegenden Dächern eingesetzt«, staunte sie.

»Katz ist gefährlich und rücksichtslos, Sara, vergiss das nicht. Er ist ein Tier. Und er ist verdammt clever.«

»Na dann.« Sie zog ebenfalls ihre Glock aus dem Holster und machte die Waffe schussbereit.

»Hast du Angst?«, fragte Blok, als sie gemeinsam auf den Hauseingang zugingen.

»Angst hilft, wenn du überleben willst«, sagte Sara. »Es ist eher eine Mischung aus Vorsicht und Respekt vor der Situation. Außerdem kennen wir das Gelände nicht. Also ich jedenfalls nicht. Vielleicht hat dein Ilan Katz uns ja auch in eine Falle gelockt, weil er weiß, dass er nichts zu verlieren hat.«

Blok schien ihre Antwort zu gefallen. »Deshalb bleibst du auch hinter mir, Sara.«

Sie nickte. Neben dem Eingang warteten bereits drei Beamte der Sondereinheit *Jechidat Duvdevan*, die üblicherweise im Antiterrorkampf eingesetzt wurde. Sie trugen dunkelblaue Uniformen, Helme und ebenfalls schusssichere Westen. Sie waren mit Maschinenpistolen bewaffnet, ihre Gesichter maskiert. Einer von ihnen hielt eine Ramme in den Händen. Für Blok scheint dieser Katz so etwas wie der Staatsfeind Nummer eins zu sein, dachte Sara. Ihr Partner zückte sein Walkie-Talkie. »Wir gehen jetzt rein«, sagte er und nickte dem Beamten mit der Ramme zu. Sie nahmen Aufstellung, Sara würde als Letzte folgen. Ihr Herz schlug jetzt aber doch bis zum Hals, aber sie wollte Blok um jeden Preis zeigen, dass er auf sie zählen konnte, auch wenn es hart auf hart ging. »Und los!«, sagte Blok.

Die fensterlose Eingangstür stellte für die Ramme kein Hindernis dar. Sie sprang nach dem ersten Stoß auf, und die Beamten drangen ins Haus ein, die Maschinenpistolen im Anschlag. Drinnen herrschte diffuses Licht. Die Luft war enorm stickig. Sie standen in einem überdachten Innenhof, von dem sechs Türen abgingen. Neben jeder der Türen war ein kleines Fenster in die Wand eingelassen. Aber die Scheiben waren blind, zwei Fenster besaßen kein Glas mehr. Keine der Wohnungen schien bewohnt zu sein.

»Schafscheiße«, sagte Blok.

Für einen Moment standen die Beamten unschlüssig in dem kleinen Innenhof. Sara tippte Jakoov Blok auf die Schulter und deutete auf die rechte Tür an der Stirnseite des Hofs. Davor lag eine filterlose Zigarette, die noch glimmte. Blok deutete auf die Tür. Sekunden später stürmten die Polizisten die Wohnung. Aber auch sie war leer. Sara, die an der Schwelle stehen geblieben war, sah sich um. Die Hitze im Innenhof erschien ihr plötzlich unerträglich. Schweiß rann ihr in die Augen. Von drinnen hörte sie dreimal das Wort »Gesichert!«, dann ein Poltern. Sie vermutete, dass Blok aus Wut gegen irgendeinen Einrichtungsgegenstand getreten hatte. Im Augenwinkel nahm sie hinter der schmutzigen Fensterscheibe der Nachbarwohnung eine Bewegung wahr. Sara sprang sofort neben das Fenster, um nicht als Zielscheibe zu dienen. Dann tauchte sie ab und kroch unter dem Fenstersims zur Tür, die, wie sie feststellte, nur angelehnt war. Sie ging in Combat-Stellung und trat die Türe auf. Sie krachte gegen die Wand. Vor sich sah sie eine spärlich eingerichtete Küche. Auf dem Boden lagen Abfälle und Zeitungen, das Mobiliar war schäbig, das Elektrokabel des Herds besaß keinen Stecker mehr. Und immer noch keine Spur von Ilan Katz. Flach atmend schlich Sara Meter um Meter in die Wohnung hinein. Als sie ins nächste Zimmer hineinlugte, erblickte sie ein paar Füße … und dann den Mann, zu dem diese Füße gehörten. Er lag auf dem Bauch und schien nicht mehr zu atmen. »Ilan Katz? Sie sind festgenommen«, sagte Sara mit lauter Stimme, aber der Mann reagierte nicht. Sie trat ihn gegen den Unterschenkel. Der Mann rührte sich noch immer nicht. »Blok?«, rief Sara und bückte sich über den Leblosen, um das Gesicht des Mannes zu erkennen. »Hier ist jemand!«

Auf diesen Moment hatte Ilan Katz gewartet.

Seine rechte Hand schnellte hoch. Er umklammerte Saras Hals, dann drückte er zu und zog sie gleichzeitig nach unten. Sara verlor das Gleichgewicht und lag plötzlich auf dem Boden. Die Glock fiel ihr aus der Hand. Es war ein eiserner Griff, der höllisch wehtat. Sie würgte, versuchte, ihm einen Schlag zu verpassen oder wenigstens einen Tritt, aber Ilan Katz hatte sie in kürzester Zeit nach allen Regeln des *Krav Maga* außer Gefecht gesetzt. Sara fühlte sich nicht nur wie in einem Schraubstock gefangen – sie war es auch. Er lag über ihr, hielt ihre Beine mit seinen Knien in einem Klammergriff, drückte mit der rechten Hand erbarmungslos ihren Kehlkopf zusammen und verschloss mit der linken Hand ihre Nase und ihren Mund. Sara konnte nicht schreien. Und sie würde das hier nicht mehr lange aushalten. Ihr Überlebenswille schwand rapide. Sie hörte sich selbst röcheln. Alle Geräusche kamen jetzt wie aus einem Tunnel, und vor ihren Augen tanzten Blitze.

Dann flog plötzlich sein Kopf zur Seite, und in ihr Röcheln mischte sich ein Schmerzenslaut, den Sara wie aus weiter Entfernung wahrnahm. Aber die Hand um ihren Hals war fort. Sie bekam wieder Luft und robbte reflexartig aus der Gefahrenzone. Als sie die Augen aufschlug, sah sie, wie Blok ihrem Gegner mit dem Schuhabsatz ins Gesicht trat. Es gab ein knackendes Geräusch, als seine Nase brach. Sein Kopf flog nach hinten, prallte gegen die Wand, und dann sackte Ilan Katz in sich zusammen. Blok trat ihm noch ein paarmal in die Rippen.

»Es reicht, Blok«, krächzte Sara, »hör auf, du schlägst ihn sonst tot.«

»Besser er als du«, stieß Blok schwer atmend hervor. Er blickte verächtlich auf Ilan Katz hinunter, der sich nicht mehr rührte.

Sara sammelte ihre Glock vom Boden auf. »Verdammt«, sagte sie, »ich habe mich wie eine beschissene Anfängerin benommen! Und ich muss dringend mein *Krav Maga* verbessern.« Sie tastete vorsichtig ihren Hals ab.

»Du siehst ziemlich übel aus«, sagte Blok.

»Mit Sicherheit. So fühlt es sich auch an. Aber danke, Jakoov«, flüsterte Sara. Das Sprechen tat weh.

Zwei Polizisten stürmten ins Zimmer. Blok deutete auf den reglosen Katz. »Legt ihm Fesseln an und dann ab mit ihm zu uns.«

Die beiden Polizisten drehten Ilan Katz auf den Bauch, bogen seine Arme nach hinten und fesselten seine Handgelenke. Katz kam wieder zu sich und stöhnte. Er musste husten, aber das verschlimmerte seine Schmerzen.

»Ich glaube, er braucht sofort einen Arzt«, sagte Sara, »du hast ihm vermutlich die Rippen gebrochen. Abgesehen von seiner Nase.«

Ihr Lebensretter sah auf Ilan Katz hinunter, der sich krümmte und nur flach atmete. »Na gut«, sagte Blok zu den uniformierten Kollegen, »ruft eine Ambulanz für dieses Stück Scheiße.« Er hockte sich neben Katz. »Du bist festgenommen, Ilan.«

»Warum?«, presste Ilan Katz hervor. Aus seiner Nase lief Blut.

»Wegen des Verdachts des Mordes an Noam Shavit und Rahel Eli …«

»Du tickst nicht richtig, Blok«, sagte Katz, »das hatten wir doch alles schon mal …«

»Und wegen des tätlichen Angriffs auf eine Polizistin. Und daraus dreh ich dir einen schönen Mordversuch, Ilan!« Katz hob mühsam seinen Kopf und schaute Sara an. »Ja, mein Lieber, sieh sie dir gut an. Sieh, was du ihr angetan hast. Ich verspreche dir, wir werden noch viel Spaß miteinander haben«, sagte Blok.

Sara hielt Katz' Blick stand, der nur Verachtung für sie übrigzuhaben schien. Er legte seinen Kopf wieder auf den Boden.

»Schafft ihn raus«, sagte Blok, »aber tut ihm nicht weh!«

Die beiden Polizisten rissen Ilan Katz vom Boden hoch. Er stöhnte unterdrückt auf. Er konnte kaum gehen. Blok wandte sich an Sara, die ihren Kopf vorsichtig bewegte. »Geht's wieder? Ich glaube, du brauchst auch einen Arzt.«

Sara winkte ab. »Gib mir einfach ein wenig Zeit.«

Raman Gat lag nur wenige Kilometer westlich von Tel Aviv. Im Grunde gehörte die Stadt zur Metropolregion, aber sie war eigenständig. Sie zählte rund einhundertfünfzigtausend Einwohner und beherbergte neben dem israelischen Fußball-Nationalstadion das *Harry Oppenheimer Diamond Museum* und darüber hinaus die zweitgrößte Diamantenbörse der Welt, die *Israel Diamond Exchange*. Dementsprechend hatten sich in Raman Gat zahlreiche Diamantenhändler und Juweliere niedergelassen, vor allem im Zentrum in der HaRakon Street.

Amir Dawud hatte den ganzen Sonnabend damit zugebracht, die Gegend auszukundschaften und sich einige der Geschäfte anzuschauen, die für die Umsetzung seines Plans infrage kamen. Er war auf der Suche nach einem möglichst kleinen und unauffälligen Geschäft, das auf Sicherheitspersonal verzichtete und das auch keine automatischen Rollgitter hinter der Eingangstür besaß, die vom Verkaufstresen aus durch Knopfdruck blitzschnell hinuntergelassen werden konnten, sodass er wie ein Gimpel in der Falle gesessen hätte. Am Nachmittag glaubte Amir Dawud, fündig geworden zu sein. Die *Jackson Jewlery* entsprach genau seinen Vorstellungen. Es war ein kleines Ladenlokal mit einer weißen Markise. Genau gegenüber befand sich ein großer Parkplatz mit zwei Ausfahrten auf die HaRakon Street. Aber Amir hatte sich dafür entschieden, über einen breiten Zugang für Fußgänger auf der hinteren Seite zu flüchten, um zwischen sich und einen oder mehrere potenzielle Verfolger schon mal einen Vorsprung von mehreren Blocks zu legen. Mit seiner wendigen Enduro würde es für ihn kein Problem sein, dort durchzukommen; er musste nur aufpassen, dass er nicht mit einem Fußgänger kollidierte. Am Morgen, nach einer Nacht in einer billigen Pension, hatte er das Nummernschild seiner 500-ccm-Yamaha gegen ein geklautes getauscht. Dann hatte er die Maschine vollgetankt und vorsichtshalber die Zündkerze gereinigt. Die Maschine musste auf Anhieb anspringen.

Bei der *Jackson Jewlery* schien es sich um einen Familienbetrieb zu handeln, der sich auf Braut- und Goldschmuck spezialisiert hatte, aber Amir Dawud war lediglich an geschliffenen Diamanten interessiert. Soweit er es beurteilen konnte, arbeiteten die Besitzer, ein älteres Ehepaar, mit ihrer Tochter zusammen. Es würde ein Kinderspiel werden.

Amir Dawud hatte sich an einem Kiosk ein Eis gekauft. Er saß auf der anderen Straßenseite auf der niedrigen Mauer, die den Parkplatz vom Bürgersteig trennte, lutschte an seinem Eis und wurde jetzt doch langsam nervös. Es ging auf zwanzig Uhr zu, in wenigen Minuten würden die Geschäfte schließen, und dann würde er etwas tun, für das ihm sein Ziehvater Noam Shavit mit Sicherheit den Kopf abgerissen hätte. Er würde vom kleinen Autodieb in die Kategorie Schwerverbrecher aufsteigen. Der kurzläufige Revolver steckte in seiner rechten Hosentasche, vor ihm auf dem Boden lag sein Integralhelm mit der Gesichtsmaske aus Baumwolle. Aber was sollte schon passieren? Niemand würde sein Gesicht erkennen, und wenn erst die kleinen Steine den Besitzer gewechselt hatten, würde er versuchen, nicht hektisch aus dem Geschäft zu rennen, sondern möglichst gelassen die Straße zu überqueren, sich auf sein Motorrad setzen und dann erst das Tempo seiner Flucht beschleunigen. Bestimmt würde auch Yael sein Tun verurteilen, aber für wen ging er denn dieses Risiko ein? Doch er würde Yael niemals verraten, wie er das Geld für ihre Flugtickets nach Spanien aufgetrieben hatte. Und die ersten zwei oder drei Monate mussten sie ja schließlich auch von etwas leben.

Es war zehn vor acht. Amir Dawud schaute sich um. Die HaRakon Street war noch immer ziemlich belebt, aber in der vergangenen Viertelstunde hatte kein Kunde die *Jackson Jewlery* betreten. Er sah, wie die junge Angestellte damit begann, die gläsernen Vitrinen mit Glasreiniger zu putzen. Sie war allein im Laden. Gut so, dachte Amir, sie wird bestimmt keine Schwierigkeiten machen. Überdies war das Geschäft bestimmt versichert. Als er sich erhob und den Helm aufsetzte, hatte er das Gefühl, dass der Revolver in seiner Tasche zwanzig Kilo wog. Jetzt oder nie. Er passte ein paar Autos ab, lief dann über die Straße und betrat das Geschäft. Er schwitzte unter seinem Helm.

Die junge Frau war etwa in Yaels Alter. Sie sah erstaunt auf, als der Motorradfahrer plötzlich mitten im Verkaufsraum stand, die rechte Hand in der Hosentasche. »Shalom!«, sagte sie jedoch nach einer Schrecksekunde. »Was kann ich für Sie tun?« Sie legte das Baumwolltuch auf die Schmuckvitrine und lächelte ihn an. »Entschuldigung, aber wir schließen gleich«, fügte sie hinzu. Amir bekam kein Wort heraus. Er stand einfach nur da. »Hallo, was möchten Sie denn?«, fragte die junge Frau. Ihr antrainiertes Lächeln war einem gesunden Misstrauen gewichen. Sie musterte ihn noch einmal von oben bis unten, dann wandte sie sich um und rief laut und energisch: »Papa!«

Amir zog die Hand aus der Hosentasche. Sie war leer. Er konnte es einfach nicht tun. Stattdessen nahm er seinen Helm ab und entschuldigte sich bei der jungen Frau. Er murmelte verlegen etwas von »eilig haben« und »Verlobungsring«, und der Vater, der inzwischen ebenfalls den Verkaufsraum betreten hatte, bot sich hocherfreut an, ihm ein paar preisgünstige Angebote zu offerieren. Leider erwiesen sich alle Ringe als zu teuer, und so verließ Amir Dawud bereits um kurz nach acht die *Jackson Jewlery* in Raman Gat. Aber er war keineswegs enttäuscht, sondern unfassbar erleichtert, dass ihn irgendeine kosmische Macht daran gehindert hatte, etwas fürchterlich Dummes zu tun. Er setzte draußen auf dem Parkplatz seinen Helm auf, startete die Yamaha und fuhr auf direktem Weg nach Ajami zurück. Dort wechselte er das Nummernschild aus, warf das geklaute Schild in einen Abfallkorb und erinnerte sich daran, dass es in seinem Viertel einen Russen gab, dem er vielleicht den Revolver verkaufen konnte. Und wenn er dann auch noch sein Motorrad verticken würde, könnte es für einen Neuanfang in Barcelona reichen. Amir Dawud war sich sicher, dass Noam jetzt sehr stolz auf ihn gewesen wäre.

Auf der Straße hatten sich mehrere Dutzend Schaulustige versammelt, die auch nach über einer Stunde offensichtlich brennend daran interessiert waren, wie ein Dutzend Polizisten das Innere des Flachbaus auseinandernahm. Man hörte es scheppern und poltern. Ilan Katz war längst abtransportiert worden, und Jakoov Blok telefonierte bereits mit dem Wolfson Medical Center, während Sara die beginnende Schwellung ihres malträtierten Halses mit einem Cool-Pack zu lindern versuchte. Der Notarzt hatte ihr außerdem ein Sprühfläschchen mit Lidocainhydrochlorid dagelassen, einem lokalen Anästhetikum, mit dem sie ihren Rachen betäuben konnte. Blok beendete das Gespräch mit dem Krankenhaus.

»Wie sieht's aus?«, fragte Sara. Ihre Kehle fühlte sich an, als würde ein dicker Kloß darin stecken.

»Der Hund ist tatsächlich nicht vernehmungsfähig«, sagte Blok zerknirscht. »Frühestens in zwei bis drei Tagen können wir mit ihm reden, meint der Arzt. Er hat vier gebrochene Rippen, Verdacht auf ein Schädel-Hirn-Trauma, und im Moment richten sie ihm die Nase.« Er sah auf seine Armbanduhr. »Ich fahr dich nach Hause, Sara. Die Kollegen werden hier noch eine Weile beschäftigt sein. Und wir haben Schabbat.«

»Ja, fahr mich nach Hause, Blok. Ich bin gespannt, was David sagen wird …« Sie tippte sich an den Kehlkopf und zuckte zusammen.

Blok verzog seinen Mund zu einem Lächeln. »Habt ihr beiden immer noch nicht miteinander gesprochen?«

»Doch, haben wir. Ich weiß zwar bestimmt nicht alles, aber genug. Und ich kann eins und eins zusammenzählen.«

»Dann muss ich dir nicht erklären, dass David ziemlich

genau weiß, wie man mit verwundeten Soldaten umgeht.«

Sara begann, diesen verschlossenen, grimmigen Mann zu mögen. Nicht nur, weil er ihr vermutlich gerade das Leben gerettet hatte, sondern weil er offenbar auch eine ganz andere, eine weiche und gefühlvolle Seite besaß. In diesem Moment eilte Hanan Chalabi aus dem Gebäude. In der Hand hielt sie einen Plastikbeutel mit Zip-Verschluss. Darin befand sich ein Bündel Bargeld. »Das haben wir gefunden, Chef«, sagte sie. »Er hatte es ziemlich clever versteckt, im alten Herd – unter dem Backrohr.«

»Wie viel ist es denn?«, fragte Blok.

»Zehntausend Dollar in Hundertern. Druckfrisch und, so wie es aussieht, echt.«

Blok pfiff leise durch die Zähne.

»Noam Shavit hatte zehntausend Dollar in seinem Safe liegen?«, fragte Sara und sah Blok an. Der hob die Schultern.

»Vielleicht kann uns Katz diese Frage beantworten – wenn wir ihn endlich fragen dürfen«, sagte Blok und zeigte auf Hanan. »Jetzt solltet ihr möglichst noch den Schmuck finden. Kommst du, Sara?«

»Sofort, Blok!« Sie ließ ihn ein paar Schritte vorgehen.

»Wie geht es deinem Hals, Sara?«, fragte Hanan.

»Ist okay.« Sara wartete, bis Blok sich noch ein paar Meter weiter entfernt hatte. »Hanan!«, sagte sie dann leise. »Ich habe jetzt keine Zeit für eine Erklärung. Aber könntest du Amir übers Wochenende im Auge behalten?«

»Du meinst, ich soll ihn beschatten?«

»Schaffst du das?«, fragte Sara.

»Klar. Ich habe da so meine Methoden«, sagte Hanan Chalabi.

»Was ist denn nun, Sara?«, rief Blok. Er stand neben seinem Wagen und winkte ungeduldig.

Sara hatte sich einen dünnen Seidenschal mehrfach um den Hals gewickelt. Als er die Würgemale gesehen hatte, war David erschrocken gewesen, aber sie hatte ihre Beschwerden heruntergespielt und ihn dazu verdonnert, seinen Eltern gegenüber nichts zu erwähnen. Wenn Meira sie nach dem Grund für den Schal fragen würde, hätte sie Halsschmerzen gesagt, »wegen der Klimaanlage im Büro«.

Doch Meira Shapiro fragte als Allererstes nach dem *Tzimmes*, den David in einem Korb mitgebracht hatte. »Sara hat drei Stunden in der Küche gestanden, im Zug, bis sie Halsschmerzen bekam. Bin gespannt, was du sagst, Mutter.«

»Dein Sohn schwindelt. Er hat den *Tzimmes* bei *Goodies* gekauft und dann umgepackt. Wir hatten heute am Nachmittag noch eine Festnahme in Ajami – eine größere Aktion«, sagte Sara.

Meira Shapiro lächelte gütig. »Kein Problem, Miriam hat schließlich auch welchen gemacht.«

Sie rauschte mit der Nationalspeise aus der Küche. Sara runzelte die Stirn, David warf ihr einen entschuldigenden Blick zu, den auch sein Vater registrierte. Saul Shapiro nahm seine Schwiegertochter in den Arm und begrüßte sie herzlich. »Nimm es ihr bitte nicht übel«, flüsterte er ihr ins Ohr, »glaub mir, Sarale, ich arbeite daran. Aber gestatte mir, die wichtigste Frage des heutigen Abends zu stellen: Wann schickt deine Mutter wieder Würstchen?«

David drohte seinem Vater scherzhaft mit dem Finger. »Das hab ich ganz genau gehört. Du machst dich langsam erpressbar, Vater!«, sagte er. »Und Sara zur Schmugglerin.«

Sara konnte nicht anders, sie musste schmunzeln. Davids Vater war einer der angesehensten Mathematiker des Landes, inzwischen lehrte er aber nur noch hin und wieder als Gastprofessor am Weizmann-Institut in Rechovot. Und er hatte eine Schwäche für deutsche Würstchen, seit er in den Siebzigerjahren einen zweijährigen Lehrauftrag an der Bonner Universität innegehabt hatte. Regelmäßig alle zwei Monate schickte ihm Saras Mutter deshalb ein vakuumiertes Wurstpaket, gut zwei Kilogramm schwer, das Sara allerdings für ihn aufbewahren musste. Obwohl er gläubig war, pflegte er über diese Sünde zu sagen: »Kein Schwein soll umsonst gestorben sein.« Er konnte sich zwar keine bessere Ehefrau als Meira vorstellen, aber manchmal musste er sie einfach ein bisschen ärgern, um nicht vollends unter ihrem Pantoffel zu stehen.

»Aber es wird immer unser Geheimnis bleiben!«, raunte Saul Shapiro verschwörerisch.

»Ehrenwort!«, sagte Sara.

»Dann kommt, lasst uns essen!«

Sara stand diesen Schabbat-Abenden bei den Shapiros zwiegespalten gegenüber. Einerseits mochte sie den familiären Trubel im Kerzenlicht, wenn Davids Schwester Michal und sein Schwager Avram kamen. Sie und ihre drei Kinder hatten sich für ein Leben als moderne *Kibbuzniks* entschieden und lebten in Dalja in Galiläa, gut neunzig Kilometer von Tel Aviv entfernt, wo Avram die Chemikalienfabrik leitete. Dalja war ein sogenannter *Kibbutz Mitchadesch*, ein sich erneuernder Kibbuz. Dort war Privatbesitz in größerem Umfang erlaubt, und darüber hinaus wurden auch unterschiedliche Gehälter je nach Qualifikation und Leistung gezahlt. Hinzu kam, dass die Bewohner von überdurchschnittlichen Sozialleistungen profitierten.

Michal war eine warmherzige, mütterlich wirkende Frau, und wenn man sie neben David sitzen sah, wäre man nicht darauf gekommen, dass es sich um Geschwister handelte. »Sara, Shalom, wie geht's dir?«, fragte sie.

»Shalom, Michal! Lange nicht gesehen«, entgegnete Sara und umarmte ihre Schwägerin. »Aber wo ist Avram?«

»Stell dir vor, er ist heute Vormittag von der Leiter gefallen und hat sich den Knöchel gebrochen! Jetzt sitzt er mit einem eingegipsten Bein zu Hause.«

»Mein Schwager, der Heimwerker. Typisch«, warf David ein.

Miriam Libeskind kam zu ihnen herübergeschlendert. Sie war der Grund, warum Sara die rituellen Abendessen anstrengend fand. Der entscheidende Grund. »Gib doch nicht so an, David! Du hast doch auch zwei linke Hände – außer beim Klavierspielen!«

David ging nicht weiter auf ihre Bemerkung ein. Gut so, dachte Sara, die es fertigbrachte, Davids Assistentin freundlich zu begrüßen.

»Ihr müsst beide mal vorbeikommen, unbedingt«, sagte Michal. »Es hat sich so viel verändert im Kibbuz.«

»Können wir vielleicht anfangen?«, rief Saul Shapiro ungeduldig.

Sie nahmen um den Tisch herum Platz, Davids Vater am Kopfende, Miriam Libeskind zu seiner linken Seite und Sara zu seiner rechten. Meira Shapiro zündete die Kerzen auf dem Tisch an. Als sie brannten, hielt sie zunächst die Hände über die Flammen, dann hielt sie sich die Hände vors Gesicht und setzte sich schließlich als Letzte auf ihren Stuhl. Saul Shapiro erhob seine Stimme, um den Kiddusch-Segen zu sprechen: »Es war Abend, es war Morgen, der sechste Tag. Da wurden vollendet der Himmel, die Erde und ihr Heer. Am siebenten Tag vollendete Gott Sein Werk, welches Er getan hatte, und ruhte am siebenten Tage von Seinem ganzen Werk, das Er getan hatte. Gott segnete den siebenten Tag und heiligte ihn, denn am siebenten Tag ruhte Er von all Seinem Werk, das Er ins Dasein gebracht hatte, es zu schaffen. Gepriesen sei der Ewige, unser Gott, König der Welt, der hervorbringt Brot aus der Erde …«

Die Shapiros und Miriam Libeskind fassten sich an den Händen und sagten geschlossen: »*Ameijn!*«

Dann brach Saul Shapiro das Brot, schenkte den Wein ein, und sie begannen zu essen. Ein paar Augenblicke hörte man nur das Kichern der Kinder und das klappernde Geräusche von Besteck auf den Tellern. Doch nur wenig später sagte Meira Shapiro: »Könnt ihr euch vorstellen, dass nur wenige Meter von hier entfernt ein furchtbares Verbrechen geschehen ist?« Sie wandte sich an Sara. »Wann verhaftet ihr diesen Mörder denn endlich? Die arme Rahel … Und jetzt auch noch der Polizist!«

Sara schluckte etwas gequält und spülte mit einem Schluck Wein nach. Der Hals tat noch immer weh. »Ehrlich gesagt bin ich mir gar nicht so sicher, ob es sich um den gleichen Mörder wie vor knapp drei Jahren handelt, Meira. Wir stehen noch am Anfang«, sagte sie leise.

»Sara hat den Fall doch gerade erst übernommen, Mutter«, warf David ein.

»Dann können wir ja beruhigt sein«, sagte Miriam Libeskind, womit sie den von Sara angestrebten Burgfrieden wieder in weite Entfernung rückte.

Sara spürte Davids Oberschenkel, der sich gegen ihr Knie drückte. Sie wusste, was er damit sagen wollte, und erwiderte den Druck. »Kanntest du denn Rahel Eli näher, Meira?«, fragte sie.

»Vorsicht, Sara, Mutter kennt alle!«, warf Davids Schwester ein, bevor sie einmal mehr ihre Kinder ermahnte.

»Ja, leider …« Saul Shapiro nickte ergeben.

»Wenn ich dich nicht unter die Leute bringen würde, hättest du nichts als deine Formeln und würdest mittlerweile Spinnweben ansetzen«, wandte sich Meira in gespielter Empörung an ihren Mann.

»Oder er würde aufblühen wie eine Blume in der Wüste nach dem ersten Regen«, sagte Miriam Libeskind affektiert und kassierte dafür einen zornigen Blick von David.

»Kannst du mir etwas über sie erzählen, Meira?«, fragte Sara.

»Natürlich«, antwortete ihre Schwiegermutter, »wir hatten

jahrelang einen Bridgeklub. Rahel, Ruth und ich!«

»Die drei Suffragetten!«, lachte Saul Shapiro.

»Etwa Ruth Gutman?«, fragte Sara.

Meira Shapiro nickte. »Du kennst sie?«

»Kennen wäre zu viel gesagt«, schwindelte Sara. »Ich habe sie auf der Beerdigung von Noam Shavit gesehen, aber ich weiß, wer sie ist.«

Meira Shapiro ging nicht darauf ein. »Es war eine wunderbare Zeit. Wir haben natürlich nicht nur Bridge gespielt …«

»Die drei Suffragetten haben auch einige gemeinsame Reisen unternommen«, sagte Saul Shapiro, »von eurem Ausflug nach Las Vegas solltest du aber erst nachher erzählen, wenn die Kinder im Bett sind.«

»Wenn du meinst«, entgegnete Meira. »Aber was genau willst du von mir wissen, Sara?«

»Am besten alles«, sagte Sara, »Es ist ein ziemlich verzwickter Fall. Es gibt gleich mehrere Verdächtige, doch einige meiner Kollegen haben sich schon auf einen Täter festgelegt, aber ich sehe die ganze Sache anders. Da sind mir zu viele Ungereimtheiten drin. Ich kann – ich darf – euch leider nicht mehr verraten.« Sie blickte ihren Schwiegervater an. »Aber ich könnte jetzt einen Mathematiker wie dich gut gebrauchen, Saul. Der Fall ist wie eine Gleichung mit mehreren Unbekannten.«

»Dann denk immer daran, dass ein lineares Gleichungssystem nur dann eindeutig lösbar ist, wenn es aus mindestens so vielen Gleichungen besteht, wie Variablen darin enthalten sind«, sagte Saul Shapiro und blinzelte sie über den Rand seiner Brille hinweg an. Sara wirkte einen Moment lang perplex.

»Erzählst du wieder Geschichten, Saul?«, schaltete sich seine Frau ein.

Ihr Schwiegervater legte die rechte Hand auf Saras Handrücken. »Aber meistens reicht schon das kleine Einmaleins. Ich bin ganz sicher, du schaffst das schon, meine kluge Schöne!«

»Wenn du das sagst, Saul, dann habe ich tatsächlich noch Hoffnung«, sagte Sara, die sich zusammenreißen musste, um über Miriam Libeskinds beleidigte Miene nicht lauthals loszulachen. »Meira, könnten wir in Ruhe darüber reden? Über euren Bridgeklub?«

»Jederzeit. Was immer du wissen willst.«

David und seine Schwester grinsten.

»Aber nicht hier und schon gar nicht am Schabbat. Ich lade dich ins Präsidium ein, in die Dizengoffstraße. Kommenden Montag. Was hältst du davon?«

»Also, ich weiß nicht …«, sagte Meira Shapiro, die in diesem Moment überhaupt nicht mehr selbstsicher wirkte. »Ist das denn wirklich notwendig, dass ich eine Aussage machen muss – auf dem Präsidium?«

»Wir sagen ›informelles Gespräch‹ dazu, Meira«, erklärte Sara.

»Sieh es doch positiv, Mutter«, mischte David sich ein, »mit deinem unerschöpflichen Wissen über die Nachbarschaft ist der Fall bestimmt in null Komma nichts gelöst, und wir könnten endlich mal zu Michal und Avram nach Dalja fahren.«

»Versuchen Sie, sich zu erinnern, Misses Shapiro. Jedes Detail kann wichtig sein«, sagte Davids Schwester mit tiefer Stimme. »Sagen die so was nicht immer in den Krimiserien?«

Alle lachten, sogar Miriam Libeskind. Meira Shapiro breitete die Arme aus. »Also gut, wenn ihr meint, dann komme ich am Montag ins Präsidium.«

»Danke, Meira. Am Nachmittag? So gegen vier Uhr?«, sagte Sara, erhob ihr Weinglas und prostete ihrer Schwiegermutter zu.

Am Sonntagabend saß Corporal Hanan Chalabi in ihrem kleinen Fiat und aß ein vegetarisches Kebab. Sie trug eine drusische Tracht, ein langes schwarzes Kleid und ein großes weißes Kopftuch. Sie hatte schräg gegenüber dem »Kaplan« geparkt, dessen Terrassenplätze jetzt gegen zweiundzwanzig Uhr alle besetzt waren. Als Hanan Chalabi aufgegessen hatte, stieg sie aus, verhüllte den unteren Teil ihres Gesichts mit dem Kopftuch und ging auf die andere Straßenseite hinüber. Sie mischte sich unter die Passanten, schlenderte auf und ab, zwei-, dreimal an Moshe Kaplans Restaurant vorbei, und blieb dann an einem Kiosk stehen, wo sie sich ein *Seven Up* kaufte. Im »Kaplan« kannte man ihr Gesicht natürlich, weil sie auch ab und an mit den Kollegen dort mittagessen ging, aber weder Khassim Terek noch Yael oder Amir hatten sie jemals in einer drusischen Tracht gesehen.

Amir hatte an den beiden vergangenen Abenden weder im Restaurant gearbeitet, noch war er in seiner Wohnung gewesen. Der Junge schien wie vom Erdboden verschluckt, und Hanan Chalabi hatte sich geärgert, dass sie Saras Bitte so voreilig entsprochen hatte. Ihr ganzes Wochenende war wegen dieser lächerlichen Observation draufgegangen.

Als sie schon abbrechen wollte, war Amir Dawud plötzlich aufgekreuzt. Drei Stunden war das jetzt her, seit er mit dem Motorrad vor dem Restaurant gehalten und eine heftige Auseinandersetzung mit Khassim Terek gehabt hatte. Der Restaurantleiter hatte ihn nach Strich und Faden zusammengefaltet. Amir schien vor seinem Boss regelrecht zu Kreuze gekrochen zu sein. Nach dem Streit war er wie ein geprügelter Hund in der Küche des Restaurants verschwunden und hatte es seitdem nicht wieder verlassen. Ein paar Minuten später, pünktlich um neunzehn Uhr, war Yael Kaplan zur Abendschicht erschienen.

Zwischen dem Restaurant und dem Kiosk war eine Toreinfahrt, die in einen Hinterhof führte. Ein halbes Dutzend Mülltonnen befanden sich dort – und der Nebeneingang zur Küche. Hanan Chalabi war sich sicher, dass sie sich nur noch ein bisschen gedulden musste. Irgendwann würde Amir eine Pause machen, vielleicht würde er dann sogar mit Yael reden, und mit viel Glück würde Hanan Chalabi das Gespräch mithören können. Sie blickte auf ihre Armbanduhr. Ihre Füße schmerzten.

Es dauerte jedoch noch fast eine ganze Stunde, bis Amir ihr endlich den Gefallen tat. Er stand in der Toreinfahrt und zündete sich eine Zigarette an. Plötzlich rief er nach Yael, und Hanans Fußschmerzen waren augenblicklich vergessen. Sie linste verstohlen um die Hausecke und beobachtete, wie Amir Dawud seine Freundin an der Schulter festhielt.

»Lass mich los«, sagte Yael.

»Treffen wir uns nachher?«, fragte Amir Dawud. Yael gab ihm keine Antwort, sondern schaute ihm nur stumm ins Gesicht. »Weißt du denn nicht, wie sehr ich dich liebe?«, fügte er flehentlich hinzu. »Verlass mich nicht, Yael, bitte! Niemals!«

Sie nahm seine Hand von ihrer Schulter hinunter und schüttelte den Kopf.

»Yael, dein Lachen …«, sagte Amir Dawud.

»Was ist denn mit meinem Lachen?«, fragte Yael. Ihre Stimme klang angriffslustig.

»Es ist nicht mehr da!«, rief er.

»Deins ist doch auch verschwunden«, entgegnete sie schnippisch, »und jetzt, Amir, muss ich wieder arbeiten.« Yael ließ ihn stehen und verschwand im »Kaplan«. Für Hanan Chalabi war die Sache klar: Entweder hatte Yael sich bereits von Amir getrennt, oder sie war gerade im Begriff, ihn abzuservieren. Amir ließ den Kopf hängen. Er schniefte ein paarmal verdächtig und wischte sich mit der Hand über die Augen. Dann versuchte er, sich zusammenzureißen, doch bevor er wieder in der Küche verschwand, verpasste er einer Mülltonne einen wütenden Fußtritt.

Trotzdem ein ziemlich mageres Ergebnis für ein verpatztes Wochenende, dachte Hanan. Immerhin würde sie ihm nachher folgen können, wenn er Dienstschluss hatte. Doch als sie die Straße überqueren wollte, um sich wieder in ihr Auto zu setzen, entdeckte sie zu ihrer Überraschung Jakoov Blok, der seinen Wagen direkt vor dem »Kaplan« stoppte. Hanan Chalabi trat erschrocken zurück in den Schatten der Toreinfahrt und wartete, bis Blok ins Restaurant gegangen war. Erst dann wechselte sie rasch die Straßenseite und quetschte sich hinters Steuer ihres Fiat 500. Von hier aus konnte sie sehen, wie ihr Vorgesetzter mit Khassim Terek am Tresen ein paar kurze Sätze wechselte, der sich daraufhin umdrehte und etwas in Richtung Küche rief. Kurze Zeit später erschien Amir Dawud auf der Bildfläche. Blok zog ihn über den Tresen zu sich heran und flüsterte ihm was ins Ohr. Hanan sah, dass Amir genauso demütig reagierte wie vorhin, als er von Khassim Terek zusammengestaucht worden war: Er schaute Blok konsterniert an und schlich dann mit eingezogenem Kopf zurück in die Küche. Hanan hätte zu gern gewusst, was da vor sich ging. Andererseits war es auch so den ganzen Aufwand wert gewesen.

Fünf

Sara und David hatten das Wochenende dazu genutzt, um ihre erste kleine Ehekrise zu überwinden. Sie hatten lange geschlafen, sich ausgiebig geliebt, waren hinterher zusammen ein paar Kilometer gejoggt und im Meer schwimmen gewesen. Mit Eintritt der Dunkelheit, dem offiziellen Ende des Schabbat, hatten sie im *Taizu*, dem angeblich besten asiatischen Restaurant in der Stadt, hervorragendes Sushi gegessen. Am Sonntagvormittag war David dann allein zu seinen Eltern gefahren, um mit seiner Mutter wegen Miriam Libeskind *Tacheles* zu reden und sie außerdem daran zu erinnern, dass sie am folgenden Tag eine Verabredung mit Sara im Polizeipräsidium hatte. Sara dagegen hatte sich in der Zwischenzeit dazu entschlossen, Prinzessin zu spielen. Sie war zum Friseur gegangen, hatte sich zu »ganz leichten Strähnchen« überreden und sich sogar die Fingernägel maniküren lassen.

Die Resultate ihrer gemeinsamen Bemühungen waren zufriedenstellend gewesen. Seine Mutter hatte Davids Ansicht nach »eine gewisse Einsicht gezeigt und Besserung gelobt«. Sara wiederum war selbst am meisten davon überrascht, wie gut ihr das spontane Verwöhnprogramm getan hatte, das von David ebenfalls ausgiebig bewundert wurde. Am Sonntagnachmittag waren sie dann nach Jerusalem gefahren, wo sie dank Davids Verbindungen noch zwei Karten für ein Konzert des Jerusalem Quartetts im Saal des YMCA ergattern konnten.

Jetzt, am Montagmorgen, tat nicht einmal mehr Saras Hals weh, doch die Würgemale hatten sich inzwischen violett verfärbt, sodass sie auf ihr Seidentuch vorerst lieber nicht verzichten wollte. Pünktlich um neun Uhr erschien sie zur morgendlichen Lagebesprechung in Commander Shimon Ben Godins Büro. Das Wochenende auf den Straßen Tel Avivs war ruhig gewesen, ein Tankstellenüberfall, ein paar Schlägereien … keine besonderen Vorkommnisse also, sah man einmal davon ab, dass Ilan Katz bereits am Sonntagabend aus dem Krankenhaus entlassen worden war und sich nun bereits seit fünfzehn Stunden in der Obhut der Mordkommission befand.

Von »Obhut« konnte natürlich keine Rede sein. Sara erschrak, als sie sich im Beobachtungszimmer neben Uri Ronan vor die verspiegelte Scheibe aus Panzerglas stellte. Ilan Katz saß, mit Fußketten und Handschellen gefesselt, zusammengesunken am Tisch und konnte sich kaum auf seinem Stuhl halten. Sein Gesicht war ein einziger geschwollener Bluterguss, in seinen Nasenlöchern steckte Watte.

Jakoov Blok sah ebenfalls übernächtigt aus. Die Schweißflecke in den Achselhöhlen waren unübersehbar, sein Hemd war zerknittert und hing ihm halb aus der Hose. »Jetzt hör mir mal gut zu, du kleiner Zuhälter«, sagte Blok, stellte sich vor den Tisch und beugte sich vor, »mir reicht es langsam mit dir. Weißt du, was ich deshalb machen werde? Genau, Ilan, ich gehe jetzt raus und trinke erst mal einen schönen heißen Kaffee. Dann nehme ich eine heiße Dusche, hole mir eine Mütze Schlaf und ziehe frische Klamotten an. Aber währenddessen schicke ich dir meinen Freund Uri rein. Der wird schon dafür sorgen, dass dir die Augen nicht zufallen.«

Uri Ronan verschränkte die Arme vor seinem mächtigen Brustkorb und grinste.

Ilan Katz hob mühsam den Kopf. »Weißt du was, Blok«, presste er hervor, »du kannst mich mal.«

»Vielleicht fällt dir auch mal was anderes ein?«

»Mehr hab ich dir nicht zu sagen. Ich hab dir alles erzählt, Blok. Ich war in Jerusalem. Punkt.«

»Das ist doch nur ein Haufen Scheiße, Katz!«, rief Blok und schlug mit der flachen Hand so heftig auf den Tisch, dass das Mikrofon des Aufnahmegeräts umfiel. Er richtete es wieder auf.

»Du erzählst die Scheiße, Blok!«

Der Chief Inspector lachte künstlich auf.

»Wie lange geht das schon so?«, wollte Sara von Uri Ronan wissen.

»Seit gestern Abend, also die ganze Nacht.«

»Ohne Pause?«

»Ja. Wir haben Katz sogar in die Hose pissen lassen. Aber Iwan der Schreckliche ist zäh.«

Jakoov Blok verließ den Verhörraum.

»Was hat Katz denn bisher ausgesagt?«

»Nichts. Er lügt wie gedruckt, aber Blok wird ihn bestimmt knacken«, antwortete Uri Ronan. »Er hat bisher jeden geknackt.«

»Wie erklärt Katz denn die zehntausend Dollar?«

»Er will das Geld beim Pokern gewonnen haben. Sagt er jedenfalls. Und dass er zur fraglichen Zeit in Jerusalem gewesen sei, in einer Bar, im *Mahsan*.«

»Haben wir das überprüft?«

»Wir sind noch dabei«, sagte Uri Ronan. »Die Kollegen in Jerusalem lassen sich in solchen Fällen gerne etwas mehr Zeit. Du verstehst?«

Sara verbiss sich einen Kommentar. Jakoov Blok betrat den Verhörraum wieder, einen Becher Kaffee in der Hand. Er nahm betont lässig auf einem Stuhl Platz, legte seine Beine auf die Tischplatte und fächelte den aufsteigenden Kaffeeduft zu Ilan Katz hinüber. »So ein heißer Kaffee tut richtig gut, Katz«, sagte er. »Weckt die Lebensgeister!« Er lachte erneut auf, nahm einen Schluck, dann stellte er den Becher auf den Tisch, fummelte ein Päckchen Zigaretten aus der Hosentasche, zündete sich verbotenerweise eine an und sog genießerisch den Rauch ein. Blok hatte einem Geständnis schon immer mehr Bedeutung beigemessen als dem allgemeinen Rauchverbot.

Ilan Katz zuckte mit den Schultern. »Und selbst wenn du mich hier verrecken lassen willst, Blok. Ich hab mit eurem toten Bullen nichts zu tun.«

»Und wie erklärst du dir dann die Fasern, die wir in Shavits Haus gefunden haben? Dieselben Fasern eines blauen Pullovers, den du damals getragen hast, als du Rahel Eli umgebracht hast. Mit einer Plastiktüte.« Ilan Katz versuchte, seinen Kopf in die gefesselten Hände zu stützen. »Nun mach endlich dein verdammtes Maul auf, Katz! Dann haben wir es beide hinter uns!«

»Leck mich«, sagte Katz.

»Leck du mich!«

»Du weißt genau, dass ich keinen blauen Pullover besitze.«

»Aber einen grauen, einen schwarzen und einen braunen. Und alle von derselben Marke: *Dolphin & Shark*.«

»Ich habe eben Geschmack. Aber Blau steht mir nicht«, sagte Ilan Katz und schloss die Augen.

»Wenn er so witzig ist, kann er ja noch nicht allzu müde sein«, konstatierte Uri Ronan.

»Na ja«, entgegnete Sara, »das geht hier wohl noch eine ganze Weile. Kannst du mir später bitte eine Kopie des Vernehmungsprotokolls auf meinen Schreitisch legen?«

Uri Ronan sah sie konsterniert an. »Was für ein Protokoll?«

»Blok nimmt doch die ganze Zeit auf.«

»Nein. Nur den Anfang und dann schaltet er ein, wenn es spannend wird.«

»Interessant. Macht ihr das immer so – vielleicht, um Zeit zu sparen?« Sara öffnete die Tür zum Großraumbüro. Irgendwas lief hier gründlich schief. Niemand schien ein Interesse daran zu haben, den Mordfall Noam Shavit wirklich aufzuklären, jedenfalls keiner der verantwortlichen Beamten. Vermutlich, weil sie alle eine Leiche im Keller hatten. Commander Shimon Ben Godin, Shavit, Blok und Uri Ronan. Die Anzeichen verdichteten sich, dass sie von Josef Weissenberg deswegen so überraschend auf diesen Fall angesetzt worden war. Der Commissioner wollte einen Sumpf trockenlegen – und dafür bediente er sich einer über jeden Verdacht erhabenen Ermittlerin.

Saras Gefühl wurde nicht besser, als sie sich wenige Minuten später oben auf dem Dach des Präsidiums bei einem Milchkaffee von Hanan Chalabi schildern ließ, was die inoffizielle Beschattung von Amir Dawud ergeben hatte. »Der Junge ist ein Weichei«, sagte Hanan Chalabi, »er hat die Tochter von Kaplan förmlich angebettelt, ihn ja nicht zu verlassen, aber sie hat ihn eiskalt abblitzen lassen.«

»Du hast sie belauscht?«, wunderte sich Sara.

»Ich habe Glück gehabt. Ich hatte mich in meine Drusentracht gehüllt – ein großes Kopftuch, verstehst du? Und ich stand praktisch neben den beiden.«

»Das war ziemlich schlau, Hanan«, sagte Sara.

»Ich hab dir doch gesagt, dass ich so meine Methoden habe. Aber rate mal, wer gestern Abend noch da war?«

»Ich habe aber keine Lust zu raten«, meinte Sara schlecht gelaunt.

»Blok«, sagte Hanan Chalabi.

»Blok? Der hat doch seit gestern Abend gegen sieben Ilan Katz ununterbrochen in die Mangel genommen«, wunderte sich Sara.

Hanan schüttelte den Kopf. »Nein, das kann nicht sein. Blok kam kurz nach zweiundzwanzig Uhr angefahren, ist aber nicht sehr lange geblieben. Er hat zuerst mit Khassim geredet, danach mit Amir. Es sah aus, als ob er ihn unter Druck gesetzt hätte.«

»Sicher?«

»Ganz sicher«, sagte Hanan Chalabi.

»Kein Wort. Zu niemandem, Hanan. Okay?« Der Corporal nickte. »Wir gehen heute gemeinsam mittagessen. Ich lade dich ins ›Kaplan‹ ein.«

Hanan Chalabi hielt direkt vor dem Restaurant. Sara war überrascht, als sie ausgerechnet den Commander dort antraf, der mit Amir Dawud auf der Terrasse plauderte. Der junge Mann stand neben dem Tisch des Commanders. Shimon Ben Godin machte ein säuerliches Gesicht, als er die beiden Frauen sah. Ihr plötzliches Erscheinen schien ihm gar nicht recht zu sein.

»Commander«, sagte Sara.

»Chief Inspector«, antwortete Shimon Ben Godin.

»Und du bist Amir Dawud, richtig?«, fragte Sara und wandte sich an den jungen Araber. Sie zückte ihren Dienstausweis und stellte sich vor. »Du hast doch nichts dagegen, Shimon?« Shimon Ben Godin schüttelte den Kopf. Sara wandte sich wieder an Amir Dawud. »Wir haben uns schon einmal kurz getroffen. Erinnerst du dich, Amir? Im Haus deines Ziehvaters, Noam Shavit. In der Mordnacht.« Amir nickte und senkte den Kopf. »Ich würde mich gerne mal mit dir unterhalten, Amir, denn ich ermittle auch in diesem Fall. Es tut mir übrigens sehr leid, was passiert ist.«

Amir Dawud blickte den Commander fragend an. Sara registrierte, wie Shimon Ben Godin unmerklich nickte.

»Blok weiß natürlich Bescheid, Commander. Ich habe mich mit ihm abgesprochen«, sagte sie.

Shimon Ben Godin hob abwehrend die Hände. »Es ist euer Fall, Sara. Da mische ich mich nicht ein.«

Du kannst mir viel erzählen, dachte Sara. Sie wandte sich an Hanan Chalabi. »Könntest du Khassim Terek wegen Amirs Alibi fragen?«

»Okay«, sagte Hanan Chalabi und ging ins Restaurant hinein.

»Und wir? Können wir uns vielleicht auch mal irgendwo in Ruhe unterhalten?« Sara bemerkte, wie nervös Amir war. »Es dauert nicht lange.«

Eine Minute später standen sie gemeinsam im Hinterhof. Amir zündete sich eine Zigarette an. Seine Finger zitterten leicht. Sara zog ein Foto von Ilan Katz aus der Hosentasche und hielt es ihm vor die Nase. »Kennst du vielleicht diesen Mann?«

Amir schüttelte stumm den Kopf.

»Ganz sicher?«

»Ich habe ihn noch nie gesehen«, sagte Amir und zog hastig an seiner Zigarette.

»Warum bist du denn so aufgeregt?«, fragte Sara.

»Weiß ich nicht.«

»Weil ich Polizistin bin? Was denkst du gerade?«

»Was soll ich denn denken?«

»Na ja, du kommst mir jedenfalls so vor, als ob du ganz schön unter Druck stehst.« Amir wich Saras Blick aus.

»Wenn Sie meinen.«

»Macht dir jemand Druck, Amir? Bedroht dich jemand?«

Er schüttelte wieder den Kopf.

»Und als du letzte Woche Donnerstag nach Hause gekommen bist und deinen Ziehvater gefunden hast, ist dir da irgendwas, irgendjemand aufgefallen?«

»Nein. Ich habe sofort die Polizei angerufen und bin dann erst mal raus vor die Tür.«

»Natürlich. Es muss ein fürchterlicher Schock für dich gewesen sein.«

Amir nahm einen letzten Zug und trat die Zigarette auf

dem staubigen Boden aus. In diesem Moment kam Yael Kaplan mit Hanan Chalabi im Schlepptau aus der Küche. Sie ging direkt auf Sara zu. »Amir!«, rief sie. »Wer sind diese Leute?«

Sara hatte Yael Kaplan bereits auf der Beerdigung gesehen. Sie erinnerte sich jetzt wieder daran, wie sie an jenem Tag von ihrem Vater am Arm festgehalten worden war. Vermutlich wegen Amir. Trotzdem stellte sie sich artig erst einmal vor und fragte dann: »Und wer bist du?«

»Yael Kaplan. Meinem Vater gehört das Restaurant. Er war bis vor einem Jahr auch bei der Polizei.«

»Moshe Kaplan?«, fragte Sara. »Alles klar! Ich weiß, wer dein Vater ist.«

»Und was wollen Sie von Amir?«, fragte Yael.

»Chief Inspector Block und ich ermitteln gemeinsam im Fall Noam Shavit. Ich wollte mit Amir sprechen, ob ihm irgendwas aufgefallen ist, damals in der Nacht, als …«

»Das habe ich doch alles schon Blok und Shimon Ben Godin erzählt«, warf Amir Dawud ein. »Wir haben hier gearbeitet, den ganzen Abend, bis zehn.« Er wandte sich an Hanan Chalabi und sagte etwas auf Arabisch.

»Der Restaurantleiter kann seine Angaben bestätigen«, übersetzte Hanan.

»Und du, Yael, kannst du das auch bestätigen?«, fragte Sara.

»Warum fragen Sie? Ja. Wir haben den ganzen Abend gearbeitet. Zusammen, bis zehn Uhr.« Yael blinzelte nervös.

»Dann lasse ich das mal so stehen. Aber eine Sache würde mich noch interessieren, Amir. Du hast ja mehr oder weniger bei Noam Shavit gelebt. Was hat er eigentlich den ganzen Tag gemacht, seitdem er krankgeschrieben war?«

»Vor allem hat er getrauert«, sagte Amir leise.

»Und du? Wie standest du zu Esther Shavit?«

»Es war furchtbar, ihr beim Sterben zusehen zu müssen. Am allermeisten für Noam.«

»Ihr habt euch gut verstanden, du und seine Frau?«

»Ich habe sie nur selten zu Gesicht bekommen. Als Noam mich bei sich aufgenommen hat, war sie schon sehr krank«, sagte Amir Dawud. Der Junge schien sich beruhigt zu haben, da Sara ihn anscheinend nicht verdächtigte.

»Aber Noam hat doch nach dem Tod seiner Frau ganz offensichtlich an einem alten Fall gearbeitet. Weißt du vielleicht, warum?«

»Ich glaube, um sich abzulenken. Die Arbeit tat ihm gut«, sagte Amir Dawud.

»Hören Sie, Frau Stein. Noam Shavit hat uns geholfen«, mischte Yael sich ein. Sie sah sich um. »Wir durften uns heimlich bei ihm treffen.«

Sara schwieg einen Moment lang.

Amir atmete tief durch. »Es ist nämlich so, Yael und ich – wir wollen nach Spanien gehen, weit weg von hier. Nach Sevilla. Dort lebt ein Cousin von mir, der hat eine Kfz-Werkstatt, in der ich schrauben kann – und Yael könnte dort weiterstudieren.«

»Noam wollte, dass wir es besser machen als er und Esther«, sagte Yael.

»Dass ihr es besser macht«, sagte Sara fast unhörbar zu sich selbst.

»Er glaubte an unsere Liebe. Er hat immer gesagt, er würde für uns beten«, flüsterte Yael.

»Sag ihr jetzt verdammt noch mal, dass sie uns in Ruhe lassen soll!«, rief Amir Dawud auf Arabisch und starrte Hanan Chalabi an. »Sag es ihr!« Er schluchzte auf und begann zu weinen. Yael nahm ihn in den Arm und streichelte ihm über den Kopf. Amir Dawud heulte Rotz und Wasser.

»Sara! Es reicht jetzt«, hörten sie Shimon Ben Godins Stimme. Sara wandte sich um. Der Commander stand in der Toreinfahrt. »Du siehst doch, dass es dem Jungen nicht gut geht!«

Natürlich sehe ich das, dachte sie, aber es wundert mich, warum du dir so lange Zeit gelassen hast, bis du meine Befragung torpedierst. Sie machte das Okay-Zeichen. »Übrigens, Commander Shimon Ben Godin? Hätten Sie vielleicht noch einen Moment Zeit?«

»Natürlich. Essen Sie doch mit mir.«

»Gern«, rief Sara und zwinkerte Hanan verstohlen zu.

»Ich hole mir Falafel und warte dann im Wagen«, sagte die junge Frau.

Ein wirklich kluges Kind, dachte Sara.

Der Hummus, den das »Kaplan« servierte, war wirklich exzellent. Aber deswegen saßen sie nicht beim gemeinsamen Mittagessen. Der Hummus war bloß eine Nebensache. Und obwohl Shimon Ben Godin für einen Moment seine charmante Seite nach außen gekehrt hatte und Sara sich bereitwillig auf den Small Talk über die Arbeit, das Wetter in Tel Aviv und den jüngsten Raketenangriff auf Haifa eingelassen hatte, war beiden bewusst, dass es sich um eine Art Showdown handelte. Sara war gespannt, welche Rolle Shimon Ben Godin in diesem merkwürdigen Schmierentheater bekleidete. Da der Commander jedoch keine Anstalten machte, auf den Fall Shavit zu sprechen zu kommen, blieb Sara nichts anderes übrig, als die Initiative zu ergreifen. Sie deutete verstohlen zum Tresen, wo Yael ihren Freund wiederaufzurichten versuchte. »Der Junge steht immer noch völlig unter Schock«, sagte sie.

»Vielleicht kennt er den Mörder«, entgegnete Shimon Ben Godin. »Vielleicht wird er von ihm bedroht. Sie müssen wissen, Amir ist ein Sensibelchen. Den muss man ganz vorsichtig behandeln – wie ein rohes Ei.«

»Ich frage mich nur, Commander, wer ihn bedrohen soll? Ilan Katz lag schwer bewacht im Krankenhaus und wird jetzt seit gut achtzehn Stunden von Blok vernommen. Außerdem passt er nicht recht ins Profil.« Sie verschwieg, dass Ilan Katz angegeben hatte, in Jerusalem gepokert zu haben.

»In ein Täterprofil, dass du dir erstellt hast, Sara.«

»Moment, ich hab mir seine Armeeakte angesehen. Katz war Scharfschütze, er besaß eine Nahkampfausbildung – er hätte doch garantiert eine Waffe benutzt. Nein, unser Täter hat Angst. Angst und unterdrückte Wut. Ich habe schon versucht, es Blok zu sagen. Allein die Plastiktüte …«

»Und was hat das alles mit Amir zu tun?«, fragte Shimon Ben Godin.

»Er weiß mehr, als er uns sagt. Da bin ich völlig sicher.« Sara blickte dem Commander direkt in die Augen. »Und genau das werde ich herausfinden.« Sie holte aus ihrer Hosentasche ein kleines Bündel Geldscheine hervor.

»Nein, nein«, wehrte Shimon Ben Godin ab, »das Essen geht selbstverständlich auf mich.«

»Oh, vielen Dank«, sagte Sara und erhob sich. »Commander?«

»Noch zwei Dinge, bevor du dich wieder auf den Fall stürzt. Warst du schon mal bei einer Shiv'a?« Sara hatte von der jüdischen Trauerwoche gehört, in der die Familie des Verstorbenen nicht arbeiten darf und Besuche von Verwandten und Freunden empfängt.

»Nein.«

»Morgen werden wir noch einmal Noam gedenken. In seinem Haus. Commissioner Weissenberg wird übrigens auch da sein.« Ein Wink mit einem ganzen Zaun, dachte Sara. »Und dann würde ich gerne noch wissen, was Hanan Chalabi eigentlich hier macht? Wird sie nicht im Präsidium gebraucht?«

»Ach, wissen Sie, Commander«, sagte Sara, »manchmal geht es einfach nicht anders. Jedenfalls dann nicht, wenn man Resultate erzielen will.« Mit diesen Worten verließ sie den Tisch und ging zu Hanan Chalabis parkendem Fiat. Sie würde sich nicht noch einmal umdrehen.

Als sie auf dem Beifahrersitz Platz nahm, bat sie den Corporal, sofort loszufahren, aber nach hundert Metern zu wenden und wieder am »Kaplan« vorbeizufahren. Hanan Chalabi sah sie fragend an. »Ich habe gerade mit mir selbst gewettet«, sagte Sara, »bitte tu es einfach!«

»Und was hast du nun gewettet?«, fragte Hanan eine Minute später.

»Dass Shimon Ben Godin sofort zum Telefon greifen wird. Und wie du eben selbst gesehen hast, hat er telefoniert. Und wenn mich nicht alles täuscht war der Commissioner am anderen Ende. Dieser Fall stinkt, ganz egal, von welcher Seite aus man ihn betrachtet. Was hat eigentlich dieser Khassim Terek gesagt? Hat er die Angaben von der Kleinen und Amir Dawud bestätigt?«

»Eigentlich hat er gar nichts gesagt. Er war nämlich an dem Abend, als Shavit ermordet wurde, gar nicht im Laden.«

»Ach was«, sagte Sara, »also hat Amir Dawud nur das Alibi seiner Freundin.«

Sie behielt den Gedanken für sich, dass diese Information vor allem einen Schatten auf Jakoov Blok warf, der ihr am Tatort ins Gesicht gelogen hatte. Denn wenn Khassim Terek damals seinen freien Abend hatte, wie konnte er dann Blok gegenüber Amir Dawuds Angaben bestätigen? »Yael hat vorhin doch gesagt, Noam Shavit hätte gewollt, dass sie und Amir es besser machen sollten als er und seine Frau Esther. Was meinte sie wohl damit?«

»Keine Ahnung«, antwortete Hanan Chalabi. »Ich weiß nur, dass Amir Dawud fast zwei volle Tage untergetaucht war – und zwar von der Tatnacht bis Sonntagabend. Dann ist er wieder im Restaurant aufgetaucht.«

»Und wo war Amir? Bestimmt nicht bei Yael.«

»In seiner Wohnung aber auch nicht«, sagte Hanan Chalabi. »Das ist ja das Problem.«

Sara rieb sich mit Daumen und Zeigefinger das Kinn. Sie konnte sich gut vorstellen, was Shimon Ben Godin in diesem Moment ihrem Förderer am Telefon erzählte. Dass sich die Dinge nämlich in eine Richtung entwickelten, die dem Commander nicht passte. Und dass sie, Sara, dafür verantwortlich war, weil sie ihren Job ernst nahm. Und weil sie sich nicht einschüchtern ließ. Sie ging noch eine Wette mit sich selbst ein: Bestimmt hatte der Commander Josef Weissenberg deshalb zu Noam Shavits Shiv'a eingeladen, damit der Commissoner seinen übereifrigen Import aus Deutschland zurechtstutzen würde. Aber was ihr die größte Sorge bereitete, war, dass Jakoov Blok nun ebenfalls tatverdächtig war. Eine weitere Variable in dem linearen Gleichungssystem, das sie lösen musste.

»Was denkst du gerade, Sara?«, fragte Hanan.

»Ich denke, dass du aufpassen solltest, wenn du dem Commander oder Blok mal alleine über den Weg läufst. Halt dich einfach schön bedeckt, ja?«

Saras Kollegen verstummten, als Meira Shapiro von Tali Armoza ins Großraumbüro geführt wurde. Sie trug schwer an mehreren Einkaufstaschen, und Sara kam es vor, als hätte sich ihre Schwiegermutter für diesen Besuch im Präsidium extra schick angezogen. Außerdem hatte sie wieder einen Hauch zu viel Parfum aufgelegt.

»Hier arbeitest du also«, stellte Meira Shapiro schwer atmend fest, während sie sich verunsichert umblickte. Es war ihr erster Besuch in einem Polizeipräsidium, und dann gleich bei der Mordkommission.

»Wir setzen uns am besten in Noam Shavits Büro«, schlug Sara vor, »das ist wenigstens klimatisiert, und dort haben wir mehr Ruhe. Deine Einkäufe kannst du ruhig hier stehen lassen.«

Meira Shapiro nickte und folgte Sara gottergeben in den

Glaskasten, den Tali Armoza inzwischen fast vollständig ausgeräumt hatte. Sara entschloss sich, noch rasch ein Mineralwasser zu holen, und ging hinüber zur Teeküche. Uri Ronan hielt sie auf. »Wer um alles in der Welt ist das, Sara?«, fragte er.

»Meine Schwiegermutter«, antwortete Sara. »Wieso?«

»Weil ich dann morgen meinen Hund mitbringe!«, rief er und sorgte auf diese Weise für Gelächter. Sara lächelte ebenfalls, griff sich eine Mineralwasserflasche und zwei Gläser und ging zurück zu ihrer Schwiegermutter.

»Für eine Mordkommission habt ihr aber ein fröhliches Arbeitsklima«, sagte Meira Shapiro, als Sara die Glastür schloss.

»Oh ja. Gute Leute, gute Laune. So heißt es ja wohl«, entgegnete Sara und schenkte zwei Gläser Wasser ein.

»Musste ich denn wirklich hierherkommen? Hätten wir das nicht neulich beim Abendessen besprechen können?«

»Ich wollte den Abend nicht mit Arbeit verderben. Gerade am Schabbat. Was hätte dein Mann dazu gesagt? Und ich hab auch nur ein paar Fragen, Meira. Mir geht es vor allem um Rahel Eli. Du warst ja gut mit ihr befreundet …«

»Das kann man so sagen.«

»Was war sie für ein Mensch?«

Meira Shapiro runzelte die Stirn. »Warum willst das wissen?«

»Weil ich glaube, dass ihr Tod tatsächlich mit dem Mord an deinem Nachbarn Noam Shavit zusammenhängen könnte, wobei es sich meiner Meinung nach aber nicht um denselben Täter handelt. Zugegeben, das klingt jetzt wahrscheinlich ein wenig kompliziert …«

Meira Shapiro hob ihre rechte Hand, um Sara zu unterbrechen. »Also, um ehrlich zu sein: Rahel war nicht einfach. Wir hatten viele Jahre Spaß miteinander, aber dann starb ihr Mann, und sie konnte plötzlich richtig bösartig werden. Deshalb ist ja auch unser Bridgeklub auseinandergebrochen.«

»Hattet ihr beide Streit?«

»Nein«, sagte Meira Shapiro, »ich doch nicht. Aber mit Ruth Gutman hat sie sich am Ende gar nicht mehr verstanden.«

»Und warum nicht?«

»Da ist doch Ruth Gutmans Sohn – Ariel. Ich will jetzt aber nichts Falsches sagen, Sara …«

»Keine Sorge, Meira, ich werde das wirklich für mich behalten. Das ist hier ja auch keine offizielle Befragung oder Anhörung.«

Meira Shapiro trank einen Schluck Wasser, bevor sie fortfuhr. »Also, dieser Ariel Gutman ist ein merkwürdiger Mensch. Ich habe mich immer gewundert, dass der keine Frau fand. Dann war er mal eine Weile verschwunden – und auf einmal lebt er wieder bei seiner Mutter! Aber das müsste dir Ruth genauer erzählen können.«

»Wann ist er denn verschwunden?«, fragte Sara.

»Ich glaube, das war kurz nachdem man die arme Rahel gefunden hatte.« Meira Shapiro beugte sich vor. »Ruth hat mir einmal im Vertrauen erzählt, die Polizei habe ihn mehrmals vernommen!«

»Ach ja? Stand er etwa im Verdacht …«

»Nein!«, entgegnete Meira Shapiro entrüstet. »Ganz bestimmt nicht. Das ist eine sehr alte und vornehme Familie! So einer bringt doch keinen Menschen um. Obwohl er sich mit Rahel einige Male heftig gestritten hatte.«

»Worüber denn?«

»Rahel Eli war Witwe. Ich glaube, das hat sie sehr verbittert. Und nach dem Bau ihres neuen Hauses fing sie mit Ruths Sohn einen richtigen Kleinkrieg an. Ich glaube, es ging um irgendwelche Risse in der Fassade. Sie wollte ihn sogar verklagen, sie hat einfach keine Ruhe mehr gegeben.« Meira Shapiro nickte. »Ich habe ihr damals ein paarmal gesagt, Rahel, du überspannst den Bogen. Obwohl sein Ruf als Architekt wohl tatsächlich nicht der beste ist. Man hört da so einiges …«

»Für Ruth Gutman muss das ja eine ziemlich unangenehme

Situation gewesen sein«, sagte Sara.

»Natürlich. Und dann wurde es immer schlimmer mit ihrer Krankheit. Es ist jedenfalls so: Nach Rahels Tod haben Ruth und ich nicht mehr Bridge gespielt, und unser Kontakt ist inzwischen fast völlig eingeschlafen.«

»Wie schade«, sagte Sara.

»Was ich dich aber schon immer mal fragen wollte, Sara: Auf deinem Schreibtisch steht so eine Schneekugel – mit dem Brandenburger Tor.«

»Was ist damit?«

»Hast du manchmal Heimweh?«

Sara zwang sich zu einem Lächeln. »Du magst mich nicht besonders, oder?«

Ihre Schwiegermutter schüttelte den Kopf. »Doch, Kindchen, ich mag dich. Ich fürchte nur, dass du hier nicht glücklich wirst.«

»Ich mag dich auch, Meira.« Sara erhob sich. »So, das war's schon. Danke, dass du gekommen bist. Soll ich dir ein Taxi rufen?« Sie ging um den Tisch herum und öffnete die Tür zum Großraum. Im selben Moment kam Jakoov Blok aus dem Vernehmungszimmer und rief nach Uri Ronan. Meira Shapiro wandte sich um und erstarrte, als sie den Chief Inspector erblickte. Blok eilte durch den Großraum und verschwand im Gang zu den Waschräumen.

»Was ist?«, fragte Sara.

»Den kenne ich. Das ist ein ganz unangenehmer Typ.«

»Woher kennst du ihn denn? Das ist ein Kollege von mir.«

»Vor etwa zwei Wochen habe ich unsere Rosen geschnitten. Da stand er mit dem armen Noam Shavit im Garten und hat ihn angeschrien.«

»Die beiden waren Partner«, sagte Sara, »die haben jahrelang zusammengearbeitet!«

»Aber so, wie die sich gestritten haben, kann es keine gute

Zusammenarbeit gewesen sein.«

»Weißt du denn, worum es in der Auseinandersetzung ging? Manchmal bin ich ja auch einfach nur neugierig!« Sara lächelte ihre Schwiegermutter an.

»Nein. Ich habe nur ein paar Wortfetzen verstanden. Aber ich glaube, dass es um Noam Shavits verstorbene Frau ging, Esther. Ihr Name fiel nicht nur einmal.«

Sara begann zu frösteln. Und das lag nicht an der Klimaanlage.

Sechs

Noam Shavits jüngerer Bruder Zvi, der als Softwareentwickler in Jerusalem arbeitete, hatte im Hausflur eine große Kerze entzündet. In der Küche waren seine Frau und zwei ihrer Freundinnen mit dem Anrichten von Speisen beschäftigt; Trauergäste, die Sara zwar bereits auf dem Friedhof gesehen hatte, von denen sie bisher jedoch nicht gewusst hatte, wer sie waren. Überhaupt kannte sie bis auf Commissioner Weissenberg und Commander Shimon Ben Godin niemanden. Sie kam sich ein wenig verloren vor auf ihrer ersten Shiv'a und wusste außerdem nicht genau, wie sie sich verhalten sollte. Die Ermittlungen in einem Mordfall voranzutreiben, dafür schien es weder der richtige Ort noch der richtige Zeitpunkt zu sein. Dabei wäre es gut, wenn sie ein paar Informationen aus den Verwandten und Freunden des Opfers herauskitzeln könnte, um sich ein klareres Bild von Noam Shavits Umfeld zu machen. Dass weder Blok noch Amir Dawud auf der Shiv'a erscheinen würden, damit hatte Sara gerechnet. Und insgeheim natürlich auch damit, dass sie für die meisten Anwesenden Luft sein würde – bis auf ihre Vorgesetzten und Noams Bruder, der Anstand genug besaß, sich bei Sara für ihr Kommen zu bedanken.

»Verzeihen Sie bitte, Zvi, wenn ich die Situation ausnutze,

ich hoffe, Sie empfinden meine Fragen nicht als unpassend, aber ich würde gerne noch etwas mehr über Ihren Bruder erfahren und über seine Frau«, sagte Sara, »Sie wissen sicher, dass ich in diesem Fall ermittle.«

»Fragen Sie nur, Sara«, antwortete Zvi Shavit, »aber ich glaube nicht, dass Ihnen meine Antworten weiterhelfen werden. Noam und ich haben uns in den vergangenen Jahren leider nur selten gesehen, seit ich meine Firma in Jerusalem habe. Er war ein einsamer Mensch, würde ich sagen, der sich selbst genügte und der vor allem für seine Arbeit lebte. Aber dann lernte er Esther kennen.«

»Und wie war Esther so? Ich meine, was passierte dann? Hat sich Ihr Bruder durch die Beziehung zu ihr verändert?«

»Wie meine Schwägerin war?« Zvi Shavit lächelte. »Vor allem war sie jung. Und irgendwie sehr russisch. Ich habe mich jedenfalls sehr für Noam gefreut.«

Sara hatte Mühe, ihr Erstaunen zu verbergen. »Sie war Russin?«, fragte sie. Das hatte ihr Blok verschwiegen. Wie so einiges andere auch.

»Aber was für eine!«, sagte Zvi Shavit, »sie stammte aus St. Petersburg. Da waren sie auch auf Hochzeitsreise.«

»Wo haben sich die beiden denn überhaupt kennengelernt?«

»Über das Internet«, sagte Noam Shavits Bruder.

»Das ist ja sehr modern«, warf Sara ein.

»Ich glaube sogar, es war meine Frau, die Noam auf diese Idee gebracht hat. Er müsse aufpassen, dass er im Alter nicht verwildere ...«

Sara warf einen Blick auf die Fotos, die auf dem Sideboard standen. »Und es war eine glückliche Ehe«, sagte sie, aber diese Feststellung hätte ebenso gut als Frage verstanden werden können.

»Ja«, sagte Zvi Shavit. Sara schwieg, und nach einer kurzen

Pause besann sich ihr Gegenüber. »Ich würde schon sagen, ja. Trotz des großen Altersunterschiedes und des recht speziellen Charakters meines Bruders.«

»Wie meinen Sie das?«, bohrte Sara nach.

»Noam konnte Menschen – wie soll ich es sagen, damit Sie mich richtig verstehen … Er konnte Menschen verunsichern, ja, beinahe schon manipulieren. Er war ein sehr kontrollierter Typ, wissen Sie, mit streng geregelten Tagesabläufen. Pedantisch, ja, auch das vielleicht, aber vor allem, was ihn selbst betraf.« Sara nickte und fragte sich, ob Noam Shavit nicht eher andere kontrolliert hatte. Sein Bruder beugte sich ein wenig vor. »Vor etwa anderthalb Jahren hatten sie wohl eine kurze Krise«, fügte er mit gedämpfter Stimme hinzu. »Aber dann wurde Esther krank, und in ihren letzten Monaten waren sie sich dann wieder sehr nahe.«

»Ich verstehe«, sagte Sara.

»Wenn Sie mich jetzt bitte entschuldigen wollen«, sagte Zvi Shavit und wandte sich rasch von Sara ab, um weitere Gäste zu begrüßen. Fast alle Männer trugen Uniformen, gehörten entweder der Armee oder der Polizei an. Es waren weniger Trauergäste anwesend als auf dem Friedhof. Mochte Noam Shavit auch ein hervorragender Ermittler gewesen sein, Freunde und Verwandte besaß er offensichtlich nur wenige. Nach den Ausführungen seines Bruders konnte Sara sich denken, warum. Moshe Kaplan, der pensionierte Ermittler, schien jedoch dazugehört zu haben. Zu ihrer Überraschung war neben seiner Frau auch seine Tochter Yael erschienen, die von ihrer Mutter sofort in die Küche abkommandiert wurde, um beim Servieren der Getränke zu helfen. Yael warf einen scheuen Blick auf Sara, als sie an ihr vorbei in die Küche ging.

»Na? Wie kommst du klar?«, hörte Sara hinter sich die Stimme von Josef Weissenberg.

Sie drehte sich um. »Ganz gut, Commissioner.«

»Das glaub ich auch«, sagte er freundlich, doch im nächsten Moment gefror sein Lächeln. »Ich muss dir nicht erklären, dass man auch in Jerusalem wissen will, wer Noam ermordet hat. War es dieser Ilan Katz?«

»Will ich nicht ausschließen«, sagte Sara knapp.

»Aber du glaubst es nicht. Hast du eine andere Spur?«

»Was ich bisher habe, sind bloß merkwürdige Indizien, die alle nicht recht zusammenpassen. Wie stand eigentlich Blok zu Noam Shavit, Commissioner?«

Josef Weissenberg wirkte einen Moment lang verblüfft. »Was hat das mit diesem Fall zu tun?«

Sara wiegte ihren Kopf ein paarmal hin und her. »Unter Umständen eine ganze Menge. Blok hat ihn anscheinend knapp zwei Wochen vor seinem Tod besucht. Und sie haben sich wohl nicht sehr freundliche Dinge gesagt.«

»Ach, wirklich?«, fragte der Commissioner.

»Das wurde mir jedenfalls erzählt – von jemandem, der dabei gewesen ist.«

»Ein Zeuge?«

»Wenn Sie so wollen, ja.«

»Und um was ging es denn bei dem … bei dem Streit?«

»Es war wohl leider ziemlich unverständlich. Aber es war nicht zu übersehen, dass sie keine Nettigkeiten ausgetauscht haben.«

Der Commissioner atmete schwer. »Und was sagt Shimon dazu?«

»Commander Shimon Ben Godin? Mit dem habe ich darüber noch nicht gesprochen. Wie lange kannten Sie Noam Shavit eigentlich schon?«

»Noam, Shimon und ich waren zusammen in der Armee«, sagte der Commissioner.

»Ah ja.«

»Bitte?«, fragte Weissenberg irritiert.

»Ach nichts, Commissioner.« Sara warf einen Blick auf Yael, die mit einem Tablett voller Weingläser das Wohnzimmer betrat.

»Du verdächtigst doch nicht etwa deinen Kollegen?«, flüsterte Josef Weissenberg. Sara verzog keine Miene. »Ach du liebe Zeit, du tust es doch! Hoffentlich habe ich da keinen Fehler gemacht, Sara!«

»Entschuldigen Sie mich bitte, Commissioner«, sagte sie, ließ Weissenberg stehen und begab sich in die Küche. Diese Shiv'a, dachte sie, kann dich tatsächlich ein gutes Stück weiterbringen. Sie nahm sich ein Stück Gebäck von einer der Platten und wartete darauf, dass Yael zurückkommen würde.

Als Moshe Kaplans Tochter mit dem leeren Tablett in der Küche erschien, waren sie plötzlich allein.

»Ist das Ihre erste Shiv'a?«, fragte Yael.

»Ja«, antwortete Sara. »Warum ist Amir vom Friedhof weggerannt?«

Yael wich einen Schritt zurück. »Und was geht Sie das an?«

»Deine Eltern mögen Amir nicht. Sie machen dir wegen ihm ganz schön die Hölle heiß, oder?«, fragte Sara in ruhigem Ton.

Das Mädchen kapitulierte. »Amir wollte zuerst nicht zur Beerdigung«, sagte sie. »Darüber hatten wir Streit.«

»Aber dann ist er doch aufgetaucht – und sofort wieder gegangen.«

»Weil mein Vater ihn hasst! Meine Eltern haben mir verboten, mich jemals wieder mit ihm zu treffen.« Ihre Stimme war jetzt nur noch ein Flüstern.

Yaels Mutter tauchte im Türrahmen auf. Ihrem Gesichtsausdruck nach schien sie nicht damit einverstanden zu sein, dass Yael und Sara miteinander redeten. »Yael, bringst du deinem Vater bitte einen Kaffee!«, sagte sie mit solchem Nachdruck, dass sie auf das Wörtchen »bitte« getrost hätte verzichten können.

Sara tat unbeteiligt und schob sich noch ein Stückchen von dem süßen Baklava in den Mund, lächelte Yaels Mutter freundlich, aber ergebnislos an und sah dann Yael dabei zu, wie sie besonders vorsichtig Kaffee aus der silbern glänzenden Thermoskanne in eine Tasse schüttete.

Als Yael gemeinsam mit ihrer Mutter, die Kaffeetasse in den Händen, die Küche verließ, sagte sie leise: »Shalom, Sara.«

Sara dachte wieder daran, was die junge Frau im Hinterhof des »Kaplan« gesagt hatte: *Noam wollte, dass wir es besser machen als er und Esther.* Jetzt blieb ihr nur noch eine Sache zu tun.

Niemand hatte Notiz davon genommen, wie Sara ganz selbstverständlich in die erste Etage hinaufgegangen war. Jetzt saß sie im kleinen Schlafzimmer von Esther Shavit auf dem Bett und schaute sich um. Auf den ersten Blick sah alles noch genauso aus wie vor wenigen Tagen in der Tatnacht. Die Kissen auf dem Bett, die Schminkutensilien auf dem Schminktisch, die Bücher, die Bilder, die Matroschka-Püppchen: Nichts hatte sich verändert. Sara zog ihr Smartphone aus der Hosentasche und klickte den Fotospeicher an. Das Album »Noam« öffnete sich. Nach wenigen Sekunden fand sie die Aufnahmen, die sie in diesem Zimmer gemacht hatte. Sie überprüfte jedes einzelne Bild und verglich es mit dem Raum. Als sie die Aufnahme mit den Matroschka-Püppchen auf dem Display vergrößerte, wäre es ihr beinahe nicht aufgefallen. Auf dem Display waren es neun Püppchen, doch auf dem Schminktisch standen nur noch acht. Sie zählte zur Sicherheit noch einmal nach. Kein Zweifel: Ein Püppchen fehlte.

Sara steckte ihr Smartphone wieder ein und machte sich daran, jede einzelne Matroschka zu öffnen. In der vorletzten Puppe fand sie einen mehrfach zusammengefalteten Notizzettel. Sara setzte die Holzfigur wieder zusammen, stellte sie ins Glied zurück und faltete den Zettel auseinander. Es sah wie ein kurzer

Brief aus, eine Nachricht, aber sie konnte ihn nicht lesen, denn es waren kyrillische Buchstaben. Doch sie vermutete, dass der Verfasser dieses Schreibens es vermieden hatte, die Empfängerin – es konnte sich eigentlich nur um Esther Shavit handeln – zu benennen. Und die Zeilen waren nicht unterschrieben. Das Papier war an den Falzrändern jedoch ziemlich brüchig, so als ob dieser kurze Brief sehr häufig gelesen und dann wieder versteckt worden war.

Sara steckte den Zettel ein, erhob sich und ging wieder zu den anderen Gästen hinunter ins Erdgeschoss. Sie verabschiedete sich von Zvi Shavit und ihren beiden Vorgesetzten und fuhr dann so schnell es ging mit dem Fahrrad ins Präsidium in der Dizengoffstraße. Sie hatte eine Ahnung, dass die Lösung des Falls unmittelbar bevorstehen würde, aber genau das bereitete ihr große Sorgen.

Tali Armoza war noch im Dienst. »Tust du mir bitte einen Gefallen«, sagte Sara, »und lässt das hier mal für mich übersetzen?« Sie legte der selbst ernannten guten Seele der Mordkommission den Zettel auf den Schreibtisch.

»Du bist ja ganz außer Atem!«, sagte Tali Armoza.

»Es ist leider wirklich eilig«, entgegnete Sara und deutete auf das kurze Schreiben. »Das habe ich im Haus von Noam Shavit gefunden und sichergestellt.«

»Alles klar. Ich rufe gleich mal oben an.«

Sara bemerkte, dass Blok sich hinter seinem Schreibtisch erhob und ihr zuwinkte. Dann riss er auch schon die Glastür zu seinem Büro auf. »Gut, dass du kommst. Wir müssen nach Jerusalem«, sagte er. Sara sah Bloks grimmigen Gesichtsausdruck, kein Zweifel, er hatte miserable Laune.

»Warum müssen wir nach Jerusalem?«, fragte Sara mit Unschuldsmiene.

»Weil das dein Job ist? Oder hab ich was verpasst?« Sara

hob mahnend den Zeigefinger. »Entschuldige«, knurrte er. »Im Hadassah-Krankenhaus ist irgend so ein kleiner, mieser Drogendealer aus dem Koma erwacht, den man vor ein paar Tagen halb verblutet von der Straße gekratzt hat. Er hat jetzt das Maul aufgemacht und den Kollegen erzählt, dass ihn jemand zusammengeschlagen habe, der ihm dann auch noch zehntausend Dollar abgenommen haben soll – angeblich.«

»In der Tatnacht?«, fragte Sara.

Blok nickte verkniffen. »Seine Beschreibung des Täters könnte auf Ilan Katz zutreffen. Aber wir müssen das natürlich überprüfen.«

»Klar«, sagte Sara. »Und wenn wir den Kollegen einfach ein Foto von Katz schicken würden?«

»Ist doch schon längst geschehen. Hältst du mich für blöd? Aber ich will, dass wir uns persönlich davon überzeugen, dass der Kerl Katz wirklich erkannt hat. Fahren wir!«, sagte Blok.

»Moment noch, Blok, bevor ihr abhaut, kannst du uns das vielleicht schnell übersetzen?« Tali Armoza gab Blok den Zettel, der wie erstarrt wirkte.

»Blok behauptet immer, dass er Russisch kann«, sagte Tali Armoza fröhlich.

»Kannst du das lesen?«, fragte Sara.

»Ja«, sagte Blok und begann vorzulesen: »›Meine Geliebte, wie gerne würde ich dich jetzt umarmen. Ich denke immerzu an dich und unsere wunderschöne Zeit, die beste meines Lebens. Pass bitte gut auf dich auf!‹« Jakoov Blok schaute auf. »Mehr steht hier nicht.«

»Wie bitte?«, fragte Tali Armoza, »Esther hatte einen Liebhaber?«

Sara und Blok wechselten einen langen Blick. »Hast du irgendeine Ahnung, wer das

gewesen sein könnte?«, wandte sich Sara an Tali Armoza. Blok reichte den Zettel mit einer sehr langsamen Bewegung an die Assistentin zurück.

»Nicht die leiseste. Der arme Noam! Das hätte ich Esther im Leben nicht zugetraut«, sagte Tali Armoza.

»Also los jetzt«, sagte Jakoov Blok, »du bist doch für diesen Fall zuständig. Oder bist du es nur dann, wenn es Spaß macht?«

Sara überlegte einen Moment lang. »Blok, mach du das mal alleine mit Jerusalem.«

»Warum das denn?«, fragte er.

»Ist besser so«, entgegnete Sara. Sie nahm ihre Tasche und verließ den Großraum. Blok schaute ihr hinterher, bis sie um die Ecke verschwunden war.

Dieter Scharpf hatte knapp sechzehn Jahre seines Lebens in verschiedenen Gefängnissen inner- und außerhalb Deutschlands verbracht. Zum letzten Mal war er im Frühling 2004 eingefahren, für insgesamt viereinhalb Jahre, weil ihn eine junge Kommissaranwärterin während ihres Streifendienstes in Berlin-Frohnau mehr oder weniger zufällig auf frischer Tat ertappt hatte. Er wollte gerade in die Villa eines bekannten deutschen Liedermachers einsteigen. Scharpf war recht beleibt, weshalb man ihn in einschlägigen Kreisen »Doppel-D« nannte. Ein weiterer seiner Spitznamen war »Dietrich-Dieter«, und die Presse hatte ihm mehr als einmal den ehrenvollen Titel »König der Einbrecher« verliehen. Immer dann, wenn ihm mal wieder ein spektakulärer Bruch gelungen und er am Ende doch noch geschnappt worden war. Exakt einhundertdreiundvierzig Delikte hatte man ihm bisher nachweisen können, dabei waren es weit über fünfhundert gewesen. Doch seit seinem letzten Gefängnisaufenthalt, den er aufgrund seiner Unbelehrbarkeit bis zum letzten Tag genießen durfte, war er sauber. Scharpf war inzwischen fünfundsechzig, litt an grauem Star sowie an einem hartnäckigen COPD-Syndrom. Er lebte in einer Sozialwohnung in Charlottenburg von Hartz IV und verbrachte seine Tage vor seinem alten Grundig-Farbfernseher und bei *Wilhelm Hoeck* in der Wilmersdorfer Straße, einer original Berliner Kneipe, deren dunkelbraunes Interieur sich seit dem Jahre 1892, als sie eröffnet wurde, praktisch nicht verändert hatte. Dort hielt er sich mehrere Stunden an drei kleinen Bieren sowie am Tresen fest, hustete ausgiebig, erzählte manchmal wilde Geschichten aus seiner Sturm- und Drangzeit und dachte darüber nach, wohin er bloß das schöne alte Lederetui verlegt haben könnte, das jeweils einen Satz Schlagschlüssel, Dietriche und Schloss-Picks enthielt und ihm von seinem Vater vererbt worden war. Er war sich absolut sicher, dass er das Etui bei seinem letzten, misslungenen Bruch in Frohnau nicht dabeigehabt hatte.

Die junge Kommissaranwärterin, die ihn an jenem verhängnisvollen Tag festgenommen hatte, war Sara Stein gewesen. Auch sie konnte sich bis zum heutigen Tag nicht erklären, warum sie bei der anschließenden Wohnungsdurchsuchung, bei der allerhand Sore sichergestellt wurde, ein abgegriffenes Lederetui mit Einbruchswerkzeug einfach eingesteckt hatte. Es hatte in der Nachttischschublade gelegen und sie magisch angezogen. Sie hatte niemandem – wirklich niemandem – jemals ein Wort davon erzählt. Auch nicht, dass sie seitdem mehrere Jahre lang immer wieder geübt hatte, geräuschlos alle möglichen Sicherheitsschlösser zu öffnen. Vor allem aber, ohne Spuren zu hinterlassen.

Ihre Fähigkeit, Schlösser aller Art zu knacken, reichte sicher nicht an Dieter Scharpfs Meisterschaft heran, doch sie hatte ihr das eine oder andere Mal gute Dienste geleistet. Etwa ein Dutzend Mal hatte sie sich im Zuge diverser Ermittlungen verbotenerweise Zugang zu Wohnungen, Kellern, Dachböden, Gartenschuppen oder Garagen verschafft. Dabei war sie immer wieder überrascht gewesen, wie sorglos einige ihrer potenziellen Kunden mit Beweismaterial umgingen, das sie im Sinne einer Anklage nicht nur belasten, sondern häufig auch überführen konnte. Wobei Sara stets darauf geachtet hatte, einen solchen »Fund« während einer richterlich angeordneten Durchsuchung zu machen, was nicht wenige ihrer Kollegen mit den Wörtern »Glück« oder »Zufall« kommentiert hatten.

Während nun also der ehemalige Einbrecherkönig Dieter Scharpf einmal mehr auf einem Barhocker in seinem Berliner Stammlokal am Tresen vor sich hin brütete, fuhr Hanan Chalabi mit ihrem Fiat auf den Parkplatz vor dem alten Zollhaus in der Harakevet Street in Jaffa. Dahinter ragte ein modernes Mehrfamilienhaus fünf Stockwerke hoch in den Abendhimmel. In wenigen Minuten würde die Sonne endgültig untergehen.

»Hier müsste es sein, Sara«, sagte sie. »Bloks Wohnung ist in dem Neubau da.« Sie machte den Motor aus. »Ich finde das vollkommen verrückt. Du kannst doch nicht … Wir sollten lieber sofort wieder verschwinden. Oder macht ihr das in Deutschland auch so? In die Wohnung von Kollegen einbrechen?«, fragte der Corporal. Sie schien ehrlich entsetzt zu sein.

Sara war selbst auch unschlüssig gewesen. Würde man sie erwischen, dann wäre es mit ihrer Karriere bei der israelischen Polizei vorbei, ehe sie überhaupt richtig angefangen hatte. Es stand einiges auf dem Spiel, aber je länger Sara darüber nachdachte, desto mehr war sie von ihrem Plan überzeugt, Blok auf inoffiziellem Weg seine Verstrickung in den Mordfall Shavit nachzuweisen.

»Hör mal, Hanan, Blok erzählt mir, er habe Esther kaum gekannt. Und dann erfahren wir, dass Esther einen russischen Geliebten hatte. Und kurz vor Noams Tod hat Blok sich mit ihm gestritten.«

»Woher weißt du das?« Sara schwieg. »Verdächtigst du wirklich Blok?«

»Wenn er Esthers Geliebter war und Noam hat es rausgekriegt und gedroht, es öffentlich zu machen?«

»Aber wo ist das Problem? Ehebruch ist nicht strafbar«,

wandte Hanan ein.

»Aber Blok wäre bei allen Kollegen unten durch gewesen. Die Frau eines Kollegen! Das ist ein Tabu!« Sie seufzte. »Ich weiß doch auch nicht. Es ergibt alles keinen Sinn. Aber deswegen kann ich das eben auch nicht an die große Glocke hängen.«

»Du würdest dich total blamieren, wenn es nicht stimmt«, stellte Hanan sachlich fest. »Und dann wärst *du* bei den Kollegen unten durch und könntest einpacken.«

»Eben«, sagte Sara. Die beiden Frauen sahen sich an. »Aber du verschwindest jetzt erst mal von hier.«

»Nein«, sagte Hanan Chalabi, »wir ziehen das zusammen durch. Aber wenn, dann jetzt. Du hast nicht mehr viel Zeit.«

»Du haust ab, Hanan. Keine Widerrede!« Sara stieg aus und klopfte zum Abschied aufs Autodach, lief über die Straße und verschwand aus Hanan Chalabis Blickfeld.

Sara hatte Glück, die Haustür stand offen und gab den Blick auf einen kleinen Spielplatz frei, auf dem noch ein paar Kinder herumtobten. Eine Frau aus einem der oberen Stockwerke rief nach ihnen. Sara vergewisserte sich mit einem Blick auf das Klingelschild, dass Blok in der vierten Etage wohnte. Auf dem Schild waren lediglich die Initialen »J. B.« vermerkt. Dann fuhr sie mit dem Lift nach oben. Als sie vor Bloks Wohnungstür stand, kamen für einen kurzen Moment die Zweifel zurück.

Es war ein handelsübliches amerikanisches »Yale«-Schloss, ein Klassiker, das im Inneren mit mehreren Stiften verschiedener Länge arbeitete, die verhindern sollten, dass es ohne den richtigen Schlüssel geöffnet werden konnte. Sara würde nach der sogenannten Perkussionsmethode vorgehen. Sie entrollte rasch das Lederetui, schätzte den richtigen Lockpick ab und führte ihn vorsichtig in das Sicherheitsschloss ein. Irgendwo im Haus bellte ein kleiner Hund. Sie hörte, wie der Lift abwärtsfuhr und weiter unten jemand zustieg. Sara brach ihr Vorhaben ab und stellte sich vor die Aufzugtüren. Aber der Lift hielt in einer anderen Etage. Als sie zum zweiten Versuch ansetzte, brach ihr der Schweiß aus. Sie führte den Pick erneut ins Schloss ein und klopfte mit dem Zeigefinger vorsichtig auf sein Ende. Dadurch wurde ein Impuls erzeugt, der den ersten Stift für einen Moment lang in einen Schwebezustand versetzte. Sara musste den Pick jetzt nur noch nachschieben, der Impuls wurde von Stift zu Stift weitergegeben. Es ging nur millimeterweise voran, doch nach ungefähr fünfundvierzig Sekunden hatte Sara die Tür geöffnet. Keine schlechte Zeit, dachte sie, schlüpfte in Bloks Wohnung und schloss leise die Tür hinter sich.

Jakoov Blok schien ein ordentlicher Mensch zu sein, aber längst nicht so penibel wie Noam Shavit. Seine Zweizimmerwohnung war relativ klein und nur sparsam möbliert. In der offenen Küche stand ein Kaffeebecher im Abwaschbecken, mit Wasser gefüllt, darin steckte ein langer Teelöffel. Blok besaß eine Espressomaschine und eine Mikrowelle, und das Ceranfeld des Küchenherds sah aus, als ob er nur selten kochte. Keine Kratzer, keine Fettspritzer.

Saras wusste genau, wonach sie suchte. Nach einem Matroschka-Püppchen. Sie konzentrierte sich aufs Wohnzimmer und die Essecke. Auf dem Esstisch stand ein aufgeklappter Laptop, und als sie eine Taste drückte, baute sich sofort der Bildschirm auf. Das Dialogfeld zur Passworteingabe erschien. Sara schaltete ihn wieder in den Energiesparmodus. An der rechten Wand des Wohnzimmers klebte eine Fototapete, die ein Birkenwäldchen in der russischen Taiga zeigte. Davor stand ein antikes Schränkchen, darauf ein versilberter Samowar. Der Wasserbehälter des Samowars war leer. Über die gesamte linke Wand erstreckte sich ein modernes Regalsystem, in das eine Multimediaanlage nebst Fernseher sowie mehrere Schränke integriert waren. Die Bücher – in der Hauptsache russische Klassiker –

waren staubfrei und sahen gelesen aus. Von Nippes schien Blok nicht viel zu halten, dafür entdeckte Sara in einem der Schränke eine ziemlich üppig ausgestattete Hausbar. Blok mochte offensichtlich Wodka, sie zählte sieben verschiedene Sorten, dazu zwei teure schottische Single Malts und eine Flasche Kognak.

Und neben dem Barbesteck, genau neben dem Shaker, stand das kleine Püppchen. »Ah ja, Blok, Exsoldat!«, sagte Sara halblaut vor sich hin und drückte das Püppchen auf.

Darin lag ein USB-Stick.

Sara zögerte einen Moment lang. Dann steckte sie ihn ein.

Ihr Smartphone vibrierte.

Sara ging ran. »Du musst sofort abhauen. Blok kommt nach Hause!«, sagte Hanan Chalabi aufgeregt ins Telefon und legte wieder auf.

Sara klappte die Hausbar zu und rannte aus der Wohnung. Die Tür ließ sie ins Schloss fallen. Erneut setzte sich der Lift in Bewegung, gleichzeitig waren Schritte auf der Treppe zu hören. Jetzt blieb ihr nur noch eine Möglichkeit: Sara nahm die Treppe zur fünften Etage, blieb auf dem mittleren Treppenabsatz stehen und versuchte, flach zu atmen. Ihr Herz hämmerte in ihrer Brust. Sie hörte, wie die Aufzugtüren zur Seite glitten. Jakoov Blok ging zu seiner Wohnung, schloss auf und verschwand im Inneren. Als sich die Tür hinter ihm geschlossen hatte, wartete Sara noch ein paar Sekunden. Dann rannte sie die Treppen hinunter, aus dem Haus hinaus, überquerte jedoch nicht die Straße zum Parkplatz, wo Hanan Chalabi in ihrem Wagen wartete, sondern lief die Harakevet Street in östlicher Richtung entlang. So konnte Blok sie unmöglich von seinem Balkon aus sehen. Sara griff nach ihrem Telefon und rief Hanan Chalabi an. Noch während sie telefonierte, fiel ihr plötzlich siedend heiß ein, dass sie einen unverzeihlichen Fehler gemacht hatte. Und dass sie darüber hinaus vergessen hatte, David abzusagen. Sicher war er nicht erfreut, dass sie ihre Verabredung beim Italiener verschwitzt hatte.

Jakoov Blok besaß ebenfalls das, was man Intuition nannte. Schon in dem Augenblick, als er die Wohnungstür öffnete, hatte er geahnt, dass irgendwas nicht stimmte. Er verließ seine Wohnung nie, ohne mindestens einmal abzuschließen.

Als er sein Wohnzimmer betrat, schnupperte er kurz in die Luft und meinte, einen Hauch von Parfum wahrzunehmen. Er blickte auf den dunklen Bildschirm seines Laptops, und ihn überkam eine Ahnung, was er in seiner Hausbar finden würde. Er klappte die Schranktür auf und registrierte mit einem bitteren Lächeln die beiden Hälften des Matroschka-Püppchens, die neben dem Shaker lagen. Er wusste, dass er sich nicht die Mühe machen musste, den USB-Stick zu suchen. Stattdessen öffnete er die Balkontür, trat hinaus an die Brüstung und schaute auf die belebte Straße hinunter, wo in diesem Augenblick ein hellblauer Fiat 500 mit quietschenden Reifen davonraste. Blok wusste, wer dieses Auto fuhr. Aber er blieb ganz ruhig, er lächelte sogar ein bisschen. Dann ging er zurück in seine Wohnung, schenkte sich einen daumenbreiten Schluck Whisky in ein Highball-Glas ein und bereitete sich innerlich darauf vor, seiner neuen Kollegin Sara Stein noch einen spontanen Besuch abzustatten.

»Nun ras doch nicht so«, sagte Sara zu Hanan Chalabi. »Wir können ganz entspannt zu mir nach Hause fahren.«

»Hat er dich wirklich nicht gesehen?«, fragte ihre Assistentin und nahm den Fuß vom Gaspedal, aber nur ein bisschen.

»Nein, Blok hat mich nicht gesehen«, antwortete Sara.

»Hast du wenigstens was gefunden?«

»Nein«, sagte Sara, »aber wenn ich dir das nächste Mal eine Anweisung gebe, dann hältst du dich gefälligst daran.«

»Aber Blok hätte dich erwischt«, sagte Hanan.

»Das hat er sowieso schon«, sagte Sara dumpf.

Sie konnte Jakoov Blok verstehen. Esther Shavit war wirklich eine unglaublich hübsche und anmutige Frau gewesen, die darüber hinaus eine große Herzenswärme ausstrahlte. Das konnte man deutlich erkennen, auch wenn einige der Aufnahmen, die er mit seinem Smartphone gemacht hatte, ein wenig verwackelt waren. Die Bilder waren irgendwo am Meer entstanden, an einem einsamen, steinigen Strand. Esther Shavit lächelte und lachte in die Kamera, und irgendwann war es Blok gelungen, das Telefon so zu platzieren, dass er ebenfalls ins Bild treten konnte. Eine Videoaufnahme begann. Sara sah fasziniert dabei zu, wie sich die beiden küssten und herumalberten; Jakoov und Esther erschienen ihr wie ein perfektes Paar, und so fröhlich und verliebt zu sein hätte sie Blok niemals zugetraut.

Esther Shavit wuschelte ihm durch die Haare und sagte: »Ich liebe diesen Kerl!« Blok lachte, dann küssten sie sich erneut, bevor Blok kurz abtauchte, vermutlich um ihren Bauch zu liebkosen.

»Sieh mal an, wen wir da haben«, sagte eine Stimme hinter ihr.

Sara erschrak. Sie stoppte die Aufnahme und fuhr herum. »David!«, sagte sie. »Es tut mir leid.« Sie erhob sich und wollte ihn umarmen, aber sie spürte sofort, dass er das in diesem Moment nicht zulassen würde. »Es tut mir wirklich leid!«

»Die Pasta war jedenfalls verdammt gut. Ist ein schönes Lokal«, sagte er. Sie sah ihn schuldbewusst an. »Das ist nicht das erste Mal«, fuhr David mit sanfter Stimme fort, doch er lächelte. »Was siehst du dir da an? Wer ist diese Frau?«

Sara bemerkte zu ihrem Schrecken, dass sich der Film auf ihrem Laptop ruckartig fortsetzte. Noch ehe sie David eine Erklärung geben konnte, tauchte plötzlich Jakoov Blok wieder auf.

»Was ist das?«, fragte David verblüfft.

»Irgendwas stimmte von Anfang an nicht. Erst hat Blok behauptet, Esther Shavit kaum zu kennen, dann erzählte mir meine Kollegin Hanan, dass Noam keine Russen mochte, wo er doch ausgerechnet eine Russin geheiratet hat und auch Blok Russe ist – und hier ist nun der Beweis, der ihn nicht nur seinen Ruf kosten könnte …«

»Mach das aus!«, sagte David. Sein Ton war scharf. Er warf sein Leinenjackett achtlos auf einen Sessel und ging zum Küchentresen, um sich einen Gin Tonic zu mixen. Dann ließ er sich aufs Sofa fallen.

Sara, die seiner harschen Aufforderung sofort nachgekommen war, ging zu ihm und ließ sich vor David auf dem Boden nieder. Sie griff nach seinem Gin Tonic, trank einen Schluck und sagte: »Ich weiß wirklich nicht, was ich jetzt tun soll. Ich bin vollkommen ratlos.« David zuckte mit den Schultern. »Vielleicht war er nur der Geliebte. Vielleicht war er aber auch der Täter.«

Er räusperte sich. »Auf jeden Fall ist das nicht gerade das ideale Mitbringsel als Willkommensgeschenk im neuen Job.«

»Wenn es so ist, wie es scheint, kann ich mir wahrscheinlich gleich einen anderen Job suchen«, entgegnete Sara.

»Warum?«

»Ich werde das Gefühl nicht los, dass es außer mir noch jemanden im Präsidium gibt, der von dieser Affäre wusste.«

»Und wer soll das sein?«, fragte David.

»Mein Chef.«

»Und was tut der?«

»Offenbar nichts«, sagte Sara.

»Aber dann bist du doch fein raus. Wahrscheinlich hat er einen guten Grund.«

»Ja, aber vielleicht auch nicht.«

»Das wäre natürlich schlimm!«, sagte er und beugte sich vor, um sie zu umarmen. Dann rutschte er von der Couch hinunter, setzte sich neben Sara auf den Boden und küsste sie. Sie erwiderte seinen Kuss, der innig war und zärtlich. Nicht verlangend. Plötzlich hielten sie inne. Ein Auto fuhr draußen vor.

David erhob sich. »Ich gehe nachsehen«, sagte er. Sara ahnte, dass es sich nur um Jakoov Blok handeln konnte.

»Er sitzt im Wagen«, sagte er, als er ins Wohnzimmer zurückkehrte. »Geh raus zu ihm. Aber sei vorsichtig.«

Als Sara aus dem Haus trat, öffnete ihr Blok von innen die Beifahrertür. Sie stieg ein. Er schaltete den Motor ab. Sie war sich sicher, dass David sie durch das Fenster des Musiksaals beobachtete. »Wer weiß schon, was im Kopf eines trauernden Menschen vor sich geht«, sagte sie leise. »Das hast du gesagt, Blok.«

Er sah sie gequält an. »Gib ihn mir zurück!«

»Was?«

»Gib mir den Film zurück. Dir bedeutet er nichts. Aber für mich …«

»Das kann ich nicht machen, Blok. Ich muss damit zu Shimon Ben Godin«, unterbrach sie ihn.

Er winkte ab. »Das steht dir frei. Aber außer meiner Versetzung wird nichts dabei herauskommen. Er weiß es.«

Obwohl Sara das eigentlich schon längt geahnt hatte, war sie doch einigermaßen entgeistert. Aber sie beherrschte sich. »Ich hab dich für einen kalten Fisch gehalten, Jakoov. Aber du hast eine andere Seite, die du bloß nicht gern zeigst. Du hast sie geliebt.«

»Du hast keine Ahnung, wie sehr«, flüsterte er.

»Noam hat dir sicher die Hölle heißgemacht.«

Blok stierte nach vorn durch die Windschutzscheibe hinaus in die Nacht. »Es war eigentlich nur ein Wochenende. Aber für mich war es der Himmel. Kurz danach wurde sie krank und hat es einfach nicht mehr gewagt. Sie wusste nicht, was sie tun sollte. Sie ist vor Kummer gestorben.« In seinen Augen glitzerte eine Träne.

»Das glaubst du wirklich?«, fragte Sara.

»Ja. Ich konnte nicht dabei sein, als sie starb. Ich durfte nicht einmal auf ihrer Beerdigung dabei sein.« Er drehte sich zu Sara. »Ich hätte verdammt viele Gründe gehabt, ihn umzubringen. Aber ich war es nicht. Glaubst du mir das?« Sara schwieg. »Und Katz scheidet auch aus. Der Mistkerl hat in der Mordnacht tatsächlich gepokert, hoch verloren und dann einen kleinen Dealer fast umgebracht bei dem Versuch, ihm sein Geld abzunehmen. Die zehntausend. Ich werde ihm morgen früh als Erstes die Fresse polieren, weil er die ganze Zeit damit hinterm Berg gehalten hat. Diese Ratte!«

Sara brachte ein Lächeln zustande. »Du rührst ihn besser nicht noch mal an. Nimm's einfach nicht so schwer. Wir irren uns alle mal.«

»Wenigstens kriegen wir Katz wegen bewaffneten Raubes und schwerer Körperverletzung dran.«

»Hey, Blok, wir sind bei der Mordkommission, schon vergessen?«

Blok seufzte resigniert. »Jetzt ist sowieso alles vorbei.«

»Nichts ist vorbei, Blok«, sagte Sara, »auch nicht deine Liebe zu Esther.«

Sieben

»Happy Birthday!«, sagte Ruth Gutman. »Na los!« Ariel Gutman beugte sich über seine Geburtstagstorte, auf der zweiundvierzig dünne Kerzen brannten. Er benötigte vier Anläufe, um sie auszublasen. Als alle Kerzen erloschen waren, klatschte seine Mutter Applaus. »Und nun kannst du dein Geschenk auspacken, mein Sohn«, sagte sie.

Ariel wickelte das Paket aus. Ein Pullover kam zum Vorschein. Es war ein *Dolphin & Shark*-Pullover aus feinstem Kaschmir in Marineblau. Sein Lächeln gefror.

»Willst du ihn nicht anprobieren?«, fragte seine Mutter.

»Natürlich«, antwortete er und streifte sich den Pullover über. »Passt perfekt. Danke, Mutter.«

»Das Blau steht dir hervorragend«, sagte sie. »Und jetzt möchte ich gerne ein Stück Torte. Mary hat sich dieses Mal besonders große Mühe gegeben! Es ist eine Mango-Sahne-Torte!«

»Wo ist Mary eigentlich?«, fragte Ariel Gutman, während er seine Geburtstagstorte anschnitt.

»Ich habe ihr heute ausnahmsweise freigegeben«, sagte Ruth Gutman, »um mit dir feiern zu können. Wir sind also ganz *entre nous!*«

Ariel Gutman balancierte das erste Tortenstück vorsichtig mit dem Messer auf einen Teller. Er wollte vermeiden, dass es umkippte, und nahm den Daumen zu Hilfe.

»Doch nicht mit den Fingern, Ariel!«, mahnte seine Mutter.

»Entschuldige, aber es geht nicht anders. Ich bin nun mal nicht so geschickt wie Mary«, sagte Ariel Gutman. Er fühlte, wie der unbändige Zorn, der ihn schon so lange quälte, wieder in ihm hochstieg.

»Nein, geschickt bist du wirklich nicht«, sagte seine Mutter.

Ariel Gutman reichte ihr den Teller. Doch Ruth Gutman griff daneben. Der Teller fiel auf den Marmorboden, zersprang in mehrere Stücke, und das Tortenstück verwandelte sich in ein schmieriges Häufchen gelblich schimmernder Sahne.

Er starrte entsetzt hinunter auf den Boden. Hatte er nicht richtig hingesehen? War er wieder einmal zu hastig gewesen? Aber nein, er hatte doch peinlich genau darauf geachtet, alles richtig zu machen. Oder hatte seine Mutter dieses Malheur etwa mit Absicht provoziert?

»Nun sieh dir an, was du angerichtet hast! Dein Vater hatte recht, du bist ein furchtbarer Tölpel!«, rief Ruth Gutman. Ihre Stimme klang hasserfüllt.

Ariel Gutman bewegte sich ohne Hast in die Küche und kehrte mit einer Rolle Küchenpapier zurück. Er kniete sich vor seiner Mutter auf den Boden und sammelte zuerst die Scherben auf, bevor er die Reste des Tortenstücks mit dem Papier aufwischte. Dabei ging er sehr methodisch vor.

»Pass auf, dass du dich nicht schneidest«, sagte seine Mutter.

Ariel Gutman antwortete nicht. Als er die klebrige Schweinerei beseitigt hatte, entsorgte er die Scherben im Mülleimer, wusch sich in der Küche rasch die Hände und kehrte mit einem neuen Kuchenteller an den Esstisch zurück.

»Moment!«, sagte Ruth Gutman. Sie holte hinter ihrem Rücken ein kleines, flaches Päckchen hervor, das sie vor sich auf den Esstisch legte. »Ich habe noch ein Geschenk für dich!« Ariel Gutman sah sie fragend an. »Mach es ruhig auf«, sagte sie, »ich habe sowieso keinen Appetit mehr auf die Torte. Der ist mir vergangen.«

Das Päckchen enthielt eine Schatulle. Ariel Gutman klappte sie auf und erschrak, als er das prächtige Collier entdeckte, eingerahmt von passenden Ohrringen und einem Armreif.

»Noch einmal Happy Birthday, Ariel!«, sagte Ruth Gutman.

Sein Gesicht war bleich. »Woher hast du das?«, fragte er.

»Oho, mein lieber Sohn, ich habe noch mehr davon. Die arme Rahel. Du hast sie umgebracht!«

»Wie kommst du denn auf diese Idee, Mutter?«

»Weil ich deinen Tresor geöffnet habe. Sogar für eine Safekombination, die diesen Namen verdient, bist du zu dumm.« Ariel Gutman wich vor ihr zurück. Seine Mutter sprach ungerührt weiter, ohne ihn anzusehen. »Ich verfluche mich dafür, dass ich es nicht wissen wollte. Dass ich es einfach nicht wahrhaben wollte und dich deshalb beschützt habe, damals. Rahel war zum Schluss ein boshaftes Miststück. Aber jetzt, Ariel, jetzt werde ich dich anzeigen!«

»Was willst du tun?«, rief Ariel Gutman fassungslos. »Mich anzeigen? Wofür denn, Mutter?« Er stieß mit seinem Hinterteil an das Sideboard und fuhr herum. Die bronzene Statuette geriet ins Schwanken, doch es gelang ihm im letzten Augenblick, sie festzuhalten, bevor sie auf den Boden fallen konnte. Er war also doch geschickter, als seine Mutter annahm. Das Metall fühlte sich angenehm an. Die Statuette lag gut in seiner Hand.

»Ich lebe mit einem Monster unter einem Dach«, sagte Ruth Gutman tonlos. »Du hast den Polizisten auf dem Gewissen! Er ist dir auf die Schliche gekommen, und dann hast du ihn einfach umgebracht!« Sie vermied es nach wie vor, ihn anzusehen.

»Wovon in Gottes Namen sprichst du nur, Mutter?«, fragte

er und ging langsam an den Esstisch zurück.

»Ich rede davon, dass ich deine Erbärmlichkeit nicht mehr ertragen kann!«, schrie Ruth Gutman. »Dass ich für dich lügen musste, weil sie einer alten Frau im Rollstuhl glauben!« Sie drehte sich zu ihm um. Sie wunderte sich noch kurz, dass ihr Sohn hinter ihr stand und seine rechte Hand erhoben hatte, bevor die Statuette mit Wucht gegen ihren Kopf knallte. Sie spürte schon nicht mehr, wie sie aus dem Rollstuhl nach vorne überkippte. Im letzten Moment griff Ariel mit der freien Hand nach ihrem linken Arm und ließ sie dann mehr oder weniger sanft zu Boden gleiten.

Ariel Gutman sah stumm auf seine Mutter hinab. Sie bewegte sich nicht. Langsam breitete sich eine Blutlache unter ihrem Kopf aus. Das dumpfe Geräusch, als ihr Henry Moore unter dem sorgfältig ondulierten Haar den Schädelknochen brach, war widerlich gewesen. Aber das Knacken, als er zugepackt und ihr dabei die linke Schulter ausgekugelt hatte, hatte sich schlimmer angehört. Dann schaute er an sich hinunter. Er konnte keine Blutspritzer auf seinem schönen neuen Pullover erkennen, aber er würde ihn dennoch oben im Badezimmer mit der Hand im Waschbecken waschen und ihn dann, so wie es ihn seine Mutter gelehrt hatte, zum Trocknen flach auf einem Handtuch auslegen. Sie hatte es ja immer nur gut mit ihm gemeint. Auf Ariel Gutmans Gesicht breitete sich langsam ein Lächeln aus, und je länger er in sich hineinhorchte, desto breiter wurde es. Oh ja, es ging ihm zunehmend besser. Er würde sogar behaupten, dass er zum ersten Mal, seit er bewusst denken konnte, total entspannt und zufrieden war.

Das Smartphone in ihrer Hosentasche vibrierte, als Sara ihr Fahrrad vor der Tel-Baruch-Synagoge in der Ofir Street an einem Fallrohr ankettete. Es war ein schlichter Bau, eigentlich ein ganz normales Stadthaus, das von außen weder als Synagoge noch als Talmud-Schule erkennbar war.

Commander Shimon Ben Godin war dran. Er wünschte ihr keinen guten Morgen, sondern kam sofort zur Sache. Dass Jakoov Blok ein paar Minuten zuvor bei ihm im Büro aufgekreuzt war und geredet hatte. Dass er ihm alles erzählt hatte. Shimon Ben Godins Stimme war beinahe ein Schreien.

»Bei allem Respekt, Commander, doch Blok hätte in dieser Sache nie ermitteln dürfen«, sagte Sara.

»Lenk nicht ab«, sagte der Commander. »Du brichst einfach in seine Wohnung ein. Ich hatte dich doch gewarnt: Keine Alleingänge!«

»Ich weiß, aber ich musste es riskieren. Wenn ich die Sache ganz offiziell angegangen wäre …«

»Jaja«, unterbrach Shimon Ben Godin. »Ich muss dir ja nicht erklären, dass du äußerste Diskretion …«

»Nein, wir reden später darüber, Commander«, sagte Sara.

»Wo bist du überhaupt?«, fragte Shimon Ben Godin.

Sara warf einen Blick auf den Eingang zur Synagoge. »Ich muss unbedingt noch etwas in Erfahrung bringen, Commander. Ich bin in der Tel-Baruch-Synagoge.«

»Du suchst in einer Synagoge nach Spuren?«

»Verzeihen Sie, Commander. Wieder mal einer meiner Alleingänge, aber ich glaube tatsächlich, dass ich mithilfe eines Rabbiners eventuell ein entscheidendes Puzzleteil finden kann.« Shimon Ben Godin am anderen Ende der Leitung schwieg. »Was ist mit Blok?«, fragte Sara.

»Ich habe deinen Partner erst einmal nach Hause geschickt. Aber er muss sich zu unserer Verfügung halten«, sagte Shimon Ben Godin. »Wann kommst du rein?«

»Erst wenn ich das letzte Puzzleteil gefunden habe«, entgegnete sie.

»Sara!«, stöhnte Shimon Ben Godin und legte auf.

Rabbiner Gershon Stein war ein wenig verwundert darüber, dass Sara unangemeldet bei ihm auftauchte. Er war sogar ein wenig verärgert, denn sie war mitten in seinen *Thora*-Unterricht hineingeplatzt, was für eine Frau streng verboten war.

Sara hatte daraufhin eine geschlagene halbe Stunde auf ihn warten müssen, draußen auf der Straße, auf einer steinernen Bank. Schließlich hatte er ungefragt neben ihr Platz genommen. Ein kleiner, unscheinbar wirkender Mann, abgesehen von seinen üppigen Schläfenlocken, die unter einem schwarzen Hut hervorquollen. Die Schläfenlocken gingen wie der Bart auf ein Gebot in der *Thora* zurück, das orthodoxen Juden verbot, ihr Haupthaar rundum abzuschneiden.

»Nun gut«, sagte Gershon Stein, »um was handelt es sich?«

»Mein Name ist Sara Stein. Ich arbeite bei der Mordkommission hier in Tel Aviv. Ich ermittle …«

»Eine Namensvetterin! Du bist aber vermutlich keine Israeli. Woher kommst du?«, fragte er überrascht.

»Aus Berlin. Meine Familie ist jüdisch. Ich würde gerne mit Ihnen über Noam Shavit und seine verstorbene Frau Esther sprechen.« Sara war erkennbar ungeduldig.

»Aus Berlin! Da war ich gleich nach der Wende. Woher stammt deine Familie?«, fragte der Rabbiner.

»Na, aus Berlin. Und aus London, und ein anderer Teil lebt in Montevideo.«

Gershon Stein nickte. »Montevideo! Ja, die Diaspora ist groß.«

»Also, Noam Shavit …«

»Sag, gibt es im Berliner Zoo noch dieses alte Nilpferd?«, unterbrach er sie.

Sara sah den Rabbiner verwundert an. Dann schüttelte sie den Kopf und sagte: »Das weiß ich nicht. Ich war lange nicht da. Aber in Berlin gibt's ziemlich viele neue! Und Affen auch.«

Der Rabbiner schmunzelte. »Und, bist du gläubig, Sara Stein?«

»Wissen Sie, ich hab's nie so mit der Religion gehabt, Rabbi – das muss ich leider zugeben.«

Der Rabbiner nahm ihre Hand. »Mag sein. Hauptsache, du vergisst nicht, wo wir hier sind und warum wir hier sind.«

»Hören Sie, Rabbi, ich muss mit Ihnen über Noam Shavit sprechen!« Gershon Stein ließ ihre Hand wieder los und schenkte ihr jetzt seine ganze Aufmerksamkeit. »Sie haben ihn beerdigt. Kannten Sie ihn gut?«

»Erst als seine Frau Esther krank wurde. Da suchte er nach dem Sinn des Lebens und nach *Hashem*, der die Welt erschuf.«

»Hat er mit Ihnen über alles gesprochen?« Gershon Stein nickte. Sara holte tief Luft. »Esther hatte womöglich ein Verhältnis. Eine Affäre. Kann es sein, dass Noam Shavit davon wusste?«

Der Rabbiner schüttelte den Kopf. »Noam und Esther haben sich sehr geliebt. Eine Trennung war für die beiden unvorstellbar.«

»Heißt das nun, dass er davon wusste? Hatte er vielleicht einen Verdacht? Oder war er völlig ahnungslos?«

Der Rabbi lächelte. »Das heißt, dass ich dir diese Frage selbst dann nicht beantworten würde, wenn ich es könnte.«

»Gut«, sagte Sara, »das muss ich wohl akzeptieren. Mal angenommen, Noam hätte privat gegen jemanden ermittelt, hätte er mit Ihnen auch darüber gesprochen?«

»Wir haben über andere Dinge geredet. Über die *Thora*, über die *Halacha* …«

Sara erhob sich. Das bringt einfach nichts, dachte sie. Gershon Stein blieb sitzen und beobachtete jede ihrer Bewegungen. »Noams Mörder ist auch ein Kind der Schöpfung. Vielleicht führt ihn sein Gewissen zu dir?«, sagte er gelassen.

»Vielleicht läuft dieser Mörder aber auch einfach weiter frei herum, weil Ihnen Ihr eigenes Gewissen wichtiger ist als die Gerechtigkeit.«

Gershon Stein schmunzelte. »Und deswegen bist du also Polizistin geworden?«

»Ja«, sagte Sara, »weil ich Unrecht hasse!«

Der Rabbiner erhob sich nun ebenfalls. »Der *Midrasch* sagt: ›Im Volke Israel sündigt einer, und alle werden bestraft‹. Du kennst den *Midrasch* zwar nicht, aber du hast ihn anscheinend verstanden.«

Sara nickte. »Aber es gibt so viele Dinge, die ich noch nicht verstanden habe«, sagte sie. »Zum Beispiel habe ich in Noam Shavits Haus zum ersten Mal gesehen, dass ein Spiegel verhängt wurde.«

»So will es unsere Religion«, sagte der Rabbiner.

»In anderen Religionen gibt es diese Sitte ebenfalls. Ich würde zu gerne wissen, ob dieser Brauch nur aus diesem einen Grund gepflegt wird – diesem, wie ich finde, Aberglauben, dass es bald einen neuen Todesfall geben wird, wenn sich ein Toter in einem Spiegel spiegelt?« Spiegeln wurde durch alle Zeiten und in allen Religionen etwas Magisches zugesprochen. Weil man die physikalische Ursache nicht kannte, glaubten die Menschen, dass man durch einen Spiegel in eine andere Welt hineinschauen konnte.

Gershon Stein runzelte die Stirn. Er schien nachzudenken. Dann sagte er: »Hast du noch einen Moment Zeit? Dann begleite mich in mein Studierzimmer. Ich will dir etwas zeigen!«

Hanan Chalabi hatte vor dem Präsidium auf Sara gewartet. Sie wollte sie vor der miserablen Stimmung oben in der Mordkommission warnen. Sara, dieser »deutsche Import«, hielt einen ihrer Besten und Aufrichtigsten offenbar für den Mörder von Noam Shavit. Es hatte sich unter den Beamten wie ein Lauffeuer herumgesprochen, dass Blok seine Dienstwaffe und seinen Dienstausweis auf den Schreibtisch des Commanders legen musste, bevor er das Präsidium wortlos verließ.

Sara blickte skeptisch an der Fassade des Gebäudes hoch. »Lass uns lieber woanders reden. Wir gehen da rüber ins Café!«

Fünf Minuten später saßen sie mit zwei Latte macchiato an einem runden Bistrotischchen. Hanan Chalabi platzte beinahe vor Neugier.

»Alle Indizien deuten auf Blok hin«, sagte Sara.

»Ja dann …?«

»Aber er war es nicht!«

»Wieso bist du dir da so sicher?«, fragte der Corporal.

»Erstens glaube ich ihm. Und zweitens, warum sollte Blok den Spiegel in Noams Küche verhängen?«

»Vielleicht war der Spiegel seit Esthers Tod verhängt«, wandte Hanan Chalabi ein.

»Nein. Die Spiegel werden nur für die Dauer der *Shiv'a* verhängt. Also eine Woche lang. Und ein so gläubiger Mensch wie Noam hätte das sicher beachtet.« Sie musste an ihren Schwiegervater denken: »Ein lineares Gleichungssystem ist nur dann eindeutig lösbar, wenn es aus mindestens so vielen Gleichungen besteht, wie Variablen darin enthalten sind.« Sie murmelte diesen Lehrsatz wie ein Mantra vor sich hin. Die entscheidenden Fragen lauteten: Wie viele Gleichungen mit Unbekannten gab es vielleicht noch? Und wie viele Variablen?

»Was hast du da eben geflüstert?«, fragte Hanan Chalabi verdutzt.

»Ich glaube, die beiden Mordfälle haben zwar miteinander zu tun, aber andererseits auch wieder nicht«, sagte Sara. »Was hältst du von folgender Theorie, Hanan: Der erste Mord an Rahel Eli geschah nicht aus Habgier, sondern sie wurde von jemandem umgebracht, der sie abgrundtief hasste. Es ging also gar nicht um den Schmuck.« Hanan schaute Sara fragend an. »Was Blok natürlich nicht ahnen konnte, weil Ruth Gutman nur mit Meira Shapiro darüber gesprochen hatte. Dass die gemeinsame Freundin Rahel Eli ihrem Architekten Ariel Gutman die Hölle heißmachte, indem sie sich andauernd über angebliche Baumängel bei ihm beschwerte. Sie wollte ihn sogar zivilrechtlich verklagen.«

»Wer ist Meira Shapiro?«

»Entschuldige, Meira ist Ruth Gutmans Freundin und Fast-Nachbarin, ihr Garten grenzt an Noam Shavits Grundstück – und zufällig ist sie auch meine Schwiegermutter«, sagte Sara.

Hanan Chalabi grinste. »Und ihr Sohn Ariel Gutman bringt die alte Rahel Eli wegen eines Streits über ein paar Risse in einer Hausfassade um?«

»Denk mal an seine Mutter. Ruth Gutman musste gleich mehrere harte Schicksalsschläge verkraften, den frühen Tod ihres Mannes, ihre Nervenkrankheit, die sie in den Rollstuhl gebracht hat – und dann ist da ihr Sohn, der immer noch im Hotel Mama wohnt, weil er kaum etwas auf die Reihe kriegt. Das hat sie zu einer boshaften Frau werden lassen. Im Grunde ist sie ein Abbild von Rahel Eli.« Kein Wunder, dachte Sara, dass die Freundschaft der ›drei Suffragetten‹ auseinandergebrochen ist.

»Diese Ruth Gutman ist ganz schrecklich. Und ihr Sohn ist ein mieses, kleines Arschloch – so ein richtiger Versager«, sagte Hanan Chalabi. Eher ein Soziopath, dachte Sara, der wahrscheinlich nicht mal was dafür kann, dass er so geworden ist. Sie hob beschwichtigend die rechte Hand.

»Aber welches Motiv hätte Ariel Gutman gehabt, um Noam Shavit zu ersticken? Denn da wäre ja noch die Sache mit den Wollfasern«, fügte der Corporal hinzu.

»Allmählich fange ich an, diese Pullover zu hassen«, sagte Sara.

»Aber nicht einmal Ariel Gutman wäre doch so bescheuert, zweieinhalb Jahre nach der ersten Tat bei seinem zweiten Mord denselben Pulli anzuziehen«, warf Hanan Chalabi ein.

Sara konnte ihr da nur zustimmen. Aber das würde auch

bedeuten, dass die beiden sichergestellten Wollfasern aus Noam Shavits Küche bewusst platziert worden waren. Entweder von seinem Mörder oder von ihm selbst. Oder gar von einer dritten Person, die sie noch gar nicht auf dem Radar hatten. Das betraf auch den verhängten Spiegel.

»Trink aus«, sagte Sara plötzlich. »Ich möchte unserer Asservatenkammer mal einen Besuch abstatten.«

In der Asservatenkammer roch es nach Staub und vergilbtem Papier. Sara kannte diesen Geruch aus Berlin, aus der Polizeidirektion fünf. Aber so roch es wahrscheinlich in allen Asservatenkammern der Welt. Hanan Chalabi bewegte sich mit traumwandlerischer Sicherheit zwischen den Stahlregalen, denn sie hatte bis zu Saras Dienstantritt ihre Arbeitstage mehr oder weniger im Keller unter dem Polizeipräsidium verbracht. Es dauerte nicht lange, bis sie den Karton mit den Beweisstücken im Mordfall Rahel Eli gefunden hatte. Der Inhalt des Kartons war jedoch sehr übersichtlich. Nichts, was einem sofort ins Auge gefallen wäre, sondern nur der übliche Obduktionsbericht der Gerichtsmedizin, eine Auflistung der sichergestellten Beweismittel, Fotos vom Tatort und der Leiche, weitere Aufnahmen des gestohlenen Schmucks sowie die Vernehmungsprotokolle von Ilan Katz, Ariel Gutman sowie des arabischen Schmuckhändlers Mohammad Al-Farak, bei dem Ilan Katz zwei Ringe, die nachweislich Rahel Eli gehört hatten, rein zufällig erstanden hatte.

»Was soll das bringen, Sara? Das steht doch alles in den Akten«, sagte Hanan Chalabi. Sie wischte sich eine Staubfluse aus dem Gesicht.

»Schauen wir mal«, sagte Sara. Sie leerte den Karton auf dem glatten Estrich aus, ging auf die Knie und begann, sich durch die Ordner zu wühlen. »Oh, das hier zum Beispiel könnte noch ganz interessant sein«, sagte sie und hielt einen handgeschriebenen Unfallbericht der Polizei von Rosch haNikra hoch.

»Da kann man gut baden«, sagte Hanan Chalabi.

»Oder von der Steilküste runterfallen«, entgegnete Sara, die sich bemühte, die Schriftzeichen zu entziffern. Das Lesen von rechts nach links fiel ihr nach wie vor schwer. »Also, wenn ich das hier richtig verstehe, dann ist dieser Schmuckhändler bei einem Unfall ums Leben gekommen. Ich muss mal rechnen … Und zwar zwei Wochen nach einer Gegenüberstellung – mit Ariel Gutman!«

»Wow!«, sagte Hanan Chalabi.

»Aber Pech gehabt«, sagte Sara, »für die Zeit hat unser Architekt ebenfalls ein hieb- und stichfestes Alibi.« Sie wedelte mit einem entsprechenden Aktenvermerk, den Noam Shavit unterschrieben hatte. »Natürlich von seiner Mutter.«

»Nach was suchst du denn genau?«, wollte Hanan Chalabi wissen.

Sara gab ihr dreißig Sekunden später die Antwort, indem sie ein kleines Plastiktütchen mit Zip-Verschluss gegen das Neonlicht hielt. Die blauen Wollfasern darin waren mit bloßem Auge kaum zu erkennen. Sie reichte dem Corporal den Laborbericht. »Check mal bitte, wie viele dieser Wollfasern damals am Tatort sichergestellt werden konnten.«

Hanan Chalabi blätterte in der Akte. »Fünf«, sagte sie dann.

»Sicher?«

Hanan Chalabi nickte.

»Aber hier sehe ich nur drei«, sagte Sara und kniff die Augen zusammen. »Sieh noch mal nach.«

»Fünf!«, wiederholte Hanan Chalabi. »Hier steht es eindeutig: fünf.«

»Da haben wir es ja. Bei Noam Shavit wurden zwei dieser Fasern sichergestellt. Aber hier in der Tüte kann ich nur drei zählen.« Sie steckte das Asservat ein. »Ich kann dir für die Zukunft nur empfehlen, Hanan, vertraue nie allein den Akten!«

Sie schauten sich an. Ihnen war beiden klar, dass der Tatort in Noam Shavits Haus manipuliert worden war.

»Sara, was machen wir jetzt? Der einzige wirklich tiefgläubige Mensch in unserer Abteilung, der Zugang zu diesen Fasern hatte, war Shavit.«

»Aber Shavit kann es nicht gewesen sein. Er war seit dem Tod seiner Frau krankgeschrieben. Lass uns als Nächstes im Eingangsprotokoll nachsehen, wer sich in den vergangenen Tagen für diesen Karton interessiert hat.«

»Ich verstehe einfach nicht, welchen Sinn das ergeben soll«, sagte Hanan Chalabi.

»Eventuell war es gar kein Mord – also zumindest kein Tötungsdelikt im herkömmlichen Sinne«, sagte Sara. »Weißt du, was ich gerade denke?« Hanan Chalabi schüttelte den Kopf. »Ich könnte mir vorstellen, dass Blok es schon vor Noam Shavits Tod eingesehen hatte, dass Ilan Katz für den Mord an Rahel Eli nicht infrage kam – weswegen auch immer. Aber Blok ist jemand, der nur sehr schwer loslassen kann. Und dann ist Noam Shavit plötzlich tot, und mit ihm wurden auch seine neuesten Erkenntnisse beerdigt, die er in der Zwischenzeit über Ariel Gutman gewonnen haben könnte.«

Sie packten die Beweismittel wieder in den Karton. Hanan Chalabi stellte ihn ins Regal zurück. Dann machten sie sich auf den Weg zum Ausgang und trugen sich vorschriftsmäßig aus dem Protokoll aus, das ihnen der diensthabende Beamte auf einem Klemmbrett vorlegte. »Darf ich kurz mal etwas nachsehen?«, fragte ihn Sara. Sie blätterte eine Seite zurück. »Hier ist es ja«, sagte sie halblaut. »Das ist doch Bloks Unterschrift?«

Hanan Chalabi warf einen flüchtigen Blick auf das Protokoll. »Ja«, sagte sie, »er hat eine fürchterliche Klaue.«

Sara fröstelte wieder, so wie immer, wenn sich eine Katastrophe näherte.

Jakoov Blok war zwei Tage vor Noam Shavits Tod in der

Asservatenkammer gewesen.

Als Sara und Hanan Chalabi wieder auf der Straße vor dem Präsidium standen, wirkte der Corporal tief erschüttert. Hanan Chalabi konnte sich beim besten Willen nicht vorstellen, dass ausgerechnet Blok den Mord an seinem Kollegen Noam Shavit so eiskalt und raffiniert geplant hatte. Sie wollte es auch nicht. Aber Sara sagte nur: »Wer weiß schon, was im Kopf eines trauernden Menschen vor sich geht …«

Sie hätte Hanan Chalabi diese Enttäuschung gern erspart, aber dazu hätte sie ihr noch mehr erzählen müssen. Über die kurze, aber anscheinend heftige Liaison zwischen Jakoov Blok und Esther Shavit sowie über die lautstarke Auseinandersetzung, die die beiden in Noam Shavits Garten miteinander geführt hatten. Sie konnte sich gut vorstellen, was die beiden Männer an jenem Tag beredet hatten. Rätselhaft blieb ihr jedoch der Grund, warum Jakoov Blok den Tatort mit den beiden Wollfasern manipuliert hatte. Irgendwann aber würde er sein Schweigen brechen müssen. Sie war zwar nach wie vor davon überzeugt, dass Blok kein Mörder war, doch um absolut sicherzugehen, musste sie endlich den Fall Rahel Eli zum Abschluss bringen.

Acht

Ariel Gutman drehte die High-End-Anlage bis zum Anschlag auf, als die ersten Klänge des Triumphmarsches aus *Aida* erklangen. Für ihn war es die Oper schlechthin, und während er jetzt den Henry Moore sorgfältig mit einem Geschirrhandtuch abtrocknete und liebevoll auf seinen angestammten Platz zurückstellte, sang er die Zeilen aus dem letzten Teil des zweiten Aktes voller Inbrunst mit.

> Heil dir, Ägypten, Isis Heil,
> Die unser Land beschützet,
> Zum Lorbeer wind' der Lotos
> Dem Helden sich ins Haar.

Dieser Held, der war nun zweifellos er! Von wegen Tölpel oder Tollpatsch oder Versager: Nein, er, Ariel Gutman hatte sich und der ganzen Welt – die jedoch leider nichts davon erfahren durfte – eindrucksvoll bewiesen, dass er in Wahrheit ein Genius war. Damals, als er dieser fürchterlichen, keifenden alten Frau das Licht ausgeknipst hatte, hatte er noch einen unverzeihlichen Anfängerfehler gemacht. Doch er hatte Rahel Elis Gezeter einfach nicht mehr ertragen, und seine Fantasie, ihr das geifernde

Maul zu stopfen, hatte sich bei seinem letzten Besuch in ihrem Haus ganz spontan zu dem Plan entwickelt, einen Raubmord vorzutäuschen.

Zuerst hatte er sich natürlich überwinden müssen, der älteren Dame ins Gesicht zu schlagen, aber dann hatte er plötzlich die Fratze seiner Mutter vor sich gesehen. Da war es ihm schon leichter gefallen. Und als sie dann in ihrer Todesangst wimmernd die Kombination ihres Tresors im Keller ausgespuckt und geschrien und gebettelt hatte, dass er den ganzen Schmuck haben könne, ihr wäre nichts daran gelegen, hatte er ihr Angebot bereitwillig angenommen. Schon lange war es ihm zuwider, finanziell von seiner Mutter abhängig zu sein. Dann hatte er Rahel Eli in aller Ruhe die Plastiktüte über den Kopf gezogen. Es hatte nicht lange gedauert, bis sie aufhörte zu atmen.

Womit er nicht gerechnet hatte, war, dass die israelische Kriminalpolizei ihn nicht nur überprüfen, sondern ihn sogar für einen der Hauptverdächtigen halten würde. Der Schmuck war im Garten vergraben, seine Kleidung, die er in der Mordnacht getragen hatte, in einem ausgedienten Ölfass auf einer seiner Baustellen verbrannt. Um den Pullover hatte es ihm sehr leidgetan, aber es war nicht der einzige dieser Marke, den er besaß – und genau das hatte ihn in den Augen dieses hartnäckigen Bullen verdächtig gemacht. Hinzu kam, dass er während der Routineüberprüfung seiner Person – alle Personen, die in irgendeiner Verbindung zu Rahel Eli gestanden hatten, waren befragt worden – wohl ein wenig zu viel geredet hatte. Dass er zu bemüht, zu jovial und zu entsetzt gewesen war.

Damals hatte er noch ganz unter dem Eindruck des lang gezogenen Schreis gestanden, den dieser fette, geldgierige Kerl ausgestoßen hatte, als er ihn über den Rand der Klippe gestoßen hatte. Es war ein arabischer Fluch gewesen, und der eigentliche Fall war in aller Stille verlaufen. Nicht mal den Aufprall auf den Felsen hatte er wegen des Meeresrauschens hören können. Mohammad Al-Farak hatte sich sehr interessiert gezeigt, als Ariel ihm nach dem Verkauf der beiden Ringe ein paar Tage später telefonisch weitere Pretiosen im Wert von gut zwei Millionen Schekel angeboten hatte – zum handelsüblichen Preis von zwanzig Prozent des eigentlichen Wertes. Al-Farak hatte gewusst, dass es sich um heiße Ware handelte, deshalb waren die lächerlichen zehn Prozent nichts als respektlos.

Es war für Ariel Gutman ein gutes Geschäft gewesen, wenn auch nicht zur gegenseitigen Bereicherung, sondern nur zu seiner eigenen. Jetzt, nach so langer Zeit, hatte er ja eigentlich nichts mehr zu befürchten gehabt und den Schmuck aus der Erde wieder zurück ins Haus verfrachtet. Der Tresor in seiner Einliegerwohnung war extra dafür eingebaut worden. Warum musste seine Mutter ihm auch nachspionieren?

Ariel Gutman überlegte, ob er noch den dritten Akt von *Aida* hören sollte, während er sich im Erdgeschoss umsah. Er durfte kein Detail übersehen. Seine Mutter lag jetzt, merkwürdig verrenkt, am Fuß der schmalen Treppe, die aus der Küche hinunter in den atombombensicheren Bunker führte, den sein paranoider Vater zum Schutz gegen Bombenangriffe hatte einbauen lassen. Neben ihr zerliefen die Überreste seiner Geburtstagstorte. Die Tür zum Keller, die exakt der Front der Einbauküche glich, war geöffnet, ihr Rollstuhl klemmte schief zwischen den Geländern zu beiden Seiten der Treppe; einer der Griffe hatte sich im Handlauf verhakt. Das Blut unter dem Esstisch hatte er aufgewischt, mehrmals sogar, zum Schluss mit unverdünntem Bleichmittel. Er selbst würde sich am frühen Abend auf den Weg zum Flughafen machen, das Ticket nach Paris hatte er online gebucht und mit der Kreditkarte seiner Mutter bezahlt. Den Schmuck hatte er wieder im Garten vergraben; der Tresor in seinem Schlafzimmer war leer und stand offen. Wenn Mary, ihr philippinisches Hausmädchen, seine Mutter am nächsten Morgen finden würde, würde sie sich fürchterlich erschrecken, aber er war aus dem Schneider. Wenn jemand fragte, würde er erzählen, dass er mit seiner Mutter einen wunderbaren, harmonischen Vormittag verbracht hatte und noch rasch mit dem Taxi ins Büro gefahren war, um einige Unterlagen zusammenzusuchen, bevor er dann die Abendmaschine nach Paris genommen hatte. Nein, er würde wirklich keine Erklärung dafür haben, warum seine Mutter die falsche Türe geöffnet hatte; vielleicht war sie in letzter Zeit doch verwirrter gewesen, als ihm klar war.

Seine beiden Koffer standen gepackt im Flur, jeder enthielt einhundertfünfzigtausend Schekel in bar. Danke, Mohammad Al-Farak! Selbstverständlich hatte er das notwendige Zollformular 84 über die Ausfuhr von Devisen im Wert von über achtzigtausend Schekel bereits ordnungsgemäß ausgefüllt.

Er wollte sich gerade seine Lederjacke anziehen, als es an der Haustür klopfte. Wie war jemand bis an die Haustür gelangt? Er schob die geschlossene Jalousie, die das Fenster neben der Haustür verdeckte, vorsichtig einen winzigen Spalt zur Seite und erschrak, als er in das Gesicht dieser impertinenten Kommissarin blickte, die ihn freundlich anlächelte. Ariel Gutman seufzte, dann riss er sich zusammen und öffnete schwungvoll die Haustür. »Guten Tag, Frau … Frau Stein, nicht wahr? Shalom! Womit kann ich Ihnen helfen?«

Sara versuchte, ihre Verblüffung über den freundlichen Empfang zu verbergen. »Ich weiß, ich hätte Sie vielleicht besser anrufen sollen, aber ich war gerade in der Gegend, und da dachte ich …« Ihr Blick fiel auf die beiden Koffer im Flur. »Sie verreisen?«

»Ja, nach Paris. Ich habe heute Geburtstag – aber es ist

leider nur eine Geschäftsreise. Das Taxi muss jeden Moment kommen.«

Sara verzichtete darauf, ihm zu gratulieren. »Und Ihre Mutter ist nicht da?«

»Sie hat sich zur Ruhe gelegt. Es geht ihr heute nicht so gut.«

»Kümmert sich denn jemand um sie?«, fragte Sara.

Ariel Gutman antwortete nicht. Stattdessen schaute er ihr über die Schulter und sah Hanan Chalabi, die am geschlossenen Gartentor wartete. »Wie sind Sie hineingekommen?«, fragte er verwundert.

»Ich hatte mehrmals geklingelt, Herr Gutman. Aber Sie haben sehr laut Musik gehört. Ich glaube, es war *Aida?* Ja, und dann war ich so unverschämt und bin über das Tor geklettert. Darf ich vielleicht reinkommen?«

»Möglich, dass es ein bisschen laut war. Ich hatte Ihnen bereits gesagt, dass mich gleich ein Taxi abholen wird. Was wollen Sie überhaupt von mir?«

»Eigentlich wollte ich Ihre Mutter noch etwas fragen – es geht um Rahel Eli.«

»Ich sagte Ihnen doch bereits, dass meine Mutter sich hingelegt hat.« Sein Ton hatte plötzlich an Schärfe gewonnen.

»Ja, das hatten Sie gesagt«, entgegnete Sara. Und dann drehst du die Musik so laut auf, dass die ganze Nachbarschaft mithören kann. Spätestens jetzt war ihr klar, dass Ariel Gutman absolut nicht sauber war. »Dann kann ich Sie gleich auch noch etwas fragen, Herr Gutman.«

»Bitte.«

»Sie sind in dieser Gegend ein sehr bekannter Architekt. Mir gefallen Ihre Häuser gut – auch das von Noam Shavit. Ich verstehe ehrlich gesagt nicht, dass Sie mit Rahel Eli so viel Ärger hatten.« Ariel Gutman wich einen Schritt zurück und starrte Sara an. Sie trat in den Flur. »Wissen Sie, meine Schwiegermutter hat mir neulich erzählt, dass es bei ihrem Haus Probleme gegeben hat. Sie soll Ihnen sogar mit einem Anwalt gedroht haben.«

Ariel Gutman wurde bleich. »Was da manchmal so geredet wird … Aber, darf ich Ihnen vielleicht etwas anbieten? Einen Kaffee, ein Mineralwasser oder einen Saft?«

Gleich fällt seine Maske runter, dachte Sara. »Rahel Eli soll jedenfalls sehr unzufrieden gewesen sein …«

»Unzufrieden? *Unzufrieden?* Unverschämt ist sie gewesen! So wie Sie!«

Doch für Sara kam sein Angriff nicht überraschend. Ariel Gutman stürzte auf sie zu, aber sie drehte sich zur Seite und trat ihm in die Kniekehle. Er schlug mit einem Schmerzensschrei der Länge nach hin. Sara machte zwei Schritte rückwärts und riss die Glock aus ihrem Halfter. »Nicht bewegen, Herr Gutman, bleiben Sie genau da, wo Sie sind! Legen Sie Ihre Hände auf den Rücken!«

Sara nahm die Handschellen vom Gürtel, trat hinter ihn und kniete sich dann blitzschnell auf seinen Rücken.

»Ich mache Ihnen doch gar keine Schwierigkeiten, Sara!«, sagte Ariel Gutman stöhnend. »Aber Sie irren sich! Ich wäre bereit, das alles hier zu vergessen …«

»Halten Sie den Mund, Herr Gutman, bis Sie gefragt werden!«, rief Sara. Im nächsten Moment hatte sie seine Hände gefesselt und erhob sich. Dann ging sie an die Haustür und rief Hanan zu sich. »Jetzt dürfen Sie reden. Sie sagen mir jetzt sofort, wo Ihre Mutter ist, Herr Gutman!« Ariel Gutman begann, hysterisch zu kichern. Hanan eilte heran. »Du bleibst bei ihm, Hanan«, sagte Sara, »und wenn er sich rühren sollte oder versucht aufzustehen, schießt du ihm in den Hintern. Zur Not zweimal.«

Sara rannte ins Wohnzimmer. Es war verwaist, doch es roch intensiv nach einem scharfen Reinigungsmittel. Dann entdeckte sie eine große, kreisförmige Stelle auf dem Marmorboden, die stärker glänzte als der Rest des weißen Bodens. Genau dort hatte Ruth Gutman bei ihrem ersten Besuch in ihrem Rollstuhl gesessen. Sie steckte die Pistole zurück in den Hüftholster und eilte in die Küche, sah den verkeilten Rollstuhl am obersten Absatz der Kellertreppe, und als sie das Licht einschaltete, wurde ihr mit einem Blick klar, was in diesem Haus passiert sein musste. Sie holte ihr Smartphone hervor und rief erst einen Krankenwagen und dann die Spurensicherung.

»8. September 2015, 17.52 Uhr, zweite Vernehmung des Tatverdächtigen Ariel Gutman, geboren am 8. September 1973«, sagte Sara in das Mikrofon des Aufnahmegeräts im Vernehmungsraum. Sie schob das Mikrofon über den Tisch ein wenig näher an Ariel Gutman heran. Er saß in Handschellen und Fußketten Sara und dem Commander gegenüber, Hanan Chalabi stand neben der Tür. »Anwesend sind Commander Shimon Ben Godin, Chief Inspector Sara Stein-Shapiro und Corporal Hanan Chalabi.«

»Was wollt ihr denn noch von mir?«, rief Ariel Gutman. »Ich habe doch schon gestanden. Die Eli, die hatte es verdient, diese Hexe! Die Risse, das waren ganz normale Setzrisse, dafür kann ich nichts, und außerdem mache ich keine Fehler. Ich mache niemals Fehler! Aber sie hörte nicht auf, nicht auf, nicht auf …« Er raufte sich die Haare, dann hob er den Kopf und sah Sara und den Commander aus wässrigen Augen an. »Sie hat mich einen unfähigen Stümper genannt. Ich konnte gar nicht anders, versteht ihr? Versteht ihr mich denn nicht? Sie hatte es verdient.«

»Wer hat es verdient? Rahel Eli oder Ihre Mutter? Oder vielleicht beide, Herr Gutman?«, fragte Shimon Ben Godin.

Doch Ariel Gutman schwieg plötzlich entrückt.

»Wenn wir gerade von Ihrer Mutter sprechen, wollen Sie wissen, wie es ihr geht, Herr Gutman?«, fragte Sara. Die Nachricht aus dem Krankenhaus hatte die Ermittler mehr als überrascht, denn Ruth Gutmans Zustand war zwar kritisch, aber stabil, was man getrost als Wunder bezeichnen durfte. Aber diese Überraschung kam bei Ariel Gutman nicht gut an. Er schlug die Hände vors Gesicht.

»Es wird also nie aufhören«, schluchzte er, »nie, nie, nie!«

Eigentlich kann er einem leidtun, dachte Sara. Aber nur ein kleines bisschen. Denn dass dieser Mann hinter Gitter gehörte, war klar. Die Frage war nur, ob hinter die Gitter einer Strafanstalt oder der geschlossenen Abteilung einer psychiatrischen Klinik. Sara tendierte zu Letzterem.

»Und Noam Shavit? Hat er auch nicht aufgehört, dich zu nerven? Hat er vielleicht herausgefunden, dass du Rahel Eli auf dem Gewissen hast, Ariel, und hat er dich damit unter Druck gesetzt?« Ariel Gutman blickte verwundert hoch. »Hast du mich nicht verstanden, Ariel? Was hast du mit Noam Shavit gemacht? Warum hast du ihn umgebracht? Warum hast du ihn erstickt, mit einer Plastiktüte, genauso wie damals Rahel Eli?« Der Commander schlug mit der flachen Hand auf den Tisch. »Nun mach endlich dein verdammtes Maul auf!«

Ariel Gutman fuhr zusammen. »Noam? Was ist mit ihm?« Er hielt einen Moment lang inne. »Mit dem Mord an Noam Shavit habe ich nichts zu tun. Sein Haus hatte doch keine Risse!« Plötzlich war er wieder ganz ruhig.

»Dann will ich dir sagen, warum du ihn umgelegt hast«, fuhr Shimon Ben Godin fort. »Weil er dir auf die Schliche gekommen ist, du Muttersöhnchen. Und dann wolltest du, dass alles so aussieht wie bei der Eli, damit wir erneut einen Raubmörder suchen. Du hast sogar deinen Lieblingspulli wieder angezogen!«

»Der Pulli ist ein Geburtstagsgeschenk meiner Mutter«,

kreischte Ariel Gutman. »Sie hat ihn mir heute Morgen geschenkt! Denkt ihr vielleicht, ich sei verrückt? Warum hätte ich diesen Bullen umlegen sollen?« Er begann, sich wieder die Haare zu raufen. Und zu heulen. Godin sah ihm ungerührt dabei zu.

Nach einer ganzen Weile räusperte sich der Commander. »Hör mir mal zu, Ariel. Du weißt vermutlich selbst am besten, was mit dir los ist, oder? Dass sie dich alle fertiggemacht haben, die Eli, deine Mutter und überhaupt alle, das konnte ja nicht spurlos an dir vorübergehen, nicht wahr?«

Ariel Gutman schluchzte verzweifelt in sich hinein.

Sara war ganz still geworden. Sie erhob sich von ihrem Stuhl und sah Shimon Ben Godin an. »Ich müsste Sie mal sprechen, Commander, draußen vor der Tür«, flüsterte sie eindringlich. Die Zeit war gekommen, um die letzte Variable in ihrem linearen Gleichungssystem zu bestimmen – und die Aufgabe vielleicht zu lösen. Als sie draußen vor dem Vernehmungszimmer standen, sagte sie: »Ich glaube diesem durchgeknallten Typen. Ariel Gutman hat Noam Shavit mit Sicherheit nicht ermordet. Er hatte ihn überhaupt nicht auf dem Zettel. Stattdessen möchte ich Sie bitten, Jakoov Blok …«

»Du willst Blok festnehmen lassen, Sara?« Godin wirkte entsetzt. »Bist du dir auch ganz sicher? Es ist nur noch eine Frage der Zeit, bis dieser Psychopath da drinnen den Mord an Noam gesteht.«

»Nein, ganz sicher bin ich mir nicht«, antwortete sie ruhig, »aber bitte Blok doch zu einem informellen Gespräch. Ich sage dir eins, Shimon, der Fall Noam Shavit ist vermutlich noch viel komplexer, als wir es uns in unseren kühnsten Träumen ausmalen.«

Und dann erzählte sie ihm von der Entdeckung, die sie und Hanan Chalabi in der Asservatenkammer gemacht hatten.

Godin sah Hanan Chalabi an. Der Corporal nickte. »Scheiße«, sagte Shimon Ben Godin.

»Hanan?«, sagte Sara. »Könntest du uns bitte eine Kopie der Besucherprotokolle aus der Asservatenkammer besorgen?«

»Werde ich jetzt verhaftet und angeklagt, oder was?«, fragte Jakoov Blok. Er lümmelte sich arrogant in seinen Stuhl, streckte die Beine unter dem Konferenztisch im Büro des Commanders lang aus und verschränkte die Hände hinter seinem Kopf. Sara, Shimon Ben Godin und Uri Ronan saßen ihm aufrecht und angespannt gegenüber. In ihren Gesichtern spiegelte sich der Ernst der Lage. Vor Shimon Ben Godin stand der geöffnete Karton aus der Asservatenkammer, der die Beweisstücke im Mordfall Rahel Eli enthielt.

Es stand dem Commander zu, das Gespräch zu eröffnen. »Jakoov, wir haben hier ein massives Problem«, sagte Shimon Ben Godin. »Offensichtlich sind Beweismittel manipuliert worden. In der Akte Rahel Eli fehlen zwei der fünf blauen Wollfasern, die wir am Tatort gefunden haben.« Er holte das Plastiktütchen mit den blauen Wollfasern aus dem Karton und legte es vor Jakoov Blok auf den Tisch. »Sieh es dir ruhig an. Kennst du das?«

Blok zuckte mit den Schultern. »Was habe ich damit zu tun?«

»Wer auch immer die beiden Fasern in Noam Shavits Küche platziert hat, wollte, dass wir denken, es habe sich um denselben Täter gehandelt wie im Fall Rahel Eli. Und du, Jakoov, du hattest dieses Täterwissen.«

»Das hatten andere auch. Ich war es nicht«, antwortete Blok gelangweilt und starrte weiterhin stur geradeaus.

»Zwei Wochen vor seiner Ermordung hast du Noam besucht. Es gibt einen Zeugen. Ihr habt euch im Garten gestritten. Ihr habt euch angebrüllt.«

»Was soll das, Shimon? Ihr habt doch jetzt euren Täter. Katz war es nicht, ich habe mich geirrt, Punkt.«

»Aber den Mord an Shavit hat Ariel Gutman nicht gestanden«, warf Sara ein.

Der Commander warf ihr einen warnenden Blick zu. Sie sollte wohl besser ihren Mund halten. Dann wandte er sich wieder an Blok. »Hat Noam dir vielleicht gedroht? Wollte er deine Versetzung erzwingen?«

Blok setzte sich jetzt auch gerade hin. »Meine Güte«, sagte er, »Shimon, du warst mit Noam in der Armee. Du weißt doch selbst am besten, wie er die ganze Angelegenheit geregelt hätte. Privat, diskret und wie unter Männern üblich.«

»Ist es unter Männern auch üblich, so etwas zu verschweigen?«, fragte Sara.

»Sara, es reicht!«, sagte Shimon Ben Godin. »Hör mir jetzt einmal zu, Jakoov. Ich glaube, du verstehst deine Lage offenbar wirklich nicht. Nur ein Polizist konnte Zutritt zu den Beweismitteln in der Asservatenkammer erhalten. Und der Einzige, der einen Grund zu dieser furchtbaren Inszenierung gehabt haben könnte, bist du.«

»Sagst du.« Jakoov Blok grinste.

»Aber du bist nun mal zwei Tage vor dem Mord an Noam in der Asservatenkammer gewesen.«

»War ich nicht«, sagte Blok mit Nachdruck.

»Und wieso ist dann auf dem Besucherprotokoll deine Unterschrift?« Shimon Ben Godin schob Jakoov Blok die Kopie über den Tisch zu.

Jakoov Blok warf einen langen Blick auf die Liste mit den Unterschriften. Im Konferenzraum wurde es totenstill. Dann kratzte sich Blok am Kinn und wirkte auf einmal sehr unschlüssig. »Ja«, sagte er schließlich, »da steht J. Blok. Kein Zweifel.«

Uri Ronan stieß kopfschüttelnd den Atem aus. Der Commander griff sich an die Stirn. Sara musterte Jakoov Blok.

»Aber es ist nicht meine Unterschrift«, sagte Blok. »Ihr kennt doch meine Sauklaue. Kaum leserlich, als ob ein Arzt ein Rezept unterschreibt. Ich würde sagen, hier hat sich jemand große Mühe gegeben, mein Gekrakel zu kopieren.«

Der Commander und Uri Ronan starrten ihn fassungslos an. »Ich kann das überprüfen lassen«, sagte Shimon Ben Godin.

»Tu das. Es ist das ›B‹«, sagte Jakoov Blok, »es ist insgesamt zu eckig, und beim ›k‹ fehlt ein winziger Kringel. Man wird es euch bestätigen, glaubt mir. War's das jetzt?« Er erhob sich von seinem Stuhl.

»Wusste Amir von deiner Affäre?«, fragte Uri Ronan unvermittelt.

Blok nickte. »Ja. Aber ich habe ihn gebeten, es für sich zu behalten. Und ich bin sicher, dass er sich daran gehalten hat.«

Plötzlich ist Amir Dawud also wieder im Kurs, dachte Sara. Aber wenn Blok gerade die Wahrheit gesagt hatte, wenn es sich tatsächlich nicht um seine Unterschrift handelte, kam nur noch eine Person infrage, die einen plausiblen Grund hatte, die Wollfasern in Noam Shavits Küche zu platzieren.

Blok hielt bereits die Türklinke in der Hand. Er schaute Sara an und sagte auf Russisch zu ihr: »Счастья!«

»Danke, Jakoov, aber ich glaube, jetzt brauche ich kein Glück mehr.« Denn jetzt gibt's nur noch zwei Variablen, fügte sie im Stillen hinzu.

Dann war Blok draußen.

»Du hältst dich weiterhin zu unserer Verfügung, Blok«, rief Shimon Ben Godin ihm hinterher.

Blok drehte sich jedoch nicht um, sondern stolzierte durch das Großraumbüro und winkte dabei lässig mit dem Handrücken. »Du mich auch, Blok«, sagte der Commander. Zu Sara sagte er: »Ich wusste gar nicht, dass du Russisch kannst.«

»Bloß ein paar Wörter, Shimon. *Glück* gehört zufällig dazu«, entgegnete sie.

Er langte nach dem Protokoll und besah sich kopfschüttelnd die Unterschrift. »Und was bedeutet das hier deiner Meinung nach, Sara?«, fragte er.

»Das bedeutet, Commander, dass Noam Shavit wahrscheinlich das perfekte Verbrechen geplant hat.« Der Superbulle, der gleichzeitig der große Manipulator war. Der einen gelangweilten Kollegen, den man in der Asservatenkammer jahrelang Dienst schieben ließ, mit Leichtigkeit verwirren konnte.

»Du meinst, es war Amir Dawud!«, sagte Uri Ronan. »Soll ich eine Fahndung rausgeben, Shimon?«

»Ich glaube, das ist keine so gute Idee«, entgegnete Sara. »Wir täten dem Jungen damit unrecht, und dann könnte er erst recht Dummheiten machen. Ich habe da so eine Theorie, die mir schon seit Längerem durch den Kopf geistert.«

»Und die wäre?«, fragte Shimon Ben Godin.

»Unschuldig schuldig?«, sagte Sara. Shimon Ben Godin schien an ihrer Theorie jedoch zu zweifeln. »Doch, Commander, ich glaube, genau damit haben wir es hier zu tun. Deshalb würde ich gerne mit Amir reden. Er stellt sicherlich keine Gefahr für die Öffentlichkeit dar.«

»Du sagst gerade selbst, Amir sei ein Mörder, und dann willst du bloß mit ihm reden?« Uri Ronan starrte Sara an, als wäre sie ein Alien aus dem All.

»Blok würde sicher genauso handeln«, sagte Sara. »Das ist eine hochemotionale Angelegenheit. Es hat mit Amir Dawuds derzeitiger seelischer Verfassung zu tun. Ich habe Angst, er dreht durch, wenn er mitbekommt, dass wir offiziell nach ihm suchen.«

»Das kann ich nicht zulassen, Sara«, sagte der Commander. »Was ist, wenn du dich irrst?«

»›Polizei lässt den Cop-Killer laufen‹!«, sagte Uri Ronan. »Ich freue mich jetzt schon auf die Schlagzeilen!«

»Ich verstehe euch doch«, sagte Sara. »Und ich bitte euch lediglich um drei Stunden Aufschub, bevor wir eine Fahndung nach Amir Dawud rausgeben.« Sie wandte sich an Shimon Ben Godin. »Nimm es bitte als einen offiziellen Antrag auf einen Alleingang zu Protokoll.«

Neun

Der Weg zu Amirs Wohnung in Ajami war für Yael ein regelrechter Spießrutenlauf. Im »Kaplan« zu kellnern war etwas ganz anderes, als tief in dieses von Arabern und Palästinensern dominierte Quartier einzutauchen. Im Restaurant, das noch im gemäßigten Teil des Problemviertels angesiedelt war, hätte es niemand gewagt, ihr hinterherzupfeifen oder sie mit groben, häufig auch rassistischen und antisemitischen Beleidigungen zu schmähen. Das lag unter anderem daran, dass es im Restaurant ihres Vaters vor Polizisten nur so wimmelte.

Selbst Amirs Freunde hießen die Beziehung ihres Landsmannes zu einem jüdischen Mädchen nicht gut. Viele hielten ihn deswegen sogar für eine Art Volksverräter und ließen ihn das auch wissen. Was Yael ganz besonders ärgerte, war, dass ausgerechnet Jamal Faris, Amirs Mitbewohner und ehemaliger Zellenkollege, seine Klappe am weitesten aufriss. Sie verstand zwar nur ein paar arabische Brocken, aber der Tonfall reichte oft aus, um zu kapieren, dass Jamal dreckige Witze riss.

Als Yael sich Amirs Haus näherte, saß Jamal, eine selbst gedrehte Zigarette rauchend, in einem alten Polstersessel vor dem Eingang, starrte in den Himmel hinauf und ließ die Zeit an sich vorüberziehen.

»Spar dir einfach deinen Kommentar, Jamal«, sagte Yael zur Begrüßung. »Ist er da?«

»Der bläst Trübsal. Vielleicht ganz gut, dass du gekommen bist.« Er formte mit Daumen und Zeigefinger einen Kreis und steckte den Zeigefinger der anderen Hand hindurch – mit einer kreisenden Bewegung.

Yael verdrehte die Augen. »Genau, Jamal, fick dich lieber selbst. Am besten ins Knie.« Jamal Faris lachte. »Sein Motorrad ist nicht da. Wo ist er also?«, fragte sie dann.

»Hat seine Maschine verkauft«, sagte Jamal.

Yael lief es heiß und kalt den Rücken hinunter. »Seine Yamaha? Das ist doch sein Baby! Warum das denn?«

»Frag die Pussy doch selbst. Hat er mir nicht erzählt.« Jamal Faris kratzte sich ausgiebig im Schritt und grinste sie dabei an.

Yael wandte sich angewidert von ihm ab. Sie konnte sich denken, warum Amir sein Motorrad verkauft hatte. Das würde es ihr noch schwerer machen, als es ohnehin schon war. Sekunden später klopfte sie an der Tür zu Amirs Wohnung. Sie konnte den rostigen Campingstuhl quietschen hören, als er aufstand. Schritte kamen näher, und dann riss er auch schon die Tür auf und strahlte sie an. Er war nicht wiederzuerkennen. »Komm rein!«, rief er. »Ich muss dir was zeigen!«

Yael trat über die Schwelle, blieb aber an der geöffneten Wohnungstür stehen. Sie sah ihm zu, wie er zwei längliche Briefumschläge vom Sideboard klaubte. Yael ahnte, um was es sich handelte. Sie holte tief Luft.

»Hier sind sie, unsere Flugtickets – und eintausendzweihundert Dollar Startkapital! Für uns. Aber wieso kommst du nicht rein und machst die Tür zu?«

»Ich muss dir was sagen, Amir«, entgegnete Yael.

Er ließ die Umschläge sinken und sah sie misstrauisch an. »Was denn?«, fragte er.

»Ich komm nicht mit.« Yael brachte es fast nicht über sich, ihm diese Worte ins Gesicht zu sagen.

»Was?« Yael konnte sehen, wie etwas in Amir zerbrach.

»Noam ist tot. Und ich weiß noch immer nicht genau, was an dem Abend passiert ist. Nur, dass du nicht die ganze Zeit im Restaurant warst. Dass ich die Bullen angelogen habe, für dich, weil ich dich schützen wollte. Aber du verschweigst mir seit Tagen die Wahrheit, Amir. Du warst zwei Tage spurlos verschwunden, einfach abgetaucht.« Sie sah ihm in die Augen. »Wie soll ich dir trauen, wenn du dir selber nicht traust?«

»Yael!«, sagte Amir, aber er konnte nicht weitersprechen. Seine Stimme versagte. Er ließ die Umschläge mit den Flugtickets und dem Geld fallen und wollte sie umarmen. Doch Yael wich zurück und wehrte ihn ab.

»Werde glücklich, wo immer du bist«, sagte sie mit Tränen in den Augen.

Amir rang die Hände. »Yael, ich kann es dir nicht sagen. Bitte!« Seine Augen füllten sich ebenfalls mit Tränen.

In diesem Augenblick ertönte draußen ein lang gezogener Pfiff. Jeder im Viertel kannte dieses Warnsignal, das in den Straßen und auf den Dächern von Ajami immer dann zu hören war, wenn die Polizei auf der Bildfläche erschien. Über Yaels Schulter hinweg erhaschte Amir Dawud einen Blick auf Sara, die in Begleitung ihrer Assistentin zielstrebig auf den Hauseingang zusteuerte. Er geriet in Panik. »Ich erklär dir alles. Bald. Glaub mir, bitte!«, stieß er hervor. Er drehte sich um, machte zwei, drei Sprünge zum Fenster, riss es auf, kletterte hinaus und war im nächsten Moment verschwunden.

»Er haut ab!«, rief Hanan Chalabi. Sie riss ihre Pistole aus dem Halfter und machte Anstalten, die Verfolgung aufzunehmen, aber Sara hielt sie zurück.

Yael drehte sich langsam zu Sara um, die hinter ihr im Hausflur aufgetaucht war. Tränen rannen ihr über die Wangen, aber sie schien nicht überrascht zu sein, Sara hier zu treffen.

»Weißt du, wo er hinwill?«, fragte Sara. Yael schüttelte den Kopf. »Setz dich erst mal, Yael. Lass uns reden.« Sie nahmen auf den beiden Campingstühlen Platz. Hanan Chalabi bezog Posten an der Wohnungstür. So konnte Jamal Faris wenigstens die Unterhaltung nicht stören.

Yael weinte lautlos vor sich hin. Sara sah sie mitfühlend an. Dann sagte sie: »Du hast ihm ein Alibi gegeben. Aber du hast gelogen. Amir war gar nicht die ganze Zeit im Restaurant an dem Abend, an dem Noam gestorben ist.« Yael schaute betreten zu Boden und schluchzte. »Du liebst ihn wirklich«, stellte Sara fest und fügte nach einer Pause hinzu: »Und du weißt wirklich nicht, was passiert ist?«

»Nein. Aber Amir … Er war vollkommen fertig. Aber nicht nur wegen Noam. Ich habe es gespürt. Immer wieder habe ich ihn gefragt, ›Amir was ist los?‹, aber er hat nichts gesagt. Hat er Noam getötet? Hat Amir ihn umgebracht?« Yael wurde von einem Weinkrampf geschüttelt.

Sara rückte mit ihrem Stuhl ganz dicht an sie heran und nahm sie tröstend in den Arm. »Was Amir getan hat, hat er aus Liebe getan, aus Liebe zu Noam, der für ihn wie ein Vater war. Noam wollte es so. Nachdem seine Frau Esther gestorben war, wollte er nicht mehr weiterleben. Er war zutiefst verzweifelt, er war einsam, und vermutlich war er auch zornig auf seinen Gott, dem er sich anvertraut hatte und der Esther dennoch nicht gerettet hat. Aber sich selbst zu töten, Yael, das verletzt die Gesetze unserer Religion. Es ist eine Entweihung Gottes. Und wenn du es trotzdem tust, wirst du draußen vor dem Friedhof verscharrt. Aber Noam wollte bei Esther sein, auch im Tod.«

Yael weinte immer heftiger. Sara hielt sie noch eine Weile im Arm. Dann erhob sie sich und sagte: »Niemand weiß, dass wir hier sind. Und wir werden jetzt gehen und nicht nach Amir suchen.« Yael sah Sara verblüfft an, die auf ihre Armbanduhr schaute. »Es ist jetzt kurz nach sechzehn Uhr. Wenn Amir sich bis achtzehn Uhr stellt, dann bin ich sicher – hörst du, Yael? –, dann bin ich ganz sicher, dass er mildernde Umstände bekommt. Ich könnte mir sogar vorstellen, dass Amir gar nicht ins Gefängnis muss. Und glaub mir, ich werde tun, was ich kann. Wenn wir ihn aber zur Fahndung ausschreiben müssen, wird es schlimm für ihn.«

Sara wandte sich an Hanan. »Lass uns gehen«, sagte sie. Dann fiel ihr ein, dass sie unbedingt David anrufen musste, denn so wie es aussah, würde sie sich verspäten.

Die runde Bahnhofsuhr über dem Ausgang des Großraumbüros zeigte 17.55 Uhr. Shimon Ben Godin, Uri Ronan und Hanan Chalabi hatten sich um Saras Schreibtisch herum versammelt. Der Commander trommelte nervös mit den Fingern auf der Tischplatte.

»Wenn das alles nicht so tragisch wäre, würde ich jetzt eine Wette anbieten«, sagte Uri Ronan.

»Und worauf würdest du setzen?«, fragte Hanan Chalabi.

»Dass er nicht kommt.«

»Es wäre aber besser für ihn«, sagte der Commander.

17.55 Uhr. Sara sah ihre Felle davonschwimmen.

»Allerdings muss ich zugeben, dass Saras Theorie ziemlich einleuchtend klingt«, sagte Uri Ronan. Seine Worte klangen in ihren Ohren wie ein Kompliment, und so waren sie wohl auch gemeint.

»Wäre ich nicht bei Noam Shavits Beisetzung gewesen,

wäre ich niemals darauf gekommen. Und letztlich war es Rabbi Stein, der mir den entscheidenden Hinweis gegeben hat.«

»Die *Thora* war es, wenn ich dich korrigieren darf, Sara«, sagte der Commander. »Also mit Gottes Hilfe.«

»Aber mein Namensvetter wusste, wo er die richtige Textstelle finden würde«, erwiderte Sara, »und glaubt mir, Kollegen, er hat ganz schön lange danach gesucht.«

17.58 Uhr. Die Tür zum Großraumbüro öffnete sich. Zuerst erschien Yael, dann tauchte Amir Dawud im Türrahmen auf. Er hielt Yaels Hand umklammert, aber er wirkte gefasst. Sara stieß hörbar den Atem aus.

Der Commander ging auf ihn zu. »Gute Entscheidung, Amir«, sagte er, »dann komm mal mit. Ich glaube, wir sollten uns dringend unterhalten.«

Genau um achtzehn Uhr saß Amir Dawud im Vernehmungsraum der Mordkommission. Godin hatte ihm ausnahmsweise gestattet zu rauchen. Sara schaltete das Aufnahmegerät ein. »11. September 2015, achtzehn Uhr, erste Vernehmung des Tatverdächtigen Amir Dawud im Fall Noam Shavit. Anwesend sind Commander Shimon Ben Godin und Chief Inspector Sara Stein-Shapiro. Amir Dawud, Sie sind geboren am …?«

»Am 10. März 1990.«

»Am 10. März 1990, wohnhaft Ma'anit Street 16?« Amir nickte. »Gut. Amir Dawud, Ihnen wird vorgeworfen, am Abend des 5. September 2015 Chief Inspector Noam Shavit, sechzig Jahre, in der Zeit zwischen achtzehn und zwanzig Uhr in der Küche seines Hauses an einen Stuhl gefesselt und mithilfe einer Plastiktüte erstickt zu haben.« Amir Dawud blickte sie irritiert an. Sara räusperte sich. »Sie waren sein Freund, Amir, fast so etwas wie sein Sohn, und Sie haben geglaubt, Sie schuldeten ihm diesen Gefallen für alles, was er für Sie getan hatte. Noam

Shavit hat es von Ihnen verlangt, und Sie haben ihm diesen Wunsch erfüllt. Sie haben ihm eine Plastiktüte über den Kopf gezogen.«

»Nein«, sagte Amir mit stockender Stimme, »so ist es nicht gewesen.« Er schüttelte heftig den Kopf. »So nicht.«

»Und wie ist es dann gewesen?«, fragte der Commander sanft.

Noam Shavit verhängte den großen Spiegel, der in der Küche an der Wand neben der Küchentür hing. Er benutzte die Wolldecke, in die er seine Frau in den letzten Tagen ihres Lebens eingewickelt hatte, immer dann, wenn es sie nach frischer Luft verlangte und er sie in ihrem Krankenbett aus dem Wohnzimmer hinaus auf die Terrasse geschoben hatte. Damals hatte Esther ständig gefroren. Sie war nur noch Haut und Knochen gewesen, wog gerade mal zweiundvierzig Kilogramm. Der Krebs, der sich in ihrem ausgemergelten Körper nach wie vor mit unvorstellbarer Geschwindigkeit ausbreitete, nahm ihr jede Energie.

Für Noam Shavit, der bereits kurz nach der Diagnose das Zwiegespräch mit Gott gesucht hatte, der sich von ihm jedoch unverstanden fühlte und darüber bitter enttäuscht war, stand fest, dass er nicht mehr weiterleben wollte. Das erste Mal, als er so empfunden hatte, war es Esther selbst gewesen, die diesen Wunsch in ihm ausgelöst hatte. Nein, es waren Esther und Jakoov Blok gewesen. Sie hatten seinen Tempel beschmutzt. Diese Russen, sie waren ein so undankbares Volk. Hatte er seiner jungen Frau nicht von der ersten Sekunde an jeden Wunsch von den Augen abgelesen? Und jeden dieser Wünsche erfüllt – sogar diejenigen, auf die sie selbst gar nicht gekommen war? Ja, Noam Shavit hatte sie stets auf Händen getragen, selbst dann, wenn sie laufen wollte, und die einzige Gegenleistung, die er verlangt hatte, war, dass er in ihrer Beziehung das

Sagen hatte und sie ihm sexuell, nun ja, ein wenig entgegenkam. War das etwa zu viel verlangt? Er wurde schließlich jeden Tag mit den entsetzlichsten menschlichen Abgründen konfrontiert, und er war derjenige, der zuverlässig dafür sorgte, dass diese Monster ihrer gerechten Strafe zugeführt wurden. Manchmal wussten sie gar nicht, wie ihnen geschah, wenn er sie erst einmal in die Mangel nahm. Mochten sie auch noch so viel leugnen, betteln oder schwören: Er, Noam Shavit, war unfehlbar. Er war der Allmächtige. Und am Ende waren noch alle zusammengebrochen, und es gab nur ganz selten einen Verdächtigen, der ihn von seiner Unschuld zu überzeugen vermochte.

Dann hatte man ihm Jakoov Blok als neuen Partner zugeteilt. Zu Beginn waren sie tatsächlich so etwas wie ein Team gewesen. Sie hatten gut zusammengearbeitet, aber im Laufe der Jahre hatte sich Blok immer weiter von ihm entfernt. Er hatte begonnen, ihn zu kritisieren, ihm mangelnde Empathie vorzuwerfen und einen manipulativen Charakter. Erst verhalten, dann immer lauter. Angeblich sei Noam Shavit für sein Umfeld nur schwer zu ertragen gewesen. Sogar sein Bruder Zvi hätte sich inzwischen aus guten Gründen zurückgezogen. Was hatte sich dieser hergelaufene Kontingentjude aus der russischen Provinz ihm gegenüber bloß herausgenommen? Und wie hatte er ihm mangelnde Empathie vorwerfen können? Zeugte sein Engagement, ausgerechnet aus einem kleinen arabischen Autodieb einen Menschen zu formen, etwa nicht von einem Übermaß an Empathie? Er hatte Amir sogar gestattet, dass er seine Freundin ab und zu mitbringen durfte, die hübsche kleine Yael, Tochter seines dummdreisten, fetten Kollegen Moshe Kaplan, der Shavits Meinung nach von vornherein lieber ein Restaurant hätte betreiben und sich totfressen sollen, anstatt als Inspector den lieben langen Tag im Weg zu stehen. Es hatte Shavit stets zu Herzen gerührt, wie gut sich die beiden jungen Leute verstanden, wenn sie sich unbeobachtet fühlten in dem hübschen Gästezimmer, dass er für sie eingerichtet hatte. Daran konnte er sich kaum sattsehen. Ja, Noam Shavit wollte, dass sie es besser machten als er und Esther, die aus unerfindlichen Gründen bereits seit Jahren in ihrem eigenen Schlafzimmer nächtigte, das sie häufig sogar verriegelte. Seinetwegen.

Und als Gott, das Leben, Esther, sein Bruder, Commissioner Weissenberg, Shimon Ben Godin und Jakoov Blok sich von ihm abgewandt hatten und selbst Amir davon gesprochen hatte, gemeinsam mit Yael wegzugehen, hatte Noam Shavit sich dazu entschlossen, den letzten Beweis für seine Unfehlbarkeit zu liefern. Er fühlte sich des Lebens tatsächlich müde, aber er musste einen Weg ersinnen, um Gott für sich zurückzugewinnen und Esther wiederzusehen.

Als er hörte, wie sich die Haustür öffnete, wurde ihm leicht ums Herz. Nun würde es bald vorbei sein. Würden seine Qualen auf Erden, die so unerträglich geworden waren, enden. Vor ihm lagen zwar die vermutlich längsten Minuten seines Lebens, aber er war fest entschlossen, diesen beschwerlichen Weg zu gehen.

Amir Dawud betrat die Küche, wo ihn Noam Shavit begrüßte: »Du hast es dir also nicht anders überlegt?« Sein Ziehsohn schüttelte den Kopf. Seine Kleidung roch unangenehm nach Küchendunst. Er war direkt aus der Küche des »Kaplans« zu seinem Ziehvater geeilt, und dorthin würde er auch zurückkehren müssen. Wenn es vorbei war.

»Du bist der Einzige, dem ich noch vertrauen kann«, sagte Noam Shavit mit Nachdruck. »Alle anderen haben mich bereits verlassen. Sie denken, ich sei verrückt. Sogar Rabbi Gershon Stein hat bei unserem letzten Treffen versucht, mich zu maßregeln.« Noam Shavit trat auf Amir zu und umarmte ihn. Der Junge ließ es geschehen.

»Brav bist du, mein Sohn«, flüsterte Shavit. »Und nun wollen wir nicht länger warten. Es ist so weit. Du weißt, was du zu tun hast? Wir haben doch alles besprochen, nicht wahr?«

Amir wollte etwas sagen, aber Noam Shavit verschloss seine Lippen mit dem Zeigefinger. Dann wandte er sich abrupt von ihm ab und setzte sich auf den Küchenstuhl.

»Zieh dir bitte erst Handschuhe an!«, sagte Noam Shavit, griff nach der Rolle Gewebeband und begann, sein rechtes Bein damit an den Stuhl zu fesseln. »Sie liegen auf meinem Schreibtisch.«

Amir Dawud verließ stumm die Küche. Er wirkte wie ferngesteuert, als er die dünnen Latexhandschuhe überstreifte. Als er in die Küche zurückkehrte, fixierte Noam Shavit bereits sein linkes Bein am Stuhl. Danach kam sein linker Arm dran. Amir sah ihm regungslos dabei zu, wie in Trance. »Jetzt fesselst du meinen rechten Arm, Amir!«, sagte Noam Shavit sanft. Der Junge legte die Plastiktüte auf den Küchentisch neben die Kippa und begann, Shavits rechten Unterarm an die Stuhllehne zu fesseln. Noam Shavit schloss die Augen. Als Amir fertig war, sagte sein Ziehvater: »Bitte setze mir meine Kippa auf.« Er öffnete seine Augen nicht. Amir Dawud erfüllte ihm auch diesen Wunsch, der sein vorletzter war. Noam Shavit atmete einmal tief ein. »Und jetzt tu es! Bitte«, sagte er und stieß den Atem aus.

Amir Dawud zögerte einen winzigen Augenblick. Dann griff er nach der Plastiktüte, zog sie Noam Shavit über den Kopf und wickelte das letzte Stück Klebeband rasch ein paarmal um seinen Hals.

Als Noam Shavit so stark zu strampeln begann, dass er mit dem Stuhl das Gleichgewicht verlor und nach hintenüberkippte, fing Amir ihn auf. Jetzt blieb ihm nur noch zuzusehen, wie Noam Shavit starb.

»Als er dann aufgehört hat zu atmen – als ich dachte, dass er gestorben war, habe ich noch einmal nach seinem Puls gefühlt. Und dann bin ich einfach weggerannt«, sagte Amir Dawud.

Er nestelte eine Zigarette aus der Packung, zündete sie an und starrte dabei vor sich hin. Shimon Ben Godin wollte schon aufs Rauchverbot hinweisen, aber dann überlegte er es sich anders.

Sara schaltete das Aufnahmegerät ab. Sie hätte jetzt auch eine Zigarette gebrauchen können.

»Was ich nicht verstehe, ist, dass Noam Shavit das mit Ihnen gemacht hat. Und dass Sie es mit sich machen ließen.« Amir sah Sara an, aber sein Blick war seltsam leer. Sie wandte sich an den Commander. »Wie kann ein Vater seinem Sohn eine solche Schuld auferlegen? Aber es war Mord, ganz gleich, von welcher Seite man es auch betrachtet.«

»Aber Noam selbst hat es doch so gewollt!«, rief Amir Dawud.

»Davon rede ich doch gerade, Amir«, sagte Sara. »Für Noam war es ein Leichtes, die Fasern von Gutmans Pullover aus der Asservatenkammer zu beschaffen und das Ganze so aussehen zu lassen, als habe Rahel Elis Mörder ein zweites Mal zugeschlagen. Wir wären niemals auf dich gekommen, doch Shavit hat nicht damit gerechnet, dass wir Ariel Gutman nach so langer Zeit doch noch überführen würden.« Sara drehte sich zum Commander. »Wenn er den Mord an Rahel Eli nicht hatte aufklären können, dann wäre auch niemand anderes dazu in der Lage. Die beiden Fasern, sie waren ein ironischer letzter Gruß.«

»Ja, so könnte es gewesen sein«, meinte der Commander.

Amir drückte die Zigarette im Aschenbecher aus. »Was ist jetzt mit mir?«, fragte er schüchtern.

Commander Shimon Ben Godin erhob sich. »Du kannst

gehen, Amir, aber du musst dich noch bis auf Weiteres zu unserer Verfügung halten. Chief Inspector Stein und ich werden diese ganze Affäre mit unseren Vorgesetzten und dem Staatsanwalt besprechen. Und dann sehen wir weiter.«

Amir verließ den Verhörraum, ohne ein Wort zu sagen. »Du hast ja ein richtig großes Herz, Shimon«, sagte Sara, als sie sich allein im Raum befanden. »Das habe ich jetzt am allerwenigsten von dir erwartet.«

Der Commander hob bedauernd die Hände. »Mir war einfach nach einem Alleingang«, sagte er und blinzelte ihr verschlagen zu. »Und ich will möglichst den Deckel auf dieser unappetitlichen Geschichte draufhalten. Weißt du, als ich Noam zum letzten Mal gesehen habe, das war zwei Wochen vor Esthers Tod. Wir hatten gerade einen Fall aufgeklärt, irgendeine blöde Körperverletzung mit Todesfolge, keine große Sache. Er hat auf dem Stuhl gesessen, auf dem du jetzt sitzt, wir haben gelacht und über die alten Zeiten gesprochen. Nichts, aber auch gar nichts hat darauf hingedeutet, dass er sich nur wenige Wochen später das Leben nehmen würde.«

»Vermutlich hatte er sich zu diesem Zeitpunkt bereits entschieden gehabt«, sagte Sara.

»Aber wozu dann diese Inszenierung?«, fragte Godin in den Raum hinein.

»Ich würde sagen, aus falsch verstandener Liebe«, entgegnete Sara. »Beantwortest du mir eine Frage? Was war Noam Shavit wirklich für ein Mensch?« Godin schwieg. »Das hab ich mir schon gedacht«, sagte Sara, »so wie ihr ihn alle ständig hochgejubelt habt. Außer Blok. Was passiert jetzt eigentlich mit ihm?«

»Seine Anhörung findet nächste Woche statt, aber das ist nur eine Formsache. Er soll seinen Zwangsurlaub genießen.«

»Blok ist ein verdammt guter Ermittler«, sagte Sara, »das weiß ich nach diesen paar Tagen. Er hat Teamgeist.«

»Heißt das, du würdest weiter mit ihm arbeiten?«, fragte der Commander.

Sara erhob sich. »Ich glaube, das müsstest du eher Blok fragen. Schließlich bin ich bei ihm eingebrochen.« Sie blickte auf ihre Armbanduhr. Wenn jetzt nichts mehr dazwischenkam, würde sie es noch rechtzeitig nach Jaffa schaffen, wo David im *Sardinia* zum zweiten Mal einen Tisch für sie bestellt hatte. Sie öffnete die Tür zum Großraum. Sie freute sich schon auf die Pasta. Und auf ihn.

»Wir werden sehen, Sara«, sagte Shimon Ben Godin.

»Okay, Commander. Aber ich muss jetzt leider los.«

»Ich habe Weissenberg übrigens nichts von deiner privaten Hausdurchsuchung bei Blok erzählt, Sara.«

»Danke«, entgegnete sie.

»Aber ich behalte dich im Auge.«

Sara lächelte und ging. David wartete sicherlich schon.

Epilog

Die Freundschaft zwischen Yael Kaplan und Amir Dawud ging wenige Wochen nach seinem Geständnis in die Brüche. Yael studiert inzwischen in Mailand Kunstgeschichte, während Amir seine Ausbildung zum Kfz-Mechaniker beenden möchte. Er wurde nicht angeklagt, sondern kam mit einer strengen Verwarnung des Gerichts davon. Sein Fall wurde nicht öffentlich verhandelt. Dem vorausgegangen war ein vertrauliches Gespräch, das Josef Weissenberg sowie Commander Shimon Ben Godin mit dem stellvertretenden Minister des Inneren geführt hatten.

Ariel Gutman sitzt noch in Untersuchungshaft und wartet auf seinen Prozess. Im Verlauf der Anhörungen gestand er, auch den arabischen Schmuckhändler Mohammad Al-Farak während eines Streits von einer Klippe gestoßen zu haben. Zwei psychiatrische Gutachter sind jedoch bereits zu dem Ergebnis gelangt, dass der Architekt in der geschlossenen Abteilung der Nervenheilanstalt in Givat Schaul gut aufgehoben wäre. Seine Mutter, Ruth Gutman, überlebte die Attacke wie durch ein Wunder, aber sie wird bis ans Ende ihres Lebens ein Pflegefall bleiben und muss rund um die Uhr versorgt werden.

Miriam Libeskind verließ Israel bereits Ende September 2015, um einen Meisterkurs am Leeds Music College zu belegen. Auf Vermittlung von David Shapiro hatte sie ein einjähriges Stipendium der renommierten Musikhochschule erhalten.

Jakoov Bloks Anhörung vor der internen Untersuchungskommission im Hauptquartier der israelischen Polizei in Jerusalem endete bereits nach fünf Minuten mit seiner vollständigen Rehabilitierung. Am nächsten Tag fand er in seinem Briefkasten einen wattierten Umschlag ohne Absender, der einen USB-Stick enthielt.

Jamal Faris wurde am 28. September 2015 von zwei Zivilfahndern dabei erwischt, wie er versuchte, dreißig Gramm Kokain zu verkaufen. Er verstieß damit gegen seine Bewährungsauflagen und musste ins Gefängnis zurück, um den Rest seiner dreijährigen Haftstrafe zu verbüßen. Er wird voraussichtlich im Oktober 2017 entlassen werden.

Printed in Poland
by Amazon Fulfillment
Poland Sp. z o.o., Wrocław

53071956R00122